KB019428

세인트 메리의 리본

セント・メリーの リボン

세인트 메리의 리본

이나미 이쓰라 지음 · 신정원 옮김

손안의책

■ 하우미 컬렉션을 시작하며

기획은 설득에서부터 시작됩니다. 성과는 나중 일이죠. 개인적으로 15년 가까이 미스터리 장르를 기획하면서 많은 일들이 있었습니다. 설득하지 못하는 일은 다반사이고, 가까스로 설득하더라도 성공하지 못하는 경우가 훨씬 많았습니다.

요즘처럼 정보의 제한이 없고, 다양한 도서가 출간되며, 시장마저 암울한 때에는, 기획 자체가 어렵습니다. 설득이란 행위에 대한 책임감도 점점 막중해지죠. 모험은 줄고, 다양성은 감소할 수밖에 없습니다.

그래도 확실한 사실이 한 가지 있습니다. 아직도 국내에는 소개할만한 미스터리 작품이 많이 남아 있다는 점입니다. 적어도 저는 그렇게 생각합니다.

'도서출판 손안의책'은 제 어렴풋한 생각을 구체적으로 이해해주셨고, 작은 책들에 크게 공감해주셨습니다. 깊이 감사드립니다. 기획이 현실이 되기까지, 많은 어려움이 있습니다. 이 작품은 까다로운 문제들을 넘어서서 출간될 수 있었습니다. 감사할 따름입니다.

제가 바라는 건 1년에 한두 권이라도 컬렉션을 꾸준히 이어가는 것입니다. 더 다양한 미스터리 작품을 소개하고 싶습니다.

많은 응원 부탁드립니다.

howmystery.com 운영자
decca 윤영천 드림.

목차

서른두 살의 나이로 요절한 내 어머니
기미코[喜美子]에게

모닥불

풀숲에 발이 걸려 통나무처럼 앞으로 쓰러졌다. 허리춤에 꽂아두
었던 권총이 갈비뼈에 부딪히는 바람에 무심코 신음이 흘렀다. 시든
풀과 흙에서 풍기는 축축한 냄새를 가슴속 깊숙한 곳까지 빨아들였
다. 지친 몸은 일어나길 거부한다. 시든 풀 더미에 파묻혀 이대로
엎드려 있고 싶었다.

총에 맞아 아랫배를 움켜쥔 채 뒷걸음질 치다가 비탈에서 굴러떨어
진 여자의 모습이 또다시 머릿속에서 되살아났다. 내 품에 안겨 '도망
쳐. 부탁이야, 죽지 마……' 하고 숨을 헐떡이며 죽어간 여자의 창백
한 얼굴이, 눈을 감아도 선명하게 떠오른다.

나는 천천히 몸을 일으켰다. 물을 흠뻑 먹은 바지가 구속복처럼
단단하고도 차갑게 하반신을 꽉 죄어왔다. 무거운 다리를 질질 끌며
다시 걷기 시작했다. 등을 곧게 편 채 쭉 뻗어 있는 삼나무들이 바람을
막아준 덕에, 숲 속은 교회 안처럼 고요했다.

눈앞의 풀숲에서 무언가가 휙 튀어나왔다. 시든 풀과 똑같은 색깔의 산토끼가 도망쳤다. 여자가 쓰던 퍼프같이 하얀 꼬리를, 나는 숨을 죽이고 바라보았다. 총을 뽑아 자세를 가다듬고 있다는 걸 깨닫고, 혼자서 쓴웃음을 흘렸다.

놀라게 하려던 건 아니었어. 나는 토끼에게 말했다. 도망칠 필요 없단다. 나는 무얼 쫓는 사람이 아니야. 나 자신이 쫓기는 몸이거든.

바람이 높다란 우듬지를 지나는지, 달구어진 바늘 같은 붉은 솔잎이 떨어져 내렸다. 초겨울 무렵에 잠깐 내리다 멎는 비처럼. 하늘을 올려다보자 잡목림 사이로 쨍하니 말갛게 갠 겨울의 푸른 하늘이 보였다. 멧비둘기의 울음소리가, 멀리서 흐릿하게 들려온다. 아무것도 없는, 아무 일도 일어나지 않는 고요한 시간이 흐르는, 고요한 공간이었다.

나무에서 풍겨 나오는 향기, 낙엽 냄새, 새소리, 짐승의 모습……. 그래, 전에도 이런 걸 느낀 적이 있다. 녹슨 공기총을 끌어안고 바람 소리에도 벌벌 떨며 나무 사이로 난 길을 걸었던 날이, 바로 어제 일인 양 떠올랐다. 거리에서 살았던 20년, 수라장 같은 나날들. 그 속에서 닳고 닳아 희미해져 버린 감성이었다.

젖은 다리가 둔중하다. 마비되어 고통을 느끼지 못하게 된 것이 오히려 다행이었다. 나는 나뭇잎과 가지 사이로 스며들듯 비치는 햇빛 속에 멈추어 서서, 나무에 기대어 잠깐 쉬었다. 문득 손목시계에 눈길이 갔다. 오후 2시란 걸 알았다. 하지만 시간에 의미는 없다. 15시간이나 굶었다는 것을 깨달았을 뿐이었다.

아무리 싸게 팔아봤자 백만 엔 아래로 가격이 떨어지지는 않을 이 시계도, 여기서는 아무 소용이 없다. 먹을 것 한 조각과 잠깐의

휴식을 얻을 수 있다면 맞바꾸어도 상관없다. 속이 텅 빈 탓에 피로도 갑절로 몰려온다.

그때, 연기가 피어오르는 냄새가 났다, 고 생각했다. 코를 치켜들고 킁킁거리는 사냥개처럼 얼굴을 들었다. 낙엽을 태우는 모닥불 냄새를 맡았다. 차게 식은 몸에 성냥을 그어 불이 붙은 듯 나는 반응했다. 모닥불—그곳에 있을 불과 사람의 온기에 끌려서, 다시 발걸음을 내디뎠다.

당신은 차가운 남자인 줄 알았어, 라고 여자는 말했다. 얼굴색 하나 변하지 않고 험악한 일을 해치우는 냉정한 남자, 사람을 가까이하지 않고, 남들과 어울리지도 않고, 번민에 사로잡혀 있거나 괴로워하는 타인의 모습을 멀리서 지켜볼 뿐인 남자라고 생각했어. 왜 나와 함께 도망친 거야? 그 남자는 분명 우리를 죽이려고 할 거야. 나는 괜찮아. 여태까지 그랬던 것처럼 앞으로도 그 남자에게 짐승처럼 사육당하며 타락해갈 바에야 죽는 게 나아. 하지만 당신은……, 왜 그랬어. 왜 이런 재난을 자초했어……. 차 안에서 여자는 그렇게 말했다.

차를 타고 무작정 달리다가 어딘지도 모르는 곳에 도착한 후, 도로에서 떨어진 인적 없는 공터에 차를 세웠다. 공포와 긴장 때문에 아드레날린을 발산한 여자를 안고, 시동을 걸어둔 차 안에서 나는 잠들고 말았다.

동이 터올 무렵의 서린 안개 속에서, 그들은 우리를 찾아냈다. 우리가 자고 있던 차의 앞뒤를 차 두 대로 막았다. 그들은 실수를 저질렀다. 기세 좋게 튀어나온 녀석들 중 하나가, 차 문을 닫는 얼빠진 짓을 한 것이다.

그 소리가 나를 깨워주었다. 나는 누군가에게 걷어차인 것처럼 눈을 떴고, 순간적으로 사태를 파악했다. 잠들어 있는 여자 쪽의 문이 열리더니 남자가 얼굴을 들이밀었다. 히죽 웃는 똘마니의 그 얼굴을, 나는 총으로 쐈다. 포인트 블랭크(Point blank)[1]에서 발사된 38스페셜 탄환은 남자의 얼굴 절반을 날려버렸다.

비명을 지르며 벌떡 일어난 여자에게 문을 닫으라고, 꽉 잡으라고 말하고는 거친 동작으로 후진 기어를 넣고 액셀러레이터를 밟았다. 철로 만들어진 차체와 유리가 부서지는 소리와 함께 뒤편에 있던 차가 덜컥 물러났다. 나는 기어를 변속해 앞으로 돌진했다. 앞을 가로막은 차의 열려 있던 문이 뜯겨나갔다. 남자를 하나 들이받은 뒤 달렸다.

총으로 쏜 남자는 처음 본 얼굴이었다는 것을, 나는 깨달았다. 조직에 속한 자는 아니었다. 돈을 받고 고용된 살인 청부업자일 것이다. 그들이 우리를 제거하기로 작정한 게 진심이라는 의미였다.

나무들이 듬성듬성해지더니, 숲이 밝아졌다. 숲 너머로 평지가 보인다. 나는 발걸음을 멈추었다. 그 순간 발밑에서 새 떼가 날아올랐다. 재빠른 날갯짓 소리가 내 마음을 사로잡는다. 새들은 두 마리에서 세 마리로, 다시 세 마리에서 네 마리로 하나씩 늘어나면서 방사상(放射狀)을 그리며 날았고, 또다시 수풀 속으로 사라졌다. 낙엽의 정령처럼 느껴지는 자고새[2]였다. 새들이 펼친 짤막한 날개에 햇빛이 닿자 은색과 붉은색 깃털이 반짝였다.

낙엽을 태우는 저 강렬한 냄새에 가까워지고 있다.

---

1) 근거리의 사격으로 탄도의 움직임은 무시할 수 있는 범위 내에서 이루어지는 사격.
2) 메추라기와 비슷하며 누런빛을 띤 녹색의 날개를 가진 꿩과의 새.

쉬지 않고 달린 차의 보닛이 하얀 수증기를 내뿜더니, 타는 냄새가 차 안을 가득 채웠다. 차는 초원의 야트막한 언덕 조금 못 미친 곳에 이르자 더는 움직이지 않았다. 연료가 바닥난 것이다. 알아차리지 못한 게 불찰이었다. 우리는 차를 버리고 달렸다. 저 멀리서 쏜살같이 달려오는 차 한 대가 보였다.

우리는 손을 잡고 있는 힘을 다해 언덕 쪽으로 뛰었다. 언덕 너머에 무언가가 있을 것만 같았다. 가만히 있다가 죽느니 달리다가 총에 맞는 편이 더 낫다고 생각했다. 언덕 끝까지 올랐을 때, 여자의 이름을 부르는 소리가 들렸다. 여자는 무심코 그 자리에 멈추어 섰고, 뒤돌아보았다. 환한 초원에 총성이 울려 퍼졌다.

나는 이쪽으로 밀려오는 연기를 향해 걸었다. 나무들이 자라 있지 않은 부근의 덤불 너머에 키 작은 건물이 보였다. 굵은 목재와 두꺼운 널빤지로 지은 낡은 오두막과 헛간처럼 생긴 목조건물이었다. 나는 총을 들고 나무 뒤에 몸을 숨기며 조금씩 오두막으로 다가갔다.

사람의 목소리가 들려 귀를 기울였다. 느긋하게 이야기하는, 노인의 쉰 목소리였다. 나는 소리를 내지 않도록 주의하면서, 이 나무에서 저 나무로 몸을 옮기며 목소리의 주인이 어떤 사람인지 보려고 했다.

"맞아. 당신 말대로, 확실히 올해는 감자가 잘 안 됐어."

노인의 목소리가 또렷하게 들렸다.

"같은 데다 이어짓기를 한 탓이려나."

이야기하는 사람의 모습이 보인다. 모닥불을 앞에 두고 앉은 남자의 뒷모습이었다.

"말이야 이렇게 해도, 우리 둘이 일 년 내내 먹어도 남아돌 만큼 거뒀어. 그 정도면 충분하지. 게다가 올해는 양배추가 잘됐지 뭐야."

낡은 플란넬 셔츠 위로 드러난, 햇볕에 탄 목덜미와 누렇게 바랜 백발로 보아 나이 든 농부일 거라 생각했다.

노인은 앉은 상태에서 옆에 있는 그루터기 위에다 장작을 팼다. 한 손으로 자그마한 도끼를 휘둘러서는 지름 20센티미터, 길이 30센티미터 정도 되는 통나무 도막을 별 힘들이지 않고 네 조각으로 쪼개어 그것으로 불을 지폈다. 모닥불은 새빨갛게 타올랐고, 습기를 머금은 나무와 이파리가 하얀 연기를 피워 올렸다.

노인 곁에 검은 개 한 마리가 엎드려 누워 있었다. 쭉 뻗은 앞다리에 고개를 파묻고는 편안히 졸고 있는 것 같았다. 나는 노인이 대화를 나누는 상대를 보려고 몸을 비켰다. 개가 눈을 뜨고 고개를 들어 나를 보았다. 짖지도 움직이지도 않았다.

"잎이 딴딴하게 말려 있는데다가, 잘 여물었어. 생긴 것도 둥글고."

노인이 말을 걸고 있는 연기 너머에는, 사람의 모습은 보이지 않았다.

"올해는 다른 때보다 콩을 좀 이르게 뿌렸어. 오리가 예년보다 일찍 이동했거든. 왜, 거 있잖소, 하나같이 귀여운 얼굴을 내밀고는……. 어떻게 자랄지 기대돼."

총을 쥐고 있는 내가 부끄러웠다. 총을 웃옷 주머니에 집어넣은 뒤 손바닥에 밴 땀을 옷에 문질러 닦았다. 타오르는 불이, 나를 유혹한다.

"거기 계신 양반, 이쪽으로 오시게나."

내게 한 말이라는 것을 깨닫기까지 조금 시간이 걸렸다. 노인은 천천히 몸을 돌리며 나를 보았다. 깊은 주름이 새겨진 나무 같은 얼굴에는 아무 표정도 없었다.

나는 나무들 사이에서 빠져나왔다. 검은 흙을 일구어 만든 두둑이 이어져 있는, 경계 같은 것이라곤 눈에 띄지 않는 경작지 가장자리에 서서 노인에게 인사를 했다.

"실례하겠습니다. 마당 앞쪽으로 지나가도 될까요?"

마음에도 없는 말을 입 밖으로 꺼냈다.

"그럼, 괜찮고말고. 하지만 그러기 전에 불을 좀 쬐고 가는 게 좋을 거야. 꽤나 젖어 있구먼."

노인은 내 속을 꿰뚫어보듯 말했다.

"고맙습니다. 그리하겠습니다."

나는 밭의 작물을 밟지 않도록 조심하며 두둑과 두둑 사이를 걸어 노인 쪽으로 다가갔다. 개가 느릿느릿 몸을 일으키고는, 내게 길을 터주듯이 움직여 누워 있던 장소를 옮겼다. 노인이 말했다.

"그 근처에 있는 나무 밑동을 가지고 와서 앉으면 될 걸세."

나는 모닥불을 끼고 노인 앞에 앉았다. 불의 온기가, 갑자기 내 몸을 덮쳐왔다. 불에 손을 쬐면서 주변을 둘러본 다음 물었다.

"누군가와 말씀을 나누고 계신 것 같았는데요."

노인은 장작을 던져 불을 지피면서 대답했다.

"그랬지, 할멈하고."

"하지만 여기에는 아무도……."

"집사람은 작년 봄에 먼저 갔네."

나는 말문이 막혔다. 이 노인은 혼잣말하며 죽은 아내와 이야기하고 있었던 것인가.

"저기, 늘 그렇게 이야기를 나누십니까?"

"그럼. 수다스러운 여자거든. 하루 종일이라도 이야기할 수 있을 걸세."

나는 깜짝 놀랐다. 이 얼마나 서글픈 고독이란 말인가. 사람은 나이가 들면 모두 이렇게 변하는가 싶어, 할 말을 잃고 말았다.

바지와 신발에서 김이 오르고, 경직되었던 다리가 체온을 회복하려고 안달하는 바람에 통증이 느껴졌다. 활활 타오르는 불이 몸도 마음도 누그러뜨리니 이보다 더 기분 좋을 수는 없었다.

"강을 건너왔는가?"

"물이 얕은 곳을 지나서 왔습니다."

"내 낡은 옷을 빌려줌세. 젖은 걸 벗고 말리게나."

"아닙니다. 불을 쬐기만 해도 충분합니다."

"여보게, 배가 고프지는 않은가?"

아니라고, 고프지 않다고 말하라고 시키는 또 하나의 내가 있었다. 그러나 현실의 나는 "예, 좀"이라 대답하고 말았다.

노인이 나뭇가지로 모닥불의 재를 뒤적거렸다. 주먹만 한 크기의 둥그런 것이 두 개, 데구루루 굴러 나왔다. 감자다. 노인은 거칠고 울퉁불퉁한 주름투성이 손으로 감자를 쥐고 손바닥으로 굴리면서 재를 털어냈다. 갈색이 도는 구운 감자를 내 무릎 위로 훌쩍 던져주었다.

"뜨거워. 도시 사람은 손으로 못 잡을 걸세."

노인은 닳아 해진 목장갑 하나를 이쪽으로 던졌다.

"이 냄새였구나. 무엇인지는 모르겠지만 맛있을 것 같은, 뭔가를 굽는 냄새가 난다 싶었습니다."

"여기서 수확한 감자라네. 잡수시게나."

굵은소금을 뿌려 바삭하게 구운 감자는 뜨거웠고 묵직했다. 통통하게 살이 오른 알맹이를 감싸고 있기 버거운 양, 지금 당장에라도 껍질이 터질 것만 같았다.

"잘 먹겠습니다."

껍질을 벗기자니 마음이 급해져서, 뜨거운 감자를 껍질째 베어 물었다. 감자는 입술을 달구었고, 뜨겁고 향기로운 냄새가 입안에 퍼졌다. 나는 탄성을 터뜨렸다.

"맛있다!"

"맛있다니 다행이구먼."

노인은 일어나서 감자 한 알을 더 내 무릎에 떨구고는 오두막으로 들어갔다.

오두막 안에서 덜그럭거리는 소리가 들리더니, 노인은 기름이 밴 프라이팬과 주석으로 만들어진 커다란 컵을 들고 나왔다. 그리고 이슬이 살짝 맺힌 컵을 내게 건네주었다. 나는 컵 안에 담긴 차가운 액체를 단숨에 절반가량 마셨다. 감자의 열기로 화끈거리는 입안을 산뜻한 향과 달콤함이 가득 채우더니 거칠어진 목구멍을 타고 미끄러지듯 내려갔다. 배 속에서 반짝하고 불이 붙었다. "으윽……" 그제야 컵 안을 들여다보았다.

"매실주에 우물물을 탔을 뿐일세."

정신없이 먹고 마시는 나를 바라보는 노인의 눈매가, 조금 부드러워진 것 같았다.

"어지간히 배가 고팠던 것 같으니, 이거라도 구워줌세."

노인의 손에 들린 프라이팬에는 두께가 2센티미터쯤 되어 보이는 커다란 햄 조각 하나와 지방 덩어리가 있었다. 노인은 불을 고르게 한 다음 다리가 달린 둥근 고리 모양의 철제 받침을 불 위에 얹고 프라이팬을 올렸다. 프라이팬 안에서 지방이 금세 녹기 시작했다. 햄이 지글지글 소리를 내며 구워지자 향기로운 냄새가 피어올랐다. 나는 침을 삼키며 프라이팬 안을 뚫어지라 바라보았다.

노인은 프라이팬을 흔들어서 뜨거운 기름을 햄에 골고루 스미게 했다. 기름을 잔뜩 머금은 햄이 프라이팬 안에서 활처럼 휘었다. 노인은 두 갈래로 갈라진 나뭇가지를 포크처럼 써서 햄을 뒤집었다. 잊어버릴 뻔했네, 라고 중얼거리고는 호주머니에서 작은 종이 꾸러미를 꺼내 그 안의 내용물을 프라이팬에 털어 넣었다. 윤기가 자르르 흐르는, 새끼손가락만 한 크기의 버섯이었다. 프라이팬 가장자리에서 날름거리던 불꽃이 햄에 날아들자, 브랜디를 끼얹은 양 순간적으로 불이 붙었다. 나는 보고 있는 것만으로도 현기증이 날 지경이었다.

노인은, 소리와 냄새와 연기를 흩뿌리는 프라이팬을 내 앞에 놓았다. 허리 쪽으로 손을 뻗어 짧은 칼을 꺼내고는 칼자루 쪽을 내밀었다.

나는 늑대처럼 먹었다. 씹을 때마다 햄에서도 버섯에서도 뜨거운 즙이 쏟아지듯 흘러나왔다. 지금까지 도시의 거리에서 먹었던 터무니없이 비싼 요리는, 그건 뭐였을까. 요란한 그릇에 자그맣고 고상하게 담겨 나오던 요리들이 죄다 가짜처럼 여겨졌다.

"저 사람도, 정말 맛있게 먹는구먼."

먹다가 눈을 들어보니, 노인은 모닥불에다 말을 붙이고 있었다.

"뭘 먹어도 맛있다고 말하고, 또 잘 먹고……."

노인의 입가에 미소가 떠올랐다. 노인은 죽은 아내를 살아 있는 사람인 듯 이야기한다. 나는 물어보았다.

"어르신, 지금은 혼자 사십니까?"

노인은, 잠깐 생각하는 듯하더니,

"그런 셈이겠지."

라고 중얼거렸다. 그렇다고는 생각하지 않지만, 이라는 속뜻이 느껴지는 말투였다.

"눈을 뜨면 할멈이, 아침밥은 제대로 챙겨 먹으라는 둥, 오늘 아침은 쌀쌀하니까 한 겹 더 껴입으라는 둥 시끄럽게 잔소리를 해대는 그런 생활이, 지금도 이어지고 있는 것 같긴 하지만……."

나는 만족스럽게 배가 불렀고, 몸속의 생기가 되살아났음을 느꼈다. 칼에 묻은 기름을 윗옷자락으로 닦아낸 다음 칼날을 쥐고 돌려주었다.

"잘 먹었습니다. 이렇게 맛있는 음식은 처음 먹었습니다."

진심에서 우러나온 인사를 건넸다.

해는 조금씩 기울어 그림자들도 자리를 옮기고 있었으나, 여기 이 마당과 밭은 남향이어서인지 시간이 지나도 햇볕이 들고 있었다.

"이상한 걸 여쭙습니다만, 아까 어르신은 뒤도 돌아보지 않고 제게 말을 거셨지요. 제가 있다는 것을 어떻게 아셨습니까?"

신경 쓰였던 일을 물어보았다.

"개라네. 이 녀석이 알려줬어."

아까부터 내내 엎드려 누워 있는 개에게, 노인은 얼굴을 돌리며 말했다.

"하지만 짖지도 않았고, 그저 고개를 들어 저를 봤을 뿐인데요."

"맞아, 그래서 자네가 제대로 된 인간이란 걸 알았지. 이 녀석은 사람을 볼 줄 알아."

놀라운 일들만 자꾸자꾸 벌어진다. 이 노인은 개하고도 이야기하고 있단 말인가.

"이 녀석이 간파한 대로였어. 자네는 밭에 있는 걸 밟지 않으려고 했지. 도시에 사는 요즘 젊은 사람치고는 예의가 뭔지 아는 남자라고 봤네. 게다가 자네는 사리 분별을 할 줄 아는 사람 같고."

나는 사실 이 노인을, 늙은 탓에 치매가 살짝 오기 시작한 사람이라 보고 있었다. 과거도 현재도, 환상도 현실도 다 뒤섞인 채 그야말로 꿈같기만 한 날들을 맞이하고 또 떠나보내는 노인이라 생각했다. 실제로 그럴지도 모른다. 하지만 속된 것, 천한 것, 사악한 것을 간파하는 날카로운 눈은 흐려지지 않은 사람일 것이다. 내가 어떠한 집안에서 자라났고 또 어떠한 삶을 살아왔는지, 한눈에 꿰뚫어보았을지도 모른다. 얕잡아보아서는 안 되겠다고 느꼈다.

"할멈도, 무례한 인간을 싫어해."

노인은 연기 때문에 눈을 가느다랗게 떴다.

"타고난 성질이 대범한데도, 배려 없는 인간은 용서하지 않는 사람이지."

노인은 이야기하면서 옆에 있는 장작을 무의식적으로 쪼개고는 도끼를 그루터기에 휙 하고 꽂았다. 날카롭게 벼린 도끼날의 3분의 1가량이 그루터기에 박혔다. 사람의 손을 오래 탄 자루는 반지르르하게 윤이 났다.

노인은 모닥불에 새 장작을 던졌다. 불티가 확 날아올랐다. 겨울날 양지바른 곳에 있자니, 시간의 흐름이 멎은 듯한 기분이었다.

"할멈은 내가 죽인 거나 마찬가지야."

느닷없는 노인의 말에, 나는 움찔했다. 네? 하고 무심코 되물었다.

"태평한 성격에다 건강한 사람이었으니, 당신은 백 살까지 살 거라고 자주 말하곤 했거든."

노인의 말은 어느샌가 과거형으로 바뀌어 있었다.

"작년 초봄에, 감기를 앓았다네. 여간해선 잘 안 걸리는데, 기침이 지독해서 고생했지."

노인은 마르긴 했어도 하체가 튼튼해 보였고, 젊었을 때는 무척이나 건장한 남자였겠다 싶은 체격의 소유자였다

"마침 그때, 마을에 가야 할 일이 있었어. 감기가 다 나을 때까지 미뤘으면 좋았을 것을, 할멈이 나 대신 산을 내려갔지. 오는 길에 비를 맞는 바람에 흠뻑 젖은 채로 돌아왔다네. 폐렴에 걸리더니만, 사흘째 되던 날에 그만 죽고 말았어. 나는 오랫동안, 할멈이 그렇게 갔다는 게 믿기질 않았네."

무슨 말이라도 하려 했지만, 아무 말도 할 수 없었다. 그 어떤 말을 꺼낸다 한들 부질없을 것 같았다.

"내가 죽인 것만 같아서 견딜 수가 없네."

내 안에서 무언가가 울컥 올라왔다.

"실은, 저도 마찬가지입니다."

나는 그렇게 말하고 있었다.

"어느 정도 눈치채셨겠지만, 저는 쫓기는 몸입니다. 남의 여자와 도망쳤습니다. 여자는, 쫓아온 자들의 총에 맞아서……."

노인은 불을 지긋이 바라볼 뿐, 나를 쳐다보려고 하지 않았다. 겨울의 쓸쓸한 들판 저 멀리에, 죽은 여자의 모습이 선명하게 떠올랐다. 가여움이 북받쳤다.

"저만 염치없이 살아남아, 이렇게 도망치고 있습니다."

치욕이 나를 달구었다.

"살아남는 게 중요하다네."

노인은 누구에게랄 것도 없이, 마치 스스로에게 말하는 것 같았다.

"사람이 사람을 좋아한다는 건 아무도 어찌할 수 없는 법이야. 피할 수도 없고, 거스를 수도 없네. 누군가를 좋아하는 데서 비롯되는 기쁨과 괴로움, 슬픔을 감당해야 하지. 누구나 마찬가질세. 가련하고도 서글픈 일이야. 하지만 살아 있는 한, 벗어날 수 없는 일이기도 해."

모닥불의 불꽃이 튀었다. 바람이 살짝 불었는지 연기가 춤추며 나부꼈다. 여자를 죽게 만들었다고 고백한 두 사내가 모닥불을 마주하고 앉아, 침묵을 지키고 있었다. 정적 속에서 시간이 얼마나 흘렀을까.

그들은 같은 실수를 반복했다. 어딘가에서 차 문을 쾅하고 닫는 소리가 났다, 고 나는 느꼈다. '녀석들이다.' 나는 벌떡 일어섰다. 잠들어 있는 줄 알았던 노인이, 고개를 홱 들었다.

"헛간에 숨어."

노인은 외따로 있는 다른 헛간을 손으로 가리켰다.

"문을 닫고 안에서 빗장을 질러. 알겠나, 무슨 일이 있어도 나오지 말게."

노인은 단호히 말했다. 혼잣말을 중얼거리던 아까 그 노인과 같은 사람이라고는 믿기지 않았다.

나는 노인이 말한 대로 헛간으로 뛰어갔다. 두꺼운 널빤지 소재의 튼튼한 미닫이문을 닫았다. 바깥에서는 열쇠로, 안에서는 빗장으로 잠글 수 있는 문이었다. 굵은 각재로 만든 빗장을 금속으로 된 둔테에 밀어 넣자 헛간은 요새로 탈바꿈했다. 픽업트럭으로 들이받는다 해도 부서지지는 않을 것이다. 헛간은 농기구와 곡류, 비료 등을 담은 자루들로 빼곡했다.

널빤지에 나 있을 옹이구멍을 찾았다. 노인이 있는 마당을 엿볼 수 있는 구멍을 발견했다. 문에 몸을 기대고, 구멍에 눈을 갖다 댔다.

내가 왔던 방향과 반대인 쪽에서 세 남자가 나타났다. 가파른 언덕을 올라왔는지 거친 숨을 토하고 있었다. 두 명은 조직에 속한 자들이었고, 다른 한 명은 처음 보는 남자였다. 단추를 끄른 기다란 가죽 코트를 입고, 코트 주머니에 손을 찔러 넣고 있었다. 총을 쥐고 있는 게 틀림없었다.

밭 가장자리까지 오더니 조직의 일원 중 하나가 말을 걸었다.

"영감, 남자가 하나 왔을 텐데."

얼굴에 칼자국이 있는, 냉혹해 보이는 남자다. 노인은 자리에 앉은 채로 모닥불을 뒤적이며 말했다.

"댁들은 뉘신가."

"묻는 말에 대답이나 하쇼. 젊은 남자가 여기로 왔을 거라고 묻잖아, 지금."

"타인이 사는 곳에 발을 들이고 질문을 할 거라면 먼저 누군지 밝혀야 도리 아니겠소."

"뭐야?"

남자들은 거침없이 밭을 가로질렀다. 검은 흙 사이로 앙증맞은 초록빛 싹을 틔우고서 아름답게 늘어선 콩 모종을 짓밟으며 건너왔다. 검은 개가 몸을 벌떡 일으켜 세우고는 목 깊숙한 곳에서 낮게 으르렁거리는 소리를 냈다.

"영감, 잘난 척하다가는 큰코다치는 수가 있어. 묻는 말에나 대답해. 코트나 모자 같은 거 없이 까만 양복만 입은, 서른 중반쯤 됐고 키가 큰 남자야."

"그자가 뭘 어쨌기에?"

"역시 왔었군. 저 다 쓰러져 가는 집에 숨어 있는 거 아냐?"

얼굴에 상처가 있는 남자가, 역시 조직의 일원인 다른 남자에게 턱으로 신호를 보냈다. 목이 굵은 그 남자는 권총을 뽑아 들고 오두막으로 향했다. 한때 라이트급 권투 선수였던, 성마른 남자다.

"잠깐."

노인이 매섭게 말했다.

"누구 허락을 받고 남의 집에 들어가나?"

"시끄러워."

외마디를 내지르고, 남자는 오두막에 발을 디뎠다. 아마 신발도 벗지 않고 그대로 들어가서 오두막 안을 뒤졌을 것이다. 여긴 없어, 라고 말하며 나왔다. 가죽 코트를 입은 남자는 묵묵히 서 있기만 할 뿐 움직이지 않았다.

흉터 있는 남자가 헛간 쪽으로 턱짓했다. 권투 선수 출신의 남자가 모닥불을 지피고 있던 나무를 발로 걷어차 흐트러뜨리며 마당을 가로질러 오더니 헛간 문을 열려고 했다. 남자는 혀를 찼다. 빗장 부근을 쏴서 뚫어버릴 셈인지, 총을 고쳐 쥐었다. 나는 헛간 안에서 총을 빼 들었다.

그때, 노인이 움직였다. 걸터앉은 채로 도끼를 뽑아 던졌다. 아니, 던졌을 것이다. 너무 빨라서 제대로 볼 수 없었다. 부웅 소리를 내며 날아간 도끼는 전직 권투 선수의 귀를 베고는 헛간 문짝에 퍽 하고 박혔다.

코트를 입은 남자의 손이 움직였다. 노인은 손을 뻗어 불타는 장작을 거머쥐자마자 남자에게 던졌다. 장작은 남자의 가슴팍에 거세게 부딪혔고, 불똥이 사방으로 튀었다.

"움직이지 마!"

노인이 일갈했다. 노인은 천천히 몸을 일으켜 벌떡 일어섰다. 검은 개가 목에 난 털을 곤두세우고 이빨을 드러내며 공격할 자세를 갖추었다.

"꼼짝 않는 게 좋을 거야. 여기 이 늑대 같은 녀석은 멧돼지 세 마리에다 사람도 하나 물어 죽였지. 내 신호 한 번이면 네놈들 목을 물어뜯어 버릴 거야."

가죽 코트를 입은 남자의 스웨터는 불이 붙어 연기가 나며 그을었다. 노인은 남자에게로 걸어가서 코트 주머니에 있던 권총을 빼앗았다. 총을 흘깃 보고는 코웃음을 쳤다.

"흥, 자동총인가. 초짜 같으니. 주머니 속에서 방아쇠를 당길 셈이라면 리볼버를 써야지."

노인은, 그 자리에 얼어붙은 채 꼼짝도 못 하는 흉터 있는 남자를 향해,

"네가 대장인가? 물어뜯겨 죽고 싶지 않거든 가만있어."

라고 말한 후 귀를 누르며 뒹굴고 있는 남자에게 다가갔다. 남자가 떨군 스넙 노즈[3]를 주운 후 권총 두 자루를 덤불 쪽으로 던졌다.

노인은 헛간 문짝에 깊게 박힌 도끼를 빼냈다. 1센티미터라도 어긋났다면, 도끼는 남자의 머리를 박살냈을 것이다. 노인은 도끼를 손에 든 채로 흉터 있는 남자에게 말했다.

---

3) 스넙 노즈 리볼버(Snub Nosed Revolver). 총신이 짧은 연발 권총.

"오늘은 눈감아주지. 목숨을 소중히 여기면 네놈들도 내 나이 때까지 살 수 있어. 돌아가. 여기는 내 땅이야."

얼굴이 새파랗게 질린 흉터 있는 남자는, 침을 꿀꺽 삼키며 끄덕였다. 쪼그리고 앉아 끙끙대며 신음을 흘리는 남자에게 차가운 시선을 던지고는, 아무 말 없이 떠났다. 가죽 코트를 입은 남자는 스웨터가 타서 그을린 자국을 비벼 털면서 뒷걸음질 치며 갔고, 귀가 잘린 남자는 피를 흘리며 엉금엉금 일행의 뒤를 쫓았다. 노인이 남자의 등을 향해 한마디 던졌다.

"밭은 밟지 마."

나는 옴짝달싹하지 못한 채 우두커니 서 있었다. 방금 눈앞에서 벌어진 일이 믿기지 않았다. 멀리서 차 문을 쾅 닫는 소리, 차가 황급히 떠나는 소리가 들려왔다.

"슬슬 나오게나."

노인의 목소리에 정신이 들었다. 나는 빗장을 풀고, 육중한 문을 열어 밖으로 나갔다. 노인은 아까와 다를 바 없이 모닥불 앞에 앉아 있었고, 개는 노인 곁에 드러누워 있었다. 도끼조차 원래 있던 그루터기에 꽂혀 있었다. 꿈이라도 꾼 것일까.

나는 노인을 향해 머리를 깊숙이 숙였다. 위험한 상황에서 구해준 데 대한 감사와 노인에 대한 경외심에 자연스럽게 고개가 숙여졌다.

"무어라 말해야 좋을지 모르겠습니다."

노인은 숨소리 하나 흐트러뜨리지 않으면서, 아무 일도 없었다는 듯 고요한 표정이었다.

"대단하십니다. 어르신은 대체……."

누구십니까? 라고 물으려 했지만, 참았다.

"그보다, 자네는 요즘 제대로 못 잤지 싶은데. 편히 쉬었다 가면 어떻겠나."

노인은 다시 느긋하고도 온화한 목소리로 말했다.

"고맙습니다. 하지만 이 이상 신세를 질 수는 없습니다."

"그런가. 말려도 소용없겠군."

개가 엎드려 누운 채 눈만 빼꼼 들어 나를 올려다보았다. 자는 것 말고는 할 줄 아는 게 아무것도 없는 개처럼 보일 뿐이었다.

"조심히 가시게."

나는 노인과 마주 바라보았다. 한차례 바람이 불어, 꺼져가던 모닥불을 되살렸다. 연기가 눈에 들어갔기 때문인지, 나는 눈을 깜박거렸다.

"부디 건강하십시오."

그렇게 말하고, 나는 노인에게 등을 돌렸다. 북받쳐 오르는 감정을 꾹 누르고 발걸음을 내디뎠다.

겨울날은, 하늘을 붉게 물들이며 바야흐로 저무는 참이었다.

하
나
미
가
와
의 요
새

1

강 오른쪽 기슭에서 흐르는 강물을 마주하며 보는 벤텐구(弁天宮)는 느껴지는 맛이 또 달랐다. 맨 아래쪽에 섰을 때는, 다락문을 떠받치는 커다란 원기둥같이 보이던 거대한 벚나무 한 쌍도 주변 경관에 녹아들어 그다지 눈에 띄지 않았다. 벤텐구는 바로 옆에서 보아도 작고 아담한 건축물로, 신사(神社)보다는 호코라(祠)[4] 쪽이 더 어울렸다.

붉게 칠한 자그마한 도리이(鳥居)[5], 붉은 노보리바타(のぼり旗)[6], 붉은 전당, 그리고 그 옆에 있는 도효(土俵)[7], 이 모두가 고즈넉이 가라앉아, 10호짜리 그림처럼 풍경 속에 한데 담겨 있었다. 멧비둘기가 화살처럼 낮게 날아와서는 등 뒤의 대숲에 빨려들어 갔다.

푹푹 찌는 듯한 7월 중순의 싱그러운 여름풀에 몸을 반쯤 파묻고, 나는 하나미가와(花見川)의 풍경을 바라보고 있었다. 작가가 썼던 대로

---

4) 신불을 모시는 곳으로, 신사보다 규모가 작으며 도리이도 대체로 없다.
5) 신사나 절의 참배용으로 마련된 길 입구 등에 세운 문, 기둥 두 개를 고정시킨 다음 그 윗부분에 가로대를 얹어 만든다. 신들이 머무는 세계와 인간이 사는 속세를 구분하는 경계를 뜻하기도 한다.
6) 일본에서 쓰이는 깃발의 형식 중 하나로, 직사각형 모양의 깃발의 긴 변과 윗부분을 장대에 매단 것을 가리킨다. 스모와 가부키, 신사, 광고 등 다양한 영역에서 사용된다.
7) 스모가 이루어지는 일종의 경기장. 가마니(俵) 안에 흙으로 채운 것을 사용하는 데서 도효(土俵)라는 이름이 붙었다. 아울러 스모는 원래 리키시(力士, 스모 선수)들이 일대일로 겨루는 형태를 취한 일본 고유의 종교적 의식이자 무예였다.

이 부근의 풍물(風物)에는 분명 어떠한 종류의 아득하고도 그리운 기억 같은, 그러면서도 아직 본 적이 없는 외국 같은, 어떤 독특하고 신비로운 분위기가 있었다.

조금 전에 봤던 스이진구(水神宮)의 노가쿠도[能樂堂][8]도 그랬다. 작가는 스이진구를 처음 보았을 때 '온통 유채꽃으로 뒤덮인 가운데 키 높은 나무들로 둘러싸인 경계가 있으며, 그곳만 주위의 밝음을 뒤로 하고서는 시커멓게 가라앉아 고요하게 보였다'고 적고 있다.

오전에는 그 스이진구를 찾아 이리저리 걸었다. 몇 번인가 차를 멈추고 사람들에게 물어보았으나 스이진구를 아는 사람은 아무도 없었다. 이 근처에 사는 주부일 게 분명한 여자들도 그런 건 본 적도 없고 들은 적도 없다고 하나같이 입을 모아 말했다.

'아마 다카노다이 골프클럽 뒤쪽이었으리라'라며 작가가 에세이에 적었던 구절에 의지해 찾아다녔다. 국도 16호선과 통하는, 비교적 차량 통행이 잦은 도로변에 공터가 있어서 일단 그곳에 차를 세우고 내렸다. 도로 한쪽은 포석을 쌓아올린 높다란 비탈이었다. 문득 그 위에서 바라보는 풍경이 어떨지 궁금해졌다.

발가락만 겨우 디딜 수 있을 정도로 폭이 좁은 콘크리트 계단은, 정신이 번쩍 들게 할 만큼 가팔라서 파이프 난간을 꽉 잡지 않으면 위험할 것 같았다.

끝까지 다 올라가니 그것이 보였다. 저것이겠구나 싶은 검은 나무 숲이 눈에 들어온 것이다. 작가는 20년 전에 봤을 때의 기억에만 의존하여 적었기 때문에 스이진구와 노가쿠도가 있는 장소와 분위기,

---

8) 일본의 전통 예능인 노가쿠[能樂]를 상연하는 일종의 극장으로, 무대와 대기실, 관객석 등을 갖추었다.

그 존재조차도 꿈속의 이야기인 양 애매하다고 덧붙였으나, 내 두 눈으로 본 숲의 주변 상황은 에세이를 읽고 나서 받은 인상과는 조금 달랐다.

주변이 유채꽃밭이 아닌 점은 계절상 당연한 부분일 것이다. 하지만 저 까맣고 작은 숲의 바로 앞쪽에 작은 집이 하나 있었다. 가까이 다가가자 개가 짖었다. 농가를 좋아하는 듯한 사람이 지은 것으로 보이는 새집이었다.

나무가 울창하게 우거진 탓에 숲 속은 낮에도 어두컴컴한데, 그 속에 인기척이라곤 없는 스이진구가 있었다. 높은 나무숲 너머에는 여름 들판이 환하게 펼쳐져 있지만, 이곳만큼은 서늘한 기운이 감돈다. 스이진구는 규모는 자그마했어도 솜씨 좋은 전문 목수가 지었겠거니 싶을 만큼 만듦새도 정교했다. 오랜 세월을 거친 원숙함이 깃들어 있었고, 또한 거무스름해져 있었다. 나는 도조[土藏][9]에나 쓸 법한 오래되고 커다란 자물쇠를 늘어뜨린 격자문을 통해, 텅 빈 당 안을 들여다보았다.

이 스이진구가 특이한 점은 그 옆에 노가쿠도가 있어서다. 지면에 세운 기둥 위에 높게 깐 마루 구조로 지어진 간결한 목조건물로, 3면은 벽이 없어 바람이 자유롭게 드나들 수 있는 탁 트인 무대였다. 70제곱미터 정도의 마루청에는 나뭇잎이 흩어져 있었고 흙먼지가 엷게 쌓여 있었다.

스이진구는 이 마을의 우지가미[氏神][10]로, 옆 마을의 우지가미와

9) 흙과 회반죽으로 외벽을 두껍게 발라 내화성이 뛰어난 창고. 가재도구나 곡물 등을 저장하는 데 쓰였다.
10) 씨족의 선조를 신으로 모시거나, 그 신과 신을 모시는 신사를 가리키는 말로, 원래는 공통의 조상신을 받듦으로써 동족의식을 강화하는 역할을 했으나 시간이 지남에 따라 혈연보다는 지연이 중시되면서 점차 해당 지역의 수호신도 우지가미라 부르게 되었다.

번갈아가며, 즉 2년마다 전통 예능인 노[能][11]를 봉납한다고 한다. 2년에 한 번 있다는, 훤하게 밝힌 화톳불이 사방에 불티를 날리는 가을밤에, 노멘[能面][12]에 불꽃을 비추며 춤추는 시골의 소박한 마쓰리[祭り][13]를 보고 싶어졌다.

숲은 염천 더위가 한창인 바깥에 비해 기온이 훨씬 낮아서, 사파리 셔츠 아래에 밴 땀이 차갑게 느껴졌다. 키 큰 활엽수들 가운데 유독 크고 높다란 떡갈나무가 있었는데, 사방팔방으로 뻗어 나간 가지에는 수십만은 족히 되어 보이는 나뭇잎들이 빽빽하게 우거져 있었다. 이런 게 바로 진수의 숲[鎮守の杜][14]일 것이라고, 도시에서 나고 자란 나는 생각했다.

긴 침묵 속에서, 어느 밤 돌연히 솟구치는 불길과 우렁차게 외치는 소리, 순식간에 피어오른 화려함 뒤에는 또다시 끝 간 데 없는 정적으로 이어진다……는 이미지가, 갑자기 내 머리를 스쳤다. 숲의 수신(水神)은 분명 작가가 언급했던 것처럼 '잊혀진 비밀 요새' 같기도 했다. 그리고 어제 보았던 하나시마칸논[花島觀音][15]과 방금 보았던 스이진구가 그랬듯이 이 벤텐구도 바다를 향해 세워져 있었다.

나는 포토그래퍼다. 상업사진을 찍는 포토그래퍼로 독립한 지 올해로 5년이 되었다. 조수를 하던 시절에는 패션사진과 인물사진도

---

11) 일본 고전 예능 중 하나. 탈을 쓰고 음악에 맞추어 요곡을 부르면서 연기한다.
12) 노를 연기할 때 쓰는 가면, 탈.
13) 신사에서 지내는 제사나 의식.
14) 원래는 신사를 둘러싸는 형태로 존재했던 삼림으로, 옛날에는 이 삼림과 삼림 속 토지 등의 자연도 그 자체로 신앙의 대상이었으나 지금은 그러한 믿음이 옅어졌다. 또한, 원래 신사에는 반드시 삼림이 있어야 했으나 시대의 변화에 따라 신사와 도리이만 덩그러니 남은 형태도 현재는 그리 어렵지 않게 볼 수 있다.
15) 지바 현 하나미가와[花見川] 구에 있는 절로, 정식 명칭은 덴푸쿠지[天福寺]다.

찍었지만, 언제부터인가 풍경이나 정물, 자연 속 동식물 쪽으로 무게 중심이 옮겨갔다. 그러한 세계가 좋았고, 나와 맞는 것 같았다.

이번 일은 어느 비주얼 잡지에서 최근 2년 동안 연재하고 있는 시리즈물이었다. 작가나 시인이 저마다 인연이 있는 지역의 인상과 추억을 쓴 에세이에, 글과는 적당한 거리를 둔 사진을 몇 장 곁들인다는 취지의 시리즈다. 먼저 글이 있고, 그 글을 바탕으로 찍는 사진이기는 하나, 포토그래퍼 나름의 감각과 해석이 필요한 까닭에 보람이 느껴지는 일이었다.

나는 교정쇄 형태로 읽은 글에 적힌 곳을, 시간이 허락하는 한 사전에 충분히 걸으며 촬영을 위한 이미지를 풍부하게 만들려고 애쓰곤 했다.

작가는 길잡이 역할을 하면서 글 속의 장소를 알려주며 함께 걸을 계획을 세우고 있었으나 갑자기 병이 생겨 입원하고 말았다. 사연이 그러한 까닭에, 〈꿈속의 하나미가와〉라는 제목의 에세이에 적힌, 지바[千葉]의 거의 알려지지 않은 이 강 주변을 어제 그리고 오늘 이틀에 걸쳐 탐색한 것이다. 벤텐구는 가장 마지막 장소였다.

강의 오른쪽 기슭인 이 부근은 강가보다 더 높았고, 기다랗게 자라난 풀과 가시덤불로 무성히 뒤덮여 있어서 사람이 걸어 다닐 만한 길은 없다. 여기에서는 보이지 않으나 저 어딘가에 울타리가 높게 둘러쳐진 골프장이 있을 것이다. 골프장 쪽부터 강기슭 사이의 땅은 사람이 드나들지 않아 방치되면서 그대로 야생의 자연 상태를 형성한 것 같다.

강 하류에는 벤텐바시[弁天橋] 다리가 보이고, 그 너머에는 푸른 페인트를 칠한 송수관이 활을 거꾸로 엎어놓은 듯한 모양의 철교에 의지하여 강을 가로지르고 있다. 벤텐바시와 철교 중간쯤의 강기슭에는 철골로 만든 교각 같은 게 있는데, 붉게 녹이 슨 채로 다 스러져 가고 있었다. 한편 강 상류는 강줄기가 크게 굽이쳐서 끝이 어딘지 보이지 않았다.

작가가 썼던 대로 하나미가와 일대는 야생 조류가 많다. 어제 강물을 따라 강의 왼쪽 기슭을 걸었을 때도 눈과 귀로 확인했다. 가는 곳마다 자고새가 시끄럽다 싶을 만큼 지저귀고, 조금 먼 곳에서 수꿩이 암꿩을 부르는 소리가 드높이 울렸다.

불볕더위가 내리쬐는 수면에는 오리가 별로 없었지만, 유심히 살펴보면 풀 그림자가 드리워진 강기슭의 어두운 구석에 두세 마리 정도씩 모여서 가만히 떠 있는 게 보였다. 쇠오리, 흰뺨검둥오리, 댕기흰죽지 등도 볼 수 있었다.

뭐에 홀렸는지, 나는 강 상류를 향해 걷기 시작했다. 오늘 해야할 일은 이미 마쳤고, 시간은 충분히 남아 있었다.

로케이션 헌팅용으로 쓰는 폴라로이드 카메라를 등 뒤로 돌려 메고, 두 손으로 덤불을 헤치면서 한 발짝씩 나아갔다. 억센 여름풀들 사이로, 짐승이 다닐 법한 좁은 길이 한 줄기 나 있는 것을 눈보다 몸이 먼저 찾아냈다. 눈높이에서는 보이지 않으나, 발밑에는 옛날 사람들이 발을 내디뎠던 샛길이 있을지도 모른다.

그 숨겨진 길 아닌 길을 걸어가다 보니 강기슭에서 점차 멀어진다는 것을 깨달았다. 그때 풀 속에 있는 무언가에 정강이를 세게 부딪쳐서 통나무처럼 앞쪽으로 풀썩 쓰러졌다. 나는 정강이를 끌어안고 신음했다. 마라톤으로 단련된 내 다리도, 정강이가 약한 건 남들과 똑같았다.

도대체 뭐에 걸려 넘어졌는지 확인할 요량으로, 글자 그대로 풀뿌리를 손으로 헤쳐 가며 찾았다. 금속으로 만들어진 봉이 눈앞에 나타났다. 땅 위로 비스듬하게 솟아 나온 주물(鑄物)이었는데, 무려 전철기(轉轍機)였다. 철도의 선로를 수동으로 바꿀 때 쓰는 막대기 모양의 기계로, 통상 포인트(point)라 불리는 물건이다.

맨 끝의 손잡이 부분 아래에 마치 군바이우치와[16]처럼 생긴 동그란 판이 달려 있으며 50도 정도의 각도로 하늘을 향해 있었다.

포인트가 있다는 것은 곧 그 옆에 철도의 선로가 있다는 이야기가 된다. 나는 엎드린 자세로 주위를 살펴보았으나 선로 같은 건 없었다.

"이게 뭐지……."

나는 입맛을 다시고는 혼잣말을 중얼거렸다. 대체 무슨 상황이란 말인가. 이런 게 왜 여기 있는 거지. 누가 버린 거라고는 보이지 않는다. 포인트는 지면에 튼튼히 고정되어 있었으며, 발로 차거나 흔들어도 꿈쩍하지 않았다.

개도 쏘다니면 몽둥이를 맞는다[17]……고는 하지만, 걸어 다닐 수 없는 곳을 걸었던 탓에, 나는 묘한 철봉에 콱 부딪히고 말았다. 그곳에 포인트가 왜 있을지 생각하며, 아랑곳없이 한층 더 안쪽을 향해 걸어갔다. 차를 세워둔 곳에서 점점 멀어지고 있다고 생각은 하면서도, 누가 나를 부르기라도 한 듯 계속 걸었다.

땅을 양쪽으로 찢어 놓은 듯한 한 줄기 도랑이 눈앞에 나타났다.

---

16) 중세 말에서 근세에 이르기까지, 무장 등이 쓰던 지휘용 도구. 철이나 가죽, 나무 따위를 써서 손잡이가 달린 부채 모양으로 만든 다음 옻칠을 하고 해와 달, 이십팔수(二十八宿) 등을 그린다. 스모 경기에서 심판이 사용하는 것도 같은 이름이며, 이와 비슷한 모양새를 하고 있다.

17) 주제넘게 뭔가를 하려 하다가는 뜻하지 않은 재난을 만나기 마련이라는 뜻의 일본 속담. 한편 이 속담에는 생각지도 못한 행운을 만날 수 있으니 뭐든 일단 해볼 것을 권하는 의미도 있다.

약 2미터 깊이에다 바닥 폭이 1.5미터 정도 되어 보이는, 쐐기 모양으로 째진 도랑이 거의 일직선으로 뻗어 있었다. 물은 흐르고 있지 않았고 도랑 바닥과 비탈 모두 잡초가 무성히 자라 있을 뿐이었지만, 한때는 용수로나 속도랑으로 쓰였을 수도 있다. 오래전 이 부근은 습지였으나 개척 과정을 거쳐 농경지가 되었다는 이야기를 들었는데, 그 흔적인가 싶었다.

그러다 어느 순간, 도랑 안을 통과해 이쪽으로 다가오는 사람이 있다는 것을 알아차렸다. 커다란 짐을 짊어지고 있었고, 몸집이 작았다. 한 발짝 한 발짝 가까워지고 있는 그 사람은, 이 지방에서는 흔한 가쓰기야[担ぎ屋] 노파 같았다. 가쓰기야란 산지에서 직접 쌀과 채소, 떡, 달걀, 말린 생선 따위를 가져와서 장사하는 여자들을 가리킨다. 요즘은 다소 밝은 색깔의 옷을 입지만 옛날에는 검은색 계열의 통소매 웃옷에다 여성용 작업복이라 할 수 있는 몸뻬 차림이 많았다.

거무스름한 천으로 싼 대바구니 위에 또 상자를 얹은, 믿기지 않을 만큼 대량의 무거운 물품을 나른다. 한때는 까마귀부대 같은 식으로 불렸다고 한다.

불쑥불쑥, 이라는 표현에 걸맞은 움직임으로 느릿느릿 다가오는 사람은, 하얀 볼싸개에 하얀 앞치마를 두른 차림이었고, 몹시 작아 보였다. 그리고 역시나, 몸집만 한 짐을 짊어지고 있었다. 가까이 오거든 사진을 두세 장 찍을 수 있게 부탁해야겠다고 생각하면서도, 어쨌거나 묘한 데를 골라 걷는 사람이구나 하고 생각했다.

나는 밴대너[18]로 땀을 닦은 뒤 얄미울 정도로 말갛게 갠 하늘을

---

18) 홀치기염색, 또는 사라사 무늬를 들인 무명천. 손수건으로 쓰기도 하고 스카프나 두건 같은 패션 소품으로 쓰기도 한다.

올려다보았다. 은백색으로 빛나는 적란운이 우뚝 솟아 있었다. 수백만 볼트나 되는 에너지를 감추고서 오연히 떠 있는 것처럼 보였다.

도랑 쪽으로 시선을 돌린 후 깜짝 놀랐다. 가쓰기야 노파가 사라졌다. 커다란 짐을 짊어진 채 가파른 비탈을 그토록 재빨리 올라갔으리라고는 생각하기 힘들었다. 풀이 가득한 언덕을 둘러보았지만, 사람은커녕 새도 자취를 감추었다. 사라졌다는 것 말고는 달리 표현할 길이 없었다.

"대체 어떻게 된 거야⋯⋯."

나는 또 혼잣말을 중얼거렸다. 예년보다 유독 더운 올여름의 직사광선 때문에, 나는 살짝 맛이 간 것일까. 환상을 본 것이었을까.

나는 비틀거리며 풀 속을 헤엄치듯 가로질러 갔다. 한 무리를 이룬 잡목들과 조릿대 사이의 풀숲에, 갑자기, 커다랗고 둥글고 하얀 물체가 모습을 드러냈다. 하얗다고는 해도 때가 타서 잿빛으로 물들어있고, 콘크리트라 짐작되는 외벽의 여기저기는 벗겨지고 떨어져 나간 반구형의 건물이었다. 밥그릇을 엎어놓은 것처럼 생긴 건조물의 윗부분이다.

이건 또 뭐란 말인가. 어제와 오늘, 그 이틀 동안에 봤던 것들 중에서도 가장 기묘하고 신기했다. 제멋대로 마구 뻗어 자라난 야생의 덤불 속에 있으면서, 누가 보아도 분명히 인간이 만든, 그것도 지금까지 본 적 없는 특이한 형태의 물체였다.

나는 입을 쩍 벌리고 있었을지도 모른다. 누군가에게 조종당하듯 두 발짝 세 발짝 가까이 다가갔다. 반구형 건물의 콘크리트 벽에는 직사각형 모양의 창문이 뚫려 있었다.

"토치카인가? 그래, 이건 토치카야!"

실물을 본 적은 없다. 하지만 전쟁영화나 관련 도서를 봤던 덕분에 그게 토치카라는 정도는 알고 있었다. 이게 정말 토치카라면, 그런 게 왜 하필 여기 있을까.

나도 모르게, 또다시 한 발짝 한 발짝 다가갔다. 그때였다.

"거기 서!"

갑자기 새된 목소리가 들렸다. 심장이 마구 고동쳤다.

"게 누구냐!"

콘크리트 벽에 있는 총구멍처럼 생긴 창문에서 나는 소리 같았다. 게다가 그 창문에서, 믿을 수 없게도 총열이 비죽 나와 있었고, 검은 총구가 나를 겨냥하고 있었다.

2

"이름을 대라!"

총구멍에서 들려오는 목소리가 명령했다. 나는 허둥대면서도,

"마, 마쓰무라입니다. 마쓰무라 지로······."

라고 대답했다.

"뭐하는 자냐! 적이 보낸 간첩인가!"

처음에는 깜짝 놀랐지만, 정신을 차리고 나니 토치카에서 들리는 목소리는 크기만 할 뿐 위압감 같은 게 없음을 깨달았다. 하지만 그 진지함에 압도되어, 나는 또 대답하고 말았다.

"평범한 사진사입니다."

잠깐 정적이 흘렀다.

"좋아, 움직이지 마. 움직이면 쏜다."

이런 말이 들리더니 총이 사라졌다.

'누구냐'가 아니라 '게 누구냐'라고 하는 옛날식 말투의 검문이었다는 점, '간첩인가' 따위의 시대와 동떨어진 말을 입에 올렸다는 점을 조금만 생각해보아도, 목소리의 주인이 예사롭지 않음을 알아챘어야 했다.

"이쪽으로 돌아."

목소리는 등 뒤에서 들렸다. 깜짝 놀라 뒤돌아보자 소년이 서 있었다. 몸집은 컸으나 동그란 얼굴에 아직 앳된 기가 가시지 않은 아이였다. 요즘에는 보기 드문 까까머리에 카키색 전투모를 쓰고 있었다. 흰색 반팔 노타이셔츠의 옷깃에 뭔가를 뜻하는 마크 같은 게 그려져 있었으며 가슴팍에는 구(舊) 제국군 육군의 병사 계급장이 달려 있었다. 허리에 찬 소총은 99식 소총 같았다.

일본 어디에나 있을 법한 시골스러운 이 지역에서 내가 어제와 오늘 이틀 동안 보았던 것은, 에세이를 쓴 작가의 시각으로 이야기하자면 과연 어딘가 조금씩 비현실적인 분위기의 풍경이었다. 시간의 흐름에 뒤처진 듯한, 시공간 속에서 표표히 떠다니는 그런 느낌을 가졌었다. 하지만 소총을 차고 홀연히 나타난 전투모 소년을 보고는 진심으로 놀랐다.

그뿐만이 아니다. 이 소년은 무슨 수를 썼길래 내 뒤로 나타날 수 있었던 것일까. 소년은 나를 검문이라도 하듯 머리 꼭대기부터 발끝까지 샅샅이 살피는 듯했다. 전투모의 챙 아래에 자리한 눈은 야성적으로 빛나고 있었지만, 포동포동한 얼굴에다 살결은 하얗고 볼과 입술이 붉다. 동안이지만 작은 키는 아니어서, 170센티미터인 나와 비슷한 정도다.

"평범한 사진사라……."

소년이 말했다.

"악인 같지는 않군."

"뭐, 그렇지."

나는 쓴웃음을 지었다. 이번에는 내가 물을 차례다.

"넌 누구지? 이 옷차림은 뭐야?"

소년은 의외로 순순히 대답했다.

"육군 공병 군조(軍曹)[19] 하라다 산페이!"

그때 뒤쪽의 토치카에서 부드러운 목소리가 들렸다.

"산페이, 다른 사람을 놀라게 하면 못써."

나이 지긋한 여자의 목소리였다.

"네가 좋아하는 쑥떡 가지고 왔단다. 자, 그 사람도 들어오라고 하렴. 차도 끓여놓았으니까."

누가 면전에서 짝 하고 손뼉을 쳐서 꿈에서 깨어난 듯, 소년의 표정이 홱 바뀌었다. 소년은 고개를 한 번 까딱하고는 총을 내렸다. "따라와"라며 내게 말하고는, 풀 속을 지나 도랑 비탈을 타고 내려갔다. 나는 뒤를 쫓았다.

소년의 모습이 순식간에 홱 사라졌다. 사라진 주변을 찾아보았다. 비탈을 빽빽하게 덮은 여름풀과 덩굴에 가려져 있었으나, 놀랍게도

---

19) 일본 구 육군의 계급 중 하나로 부사관에 속하며 조장(曹長) 아래이자 오장(伍長) 위의 계급이다. 우리 식으로 따지자면 중사 정도에 해당한다.

비탈에 굴이 나 있었다. 마름돌로 주위를 다져놓은 배수구처럼 땅굴이 뚫려 있었다.

"허허."

의미도 없는 말을 중얼거리며 엉금엉금 기어들어 갔다.

굴속은 생각보다 넓었다. 대롱 모양의 굴은 벽면이 빨간 벽돌로 다져져 있고, 어둡고 서늘했지만 바람이 통하고 있는지 공기가 건조했다. 굴 저편까지는 완만한 오르막이었으며, 막다른 곳에는 3단짜리 계단이 있었다. 소년을 따라 계단을 올라가자 토치카 안으로 나왔다.

"이럴 수가!"

나는 소리를 질렀다. 원형의 토치카 내부는 가운데 높이가 약 2미터, 반지름 1.5미터 정도의 7제곱미터쯤 되는 공간이었다. 바닥 또한 빨간 벽돌이 촘촘하게 깔려 있었다. 콘크리트 벽의 3면에 뚫린 총구멍으로 오후의 햇빛이 비스듬히 쏟아져 들어와서 예상외로 밝았다. 조금 전 보았던 가쓰기야 노파가 작은 의자에 다소곳이 앉아 있었다.

나는 등산모를 벗고 고개를 살짝 숙이며 실례합니다, 라고 인사했다.

"어서 오시게. 썩 좋은 차는 아니지만, 한잔 드시우."

노파가 가리키는 책상 위에는 마치 소꿉놀이하듯 다기(茶器)가 놓여 있었다. 소년은 나뭇가지의 가장귀를 활용해서 만든 수제 총 받침에 소총을 세운 다음 짚을 엮어 만든 둥근 방석에 앉았다.

나는 노파가 권하는 대로 소학교에서나 쓸 법한 작은 나무의자에 앉았다. 짙은 색깔의 뜨거운 차는 향기가 좋았으며 의외로 맛있었다. 나는 토치카 안을 이리저리 둘러보았다. 의자에 앉아 있는 노파는 가까이서 보니 정말 작았다. 노파는 혈색 좋은 조그마한 얼굴에 웃음을 한가득 띠고서 나를 바라보고 있었다. 나는 물어보았다.

"저기, 두 분은 여기 사십니까?"

노파는 가볍게 웃으며 말했다.

"우리가 무슨 두더지도 아니고……."

그렇다는 건, 다른 곳에서 살고 있다는 뜻이리라. 나는 주위를 손으로 가리키면서 물었다.

"뜬금없는 질문입니다만, 이건 대체 뭔가요? 무얼 하는 곳이죠?"

"자네 같은 젊은 사람은 잘 모를 텐데, 토치카라는 거요. 옛날에 군대에서 썼던 요새 같은 거지. 진지(陣地)의 흔적이거든."

"역시 토치카였군요. 실물은 처음 봅니다."

그런 게 왜 여기에? 라고 묻고 싶었지만, 다른 걸 물었다.

"산페이는 어르신의 손자죠?"

"글쎄, 그런 셈이지요."

노파는 소년의 이름을 한자로 '原田三平'라 적는다는 것을, 그리고 소년의 나이가 열다섯 살이라는 것을 알려주었다. 하라다 산페이 군조는 쑥떡을 먹느라 정신이 팔려 있었다.

"저도 그렇지만, 산페이 정도 나이면 당연히 전쟁이 뭔지 모를 텐데 군대놀이를 좋아하나 보네요."

"산페이는 군대놀이 따위를 하고 있는 게 아니에요."

노파는 뜻밖의 말을 했다.

"전쟁이지. 이 아이는 참전 중이야."

나는 어이가 없었다. 소년도 이 노파도, 어쩐지 평범한 사람 같지 않은, 조금 이상한 데가 있다. 열다섯 살이라고 하면 중학교 3학년쯤 됐을 텐데, 학교는 다니고 있지 않은 것일까.

"산페이의 가슴팍에 달린 계급장은 분명 육군 군조의 것이로군요. 요즘 아이가 어디서 그런 지식을……."

"이 아이의 할아버지가 직업군인이었거든. 언제까지고 조장(曹長)[20] 에만 머물렀지, 사관(士官)이 되려고 하질 않았어요."

"태평양전쟁 때를 말씀하시는 거죠?"

"맞아요, 대동아전쟁이지."

"그분은 아직 건재하십니까?"

"아니. 쇼와(昭和)[21] 20년에 죽었어요. 아마 죽었겠지. 행방불명되었으니까."

"쇼와 20년이라면……, 1945년인가. 전쟁이 끝난 해네요."

"8월 14일 한밤중의 일이었지요."

1945년 8월 14일 한밤중이라 하면, 다시 말해 일본이 전쟁에서 진 날 바로 전날 밤이다. 패전한 날 전날 밤에 사라진 병사 한 명이 그 후 영영 돌아오지 않았다는 뜻일까.

노파가 권한 쑥떡을 손에 든 채 나는 정신을 놓고 있었던 모양이다. 떡 두 개를 해치운 산페이는 내가 가지고 온 폴라로이드 카메라에 흥미가 생긴 것 같았다. 목을 길게 빼고 폴라로이드 카메라를 연신 두리번거리며 쳐다보았다.

"엄청난 사진기다."

나는 도리어 아까부터 산페이의 소총이 궁금했다. 나는 꾀를 하나 내서 말해보았다.

"카메라 만져보게 해줄 테니까, 네 총을 보여줄래?"

---

20) 구 육군 계급의 하나로, 부사관 중에서 가장 상위 계급이다. 군조의 위이며 준위(准尉)의 아래다.
21) 1926년부터 1989년까지의 일본의 연호.

산페이는 카메라에 미련을 보이면서도 거래에 응하지 않았다.

"볼래? 이런 식으로 쓰는 거야."

나는 사진 찍습니다, 하면서 미리 말을 해둔 다음 노파에게 카메라를 들이대고 셔터를 눌렀다. 플래시가 터진 후, 지잉 하는 익숙한 소리와 함께 카메라는 사진을 토해냈다.

찻잔을 들고서 미소 짓는 노파와 그 노파의 발치에 있던 커다란 바구니가 찍힌 가로세로 6센티미터의 사진을 두 사람에게 보여주었다.

"요술이라도 부린 것 같구먼."

찍은 사진이 앉은자리에서 나온다는 사실에 노파는 일단 감탄했다는 식의 태도를 보여주었으나, 입가에는 놀란 기색이 없었으며 변함없이 은은한 미소를 띠고 있을 뿐이었다. 하지만 산페이는 눈이 휘둥그레져서는 폴라로이드 카메라의 노예가 되고 말았다.

나는 하잘것없는 도구를 가지고 인디언들을 놀라게 한 악덕 백인 상인이라도 된 것 같은 기분이 들었다.

"밖에서 두세 장 찍고 와도 돼."

이렇게 한 번 더 부추겼다. 산페이는 결국 유혹에 넘어갔다.

소총을 집어 들고 익숙한 손놀림으로 탄창을 제거했다. 탄창에는 탄환이 빼곡히 들어 있었다. 모제르 소총처럼 노리쇠를 당겨서 탄환을 뺀 다음 전투모로 능숙하게 받아냈다. 기다란 놋색 탄환이 모자 속으로 쏙 떨어졌다. 빼낸 탄환을 탄창에 다시 끼워 넣고는 탄창을 다시 주머니에 넣었다. 소년은 총을 다루는 데 숙달되어 있었다. 탄환을 뺀 총을 내게 건넨 후 폴라로이드 카메라를 쥐고 굴 바깥으로 사라졌다.

예상했던 대로 99식 소총이었고, 믿기지 않게도 진짜였다. 모조품도 모델건도 아닌 진짜 소총이어서, 사람의 손으로 길들여진 무기만이 선사하는 묵직함이 있었다. 나는 실탄이 장전된 총으로 겨냥당했던 셈이다.

나는 이십 대의 어느 한 시기에 사냥에 빠졌던 적이 있었다. 그래서 총기와 날짐승, 들짐승에 대해서는 남들보다 조금 아는 편이다.

99식 소총은 1939년에 제식용 총으로 쓰이기 시작한 일본의 소총이다. 99식 소총의 전신인 38식 소총은 1905년, 그러니까 메이지(明治) 38년에 제정되었기 때문에 38식이라 부르게 되었는데, 6.5밀리미터 구경으로 당시 다른 국가의 군용 소총 수준보다 위력이 떨어졌으며, 중국 전선에서 고배를 마셨다.

더욱 강력한 총과 탄피를 목적으로 개발된 것이 바로 이 99식 소총이었다. 7.7밀리미터 구경으로 30-06탄과 동등한 위력을 갖춘 탄환을 쏠 수 있는, 심플하면서도 균형 잡힌 볼트 액션 소총이다. 지금은 애호가들이 군침을 흘리는 총이다.

이게 그 99식 소총이구나! 나는 병사의 손때를 탄, 그리고 그들의 뺨이 닿고 닿았을, 전장을 누비며 상처투성이가 된 총의 개머리판을 어루만지고, 매끄럽게 작동하는 노리쇠를 움직여보았다.

나는 나뭇가지로 만든 총 받침에 총을 되돌려놓은 후 다시 노파 앞에 앉았다.

"조금 전에 산페이는 전쟁을 하고 있는 거라고 말씀하셨는데, 누구를 상대로 한 전쟁입니까?"

더 묻고 싶은 게 많았지만, 먼저 그렇게 물어보았다.

"산페이는 철도병이요. 적으로부터 철도를 지키고 있지."

"철도? 무슨 철도 말씀이신지?"

"군용철도 말고 뭐가 있겠나."

그런 것도 모르느냐는 표정이었다.

나는 정신을 가다듬고 계속해서 질문했다.

"산페이의 할아버지는 전쟁이 끝나기 직전에 소식이 끊겼다고 아까 말씀하셨는데, 그럼 산페이는 당연히 할아버지가 어떤 사람인지 모르겠군요. 본 적이 없을 테니까요."

"그때 하라다 조장은 태어난 지 얼마 안 된 아들이 있었지. 그게 산페이의 아버지야. 산페이는 세 살 때 부모를 잃었지요."

"그랬군요……. 그래서 어르신께서 부모 대신 산페이를 키우신 거군요……. 그럼 어르신은 하라다 조장의?"

노파는 멋쩍은 듯 웃으며 대답했다.

"전혀, 가족도 뭐도 아니야. 내가 하라다 조장에게 반했었거든. 임자 있는 사람을 연모했을 뿐이었지요."

반지르르 윤기가 흐르는 노파의 작고 하얀 얼굴이 빨개졌다.

쪼글쪼글한 쓰키미단고[月見団子]²²⁾ 같은 얼굴을 한 이 노파의, 50년 전의 모습을 상상하기가 힘들었다.

"죄송하지만 연세가 어떻게 되십니까? 성함은요?"

"나? 올해로 여든. 이름은 포."

"포? 포라고 말씀하신 거 맞죠?"

"응, 사람들은 모두 나를 그렇게 부르거든. 진짜 이름은……, 잊었어."

---

22) 음력 8월 15일 밤과 9월 13일 밤에, 달에 공양하는 단고[団子, 경단]를 가리키는 말로, 보통 하얗고 동그랗다.

"포 할머니……이시군요. 어딘가 듣기 좋은 이름이네요. 그런데 어째서 그런 이름으로 불리게 되신 거예요?"

"글쎄. 늘 멍하니 있어서 그런가……, 아니면 기차 소리에서 딴 것[23]이려나."

"포 하고 나는 기적 소리! 기차를 좋아하시나 봐요."

"하라다 조장이 타니까. 그 사람의 열차거든……."

하라다 조장에 관해 이야기하는 포 할머니의 말투가 어느새 현재형으로 바뀌어 있었다. 포 할머니는 어디선가 담뱃대를 꺼내 들었다. 이런 물건을 보는 것도 오랜만이다. 품속에서 피스(Peace) 논필터 담배[24]를 꺼내더니 그중 한 개비의 한가운데쯤을 손으로 찢어 둘로 나눴다. 한 도막을 담뱃대에 눌러 담고 담배를 피우기 시작했다.

산페이가 숨을 헐떡이며 돌아왔다.

"새매를 찍었어!"

그러고는 세 장의 폴라로이드 사진을 보여주었다. 옅은 갈색의 새가 나뭇가지에 앉아 있는 게 한 장, 날아가는 모습을 찍은 게 두 장이었다. 수리나 매 종류는 식별하기 힘들다. 특히 날아오를 때는 너무 빨라 눈으로 구별하기가 지극히 어렵다고들 한다. 직각으로 굽어 있는 사진 속 새의 부리와 날카로운 눈은 분명 수리 아니면 매 같다. 날고 있는 사진 쪽은 새의 모습이 작아서 단정할 수는 없으나 날개 끝이 뾰족한 듯 보이니 매 종류 중 하나일지도 모른다.

몸집 크기는 비둘기만 하며 다 자란 새의 날개는 회색에 가까운

---

23) 'ぽうっと'라는 단어는 '집중하지 못하거나 정신이 말짱하지 않은 상태'라는 의미도 있으며, 기적이 울릴 때 나는 의성어이기도 하다.

24) 일본타바코산업주식회사(JT)에서 판매하는 담배 종류의 하나. 일본타바코산업주식회사는 1985년에 설립되었으며, 전신은 일본전매공사(日本専売公社)였다. 피스 논필터 담배는 1940년대 후반부터 판매되기 시작했다.

빛을 띠므로, 아마 아직 어린 새이리라. 계절을 고려하면 황조롱이일 가능성도 있었다.

하지만 나는 그런 걸 굳이 말하고 싶지는 않았다.

"이야, 이게 새매로구나. 굉장한 걸 찍었는데."

산페이는 서운하고 아쉬운 듯 폴라로이드 카메라를 마지못해 돌려주었다. 나는 시간이 흐르는 걸 잊고 있었다. 손목시계를 보고 돌아가야 할 시간임을 알았다. 생각보다 너무 오래 머물러서 죄송하다며 포 할머니에게 인사한 뒤, 또 와도 되는지 산페이에게 물었다.

내가 시계를 보는 모습에 뭔가 떠올랐는지, 산페이는 주머니에서 묵직해 보이는 회중시계를 꺼내 들여다보았다. 스위치가 눌린 양 산페이의 온몸에 긴장이 감돌았다. 그러고는 직립부동 자세로 외쳤다.

"하라다 군조, 지금부터 경비에 임한다. 마쓰무라 이등병, 물러가도 좋다!"

3

그다음 주의 이틀에 걸쳐 하나미가와 주변 촬영을 마쳤다. 지면에 필요한 사진만을 추려 편집자에게 보내는 것으로 이 일은 끝났다.

나는 사무소의 내 책상에서, 한 장의 폴라로이드 사진을 바라보고 있었다. 토치카 안에서 찍은 스냅사진이다. 포 할머니와 커다란 짐짝이 찍혀 있다. 여름 채소는 무겁거든, 이라며 포 할머니가 말했던 그 바구니에, 뭔가가 적혀 있는 주간지 크기만 한 널빤지가 달려 있다는 것을 처음으로 알아챘다. 나는 확대경을 갖다 대고 네 줄짜리 문구를 읽었다.

> 잃어버린 것
> 찾고 있는 것
> 찾아드립니다
>
>   영사(靈師) 포

이런 글이었다. 뜻밖에도 아주 잘 쓴 글씨였다. 나는 노트 한 귀퉁이에 그 문구를 옮겨 적고서 몇 번이나 되풀이하여 읽었다.

과연 이건 무슨 말일까. 누가 잃어버린 것을 그 노파가 텔레파시 같은 능력을 써서 찾아낸다는 뜻이기라도 한 걸까. 행상을 다니며 쌀과 채소를 팔면서 부업으로 하는 걸까. 하지만 포 할머니는 아무리 보아도 마법을 쓰는 할머니 같지는 않았다.

다른 때보다 유독 더웠던 그날, 만물이 숨을 죽이고 웅크린 채 꼼짝도 않던 오후, 이상한 나라의 앨리스처럼 굴속에 떨어져 만나게 된 신기한 사람들은 하나부터 열까지 수수께끼에 싸여 있었고, 내 마음을 사로잡은 채 놓아주지 않았다.

나는 이번 일을 하며 우연히 알게 된 그 지역의 대지주가 했던 말을 떠올리고, 곱씹어보았다. 촬영 이틀째 날 오후에 나는 차를 그 대지주가 사는 저택 앞에 세웠었다. 저택은 벤텐바시와 하나시마바시 사이에 놓인 가시와이바시 다리 옆에 있다. 높은 담으로 둘러쳐진 저택은 옛날 무가(武家)의 사람들이 살았던 집처럼 둔중한 대문으로 굳게 닫혀 있었다. 문 앞에는 커다란 소나무를 심은 원형의 쓰키야마[築山]²⁵⁾가 있어서 대문이 눈에 쉽게 띄지 않았으며, 또 문과 쓰키야마 사이에 반원형의 포치(porch)가 갖추어져 있었다.

저택 앞에 난 길로 차들이 제법 다녔다. 주차해도 되는지 묻고자 대문을 두드려 저택에 있는 사람을 번거롭게 하는 것도 내키지 않아, 나는 차의 후미가 저택의 포치와 살짝 겹치게 하는 정도로 무단주차를 했다.

일을 마친 후 카메라 세 대와 삼각대를 짊어지고 돌아오니 마침 저택에 사는 사람의 차가 귀가하던 무렵이었다. 반대 방향으로 포치에 진입하면 저택으로 차가 들어가지 못할 상황은 아니었지만, 나는 당황했다.

무단으로 차를 세운 사실을 사과하면서 서둘러 차를 빼려고 했다. 목과 어깨에 매달린 카메라들이 서로 부딪쳤다.

"괜찮습니다. 딱히 방해된 것도 아니니까요."

초로의 신사가 볼보에서 내리며 말했다. 키가 훤칠하고 말랐으며, 지적인 풍모를 지닌 사람이었다. 거창한 내 장비들을 보며 물었다.

"이런 데서 뭘 찍으십니까?"

나는 먼저 카메라를 차에 집어넣고, 내가 누구이며 무슨 일을 하는 사람인지 밝힌 다음 이번 촬영 업무에 대해 간단하게 설명했다. 신사는 그 작가가 이 지역에 사는 사람이냐고 물었다. 나는 여기 강변의 잡목림 안에다 나무로 작은 오두막을 지은 뒤 서재로 삼고 있는 그 작가의 이름과 작품명 등을 이야기해 주었다.

---

25) 인공적으로 만든 산. 돌을 쌓아올려 만드는 석가산과는 다소 다르다.

신사는 작가의 이름을 수첩에 받아 적었다. 문학과 예술에 관심 있는 사람 같았다.

"고작해야 이삼일 걸어 다니며 받은 인상일 뿐이지만, 어딘가 운치 있는 지역이었어요."

무심결에 흘린 내 말이, 그 사람은 마음에 들었던 모양이다.

"바쁘지 않으시다면 잠깐 들어오시겠습니까? 하나미가와를 비롯한 이 지역에 대해 조금 말씀드리지요."

이렇게 권한 것이다.

신사는 저택의 당주였으며, 성은 하나시마[花嶋]라고 했다. 나중에 안 사실이지만 이 지역의 유서 있는 집안으로, 주변 일대를 아우르는 대지주였다. 부근에 있는 광대한 단지도 부지 절반이 하나시마 가의 소유였고, 강변에 있는 커다란 종합병원이며 수영교실, 골프 연습장도 이 집안의 땅에 세워진 것이라고 한다. 도효가 있던 벤텐구는 하나시마 가의 우지가미 흔적이라는 것도 알려주었다. 하나시마 가를 비롯한 이 지역의 유서 있는 집안들은 각기 그 집안의 우지가미를 거주지 안에 모시고 있다고 했다.

하나미가와는 '옛날에는 기껏해야 폭이 1미터 20센티미터 수준의 개천'이었다고 하나시마 씨가 이야기했다. 선대(先代)가 아이였을 시절에는 강을 폴짝 뛰어 건너서 학교에 다녔다고 한다. 제대로 못 뛰어서 물에 빠지는 바람에 홀딱 젖는 아이들도 제법 있었다는군요, 하고 당주는 웃으며 말했다.

하나미가와는 인바누마[印旛沼][26] 물을 도쿄 만으로 흘려보내기 위해 수많은 인력과 적잖은 시간을 들여 완성한 강이라고 했다. 하천공

---

26) 지바 현 북서부에 있는 최대 수심 2.5미터, 면적 12제곱킬로미터 정도의 늪과 호수.

사는 실제로 에도[江戸] 시대부터 거듭해서 시행되었고, 전쟁이 끝난 후에야 겨우 완성되었다는 것이다. 어제 촬영했던, 하나시마칸논이 있는 대지(臺地)가 분수령이 되었으며, 상당히 험난한 공사였다고 한다.

나는 토치카에 관해 물어보고 싶었다. 하지만 그랬다가는 산페이와 포 할머니 이야기까지 하게 될 것 같아 망설여졌다. 그 두 사람은, 토치카에 있다는 사실을 남들에게 숨기고 싶어 할지도 모른다는 생각이 들어서다. 또 두 사람에 관한 건 나만 알고 있는 비밀이길 바랐다.

하지만 옛말에 이심전심이라고 했던가. 신사가 먼저 말문을 열었다.

"당신은 이 주변을 적잖게 돌아다니신 것 같은데, 벤텐바시 근처의, 지금은 쓰이지 않는 교각을 혹시 보셨습니까?"

하나시마 씨가 내게 물었다. 이 부근의 으뜸가는 대지주의 저택 어느 방에서, 당주가 담담하게 늘어놓는 이야기를 들으며 나는 흥분했다. 생각지도 못했던 이야기였다.

옛날 이 주변에는 군용철도가 깔려 있었다. 레일의 폭이 표준보다 넓은, 그러니까 광궤인 철로와 경편철도용 좁은 철로가 서로 나란하게 강을 가로지르며 달렸다는 것이다. 교각은 그 시절의 흔적이다.

지바철도 제1연대와 쓰다누마철도 제2연대 사이를, 군용열차가 달렸다고 한다. 그 말을 들은 순간, 나는 가슴이 쿵쾅거리며 눈앞이 아찔해지는 상상에 사로잡혔다. 하얀 연기를 뿜어 올리며 철교를 덜커덩덜커덩 달려와서는 떠나가는 검은 기관차의 모습이, 느닷없이 머릿속에 가득 찼다.

그렇구나! 그런 거였어! 그래서 포인트가 있었던 거야!

"그 사실을 알고 있는 사람도, 지금은 거의 없지만……."

하나시마 씨는 말을 이어갔다.

"요 10년 정도 전까지만 해도 연대철도의 분기점 흔적이, 여기서 그리 멀지 않은 게이세이 전차의 오쿠보 역 바로 앞 언저리에 남아 있었지요……."

마치 꿈과 같은 이야기에 넋을 잃고 있었던 나는, 정신을 차리고 은근슬쩍 질문을 던졌다.

"말씀하신 철도연대와 관련해서 아직까지 남아 있는 게 또 있습니까?"

"제가 알고 있기로는 철교 흔적과 토치카 정도군요. 예전에는 이쪽에서도 강 너머로 토치카가 보였지요. 그러고 보니 요즘은 보이지 않습니다. 잡목과 덤불 때문에 가려져서 보이지 않게 되었나 봅니다."

쏘았던 탄환이 사냥감에 명중했을 때의 쾌감 같은 걸 느꼈다. 토치카는, 역시 그곳에 존재하는 것이다.

"토치카라니요. 전쟁영화에서 자주 보긴 했어도 여기 일본 땅에 있으리라고는 생각해본 적이 없습니다. 적의 상륙을 대비해서 해안선에 지어놓았다면 모를까, 어째서 이런 내륙에 토치카가 있는 걸까요?"

"연습용이겠지요. 일본이 중국을 침공했을 무렵에 아마 만주나 몽골 같은 국경 근처에서 봤던 것을 흉내 내서 지었을 거라고 봅니다. 철도연대가 수비훈련을 할 때 사용했을 테고요."

인사를 하고 저택을 나섰을 때는 이미 날이 저물어 있었다. 지바 북부 인터체인지로 진입하여 도쿄완간도로를 쏜살같이 달리며 돌아가는 동안, 나의 머릿속은 군용열차와 토치카로 점령당한 채여서 거의 무의식 상태로 운전했던 것 같다.

강한 자력에 이끌려, 일을 하는 와중에도 틈틈이 시간을 내서 토치카에 들렀다. 나는 지바철도 제1연대에 입대를 지원하여 육군 공병 이등병이 되었고, 산페이 군조에게 배속……되었다.

토치카에서 보내는 시간은 신선하면서도 자극적이었다. 보고 듣는 것 모두가 신기했고 놀라움으로 가득했다. 산페이 군조의 금장(襟章)은 솔개의 깃털처럼 붉은 기를 띤 갈색이었고, 좌우 양 끝이 날개와 같은 모양을 하고 있었다. 왼쪽 옷깃에는 1이라는 숫자가, 오른쪽 옷깃에는 레일 단면도에 도끼 두 자루가 엑스 자 모양으로 겹쳐 있는 휘장(徽章)이 달려 있었다. 지바철도 제1연대를 뜻하는 것이리라. 가슴팍의 계급장은 붉은 바탕에 한 가닥 금줄과 두 개의 별이 달린, 의심할 여지도 없이 군조를 상징하는 것이었다.

산페이가 이따금씩 주머니에서 꺼내 들여다보는 회중시계는 운전 근무용 시계라고 했다. 시계 뒷면에 '1935년 구입'이라는 각인이 새겨져 있다. 하라다 조장의 유품일까. 손으로 감는 방식의 이 시계는 쉬지 않고 째깍째깍 움직이며 반세기 이상의 시간과 함께했을 것이다.

토치카 벽면의 총구멍은 각각 12시, 4시, 8시 방향으로 나 있고, 이 세 곳의 창을 통해 360도의 시야를 확보하고 있었다. 요새로서 갖추고 있을 법한 장비는 산페이 군조의 99식 소총이 전부였고, 총포나 활처럼 멀리 쏘아 보낼 수 있을 만한 무기는 없었다. 철도 레일을 고정할 때 쓰는 크고 굵은 못이 벽에 박혀 있었으며 그 못에 보병용 총검 한 자루가 걸려 있다. 튼튼해 보이는 목제 삼각대에 장착된 커다란 군용 쌍안경이 총구멍 쪽에 설치되어 있다. 독일제 야간 망원경인 것 같다. 내가 검문당했던 건 4시 방향의 총구멍이었는데, 강과 그 너머의 바다 쪽을 향해 있었다.

식탁 대신으로 사용하는 토치카 중앙의 책상과 의자 외에, 8시 방향 총구멍이 난 벽 가장자리 쪽에 나무로 만들어진 작은 책상이 있었다. 모스부호로 교신하는 무선통신기와 단정하게 말려 있는 한 쌍의 손깃발, 그리고 군용 나팔이 놓여 있었다.

석유등이 하나 있는 것 말고는, 도구라 할 만한 게 없었다. 텅 빈 토치카 내부는 포 할머니가 깨끗한 걸 좋아하는지 구석구석 청소되어 있었다. 그러고 보면 해어질 대로 해어지기는 했지만 산페이에게도 언제나 깨끗한 옷을 입혔다.

토치카는 두꺼운 벽이 바깥 공기를 차단해주는 덕분에 여름에는 서늘하고 겨울에도 분명 따뜻하리라 여겨지는 거주 공간이었다. 추운 날이라 해도 약간의 불기운만 있으면 충분히 지낼 수 있을 것 같았다. 침구가 없는 것으로 보아 두 사람은 역시 다른 데서 살고 있는 것이리라.

소년은 말이 없었지만, 포 할머니는 곧잘 입을 열었다. 어딘가 초연한 구석이 있었지만, 온화하고 따뜻한 성품이었다. 두서도 없는 데다가 끈질기기까지 한 내 질문에 싫은 기색 하나 내비치지 않고, 꾸미는 것 없이 감추는 것도 없이 담담한 어조로 이야기해 주었다.

포 할머니는 가쓰기야를 50년이나 해왔다고 했다. 지바 사쿠라[佐倉] 지역을 아우르는 조합에 가입한 사람들만 꼽아도 현재 350명 정도가 가쓰기야 일을 하고 있다고 한다. 게이세이 전차는 이 일을 하는 사람들을 위해 출근 시간대의 열차 중 맨 끝의 한 량(輛)을 행상 전용 차량으로 쓸 수 있게 해주고 있었다.

연금도 받을 수 있는 데다, 먹고사는 데 지장 있는 사람들도 없어서 일하는 게 좋아 계속하는 사람들이 많다고 한다. 직접 키운 제철 작물로 장사하는 사람도 수두룩한데, 그들은 전날 오후에 수확한 신선한 작물만을 취급한다는 자부심이 있었다.

가쓰기야 일을 하는 다른 사람들과 함께 역 앞에 가게를 내기도 하지만, 저마다 오랫동안 관계를 맺어온 단골들에게 가져다주는 걸 전문으로 하는 사람들이 더 많다. 그들은 자신들이 방문하기만을 기다리며 반갑게 맞아주는 고객의 얼굴을 보는 게 낙이라, 일을 손에서 놓지 않는다고 한다.

가쓰기야 또는 예전 명칭인 까마귀부대 같은 낱말 때문에, 내가 상상했던 어두운 이미지는 이제 털끝만큼도 남아 있지 않았다.

"하지만 전쟁 당시에는, 그리고 전쟁이 끝났을 무렵에는 식료품도 철저하게 통제되고 있었다던데, 얼마 안 되는 식료품 배급으로는 다들 먹는 게 변변찮은 수준 아니었습니까? 행상에 필요한 물품들도 여간해선 들여놓지 못했을 테고요."

"나한테는 나만의 도매상이 있었지."

포 할머니는 장난에 얽힌 비밀을 털어놓으려는 소녀 같은 표정으로 이야기를 꺼냈다.

포 할머니의 매입처는 바로 시립동물원이었다. 동물원에서 동물들에게 주는 먹이를 슬그머니 훔쳤다는 것이다. 물자는 부족한 시절이었어도, 동물원은 나름대로 별도의 특별 배급을 받고 있었다. 포 할머니는 토치카 안에서 오래된 못을 두들겨 편 다음 그것을 사용하여 어떤 자물쇠든 열 수 있었다고 한다. 자물쇠에 맞춰서 못 끝의 두께나 각도를 미세하게 조정하면 될 뿐이라고 했다.

포 할머니는 이 열쇠로, 동물 우리를 열고 자유롭게 드나들었다. 코끼리와 기린, 들소 따위의 대형 초식동물에게는 먹이로 주는 채소와 과일 일부를, 사자나 호랑이에게는 당시 세간에서는 구경조차 할 수 없었던 고기를 훔쳤다.

"사자나 호랑이한테도요!"

나는 깜짝 놀랐다. 믿기지 않았다.

"맹수의 우리에도 들어갔다고요! 습격 같은 건 안 당하셨습니까?"

포 할머니는 담담히 말했다.

"좋게 잘 얘기하면 돼. 나는 위험한 사람이 아니라고 말하면, 동물들도 마음을 열어주지."

나는 그저 기가 막힐 따름이었다. 포 할머니는 이른바 마력이나 신통력처럼, 일종의 초능력 같은 힘을 지니고 있었던 것일까.

"무섭지는 않으셨어요? 호랑이나 코끼리 말이에요……."

"겁을 먹으면 상대가 알아채지. 무서워하면 안 돼."

이 자그마한 노파는, 아무것도 무서워하지 않으리라는 생각이 들었다.

"하지만 동물들을 굶길 수는 없는 노릇이니까. 동물원에서 내가 얻은 건 그리 많지 않았어. 그 무렵 나나 가쓰기야 동료들이 입에 풀칠이라도 할 수 있었던 건 순전히 그 사람 덕분이었거든."

포 할머니는 지난날을 회상하듯 아련한 눈빛을 띠었다.

"군용열차가 여기를 통과할 때, 그 사람은 화물칸 문을 열고 커다란 화물을 하나 떨어뜨려 줬지……."

"하라다 조장이로군요."

"맞아. 화물을 떨어뜨린 다음, 그 사람은 이쪽을 향해 경례를 한 번 척 하고는 가버리곤 했어. 그 모습이 어찌나 늠름하던지……."

포 할머니는 황홀한 듯 이야기를 이어갔다.

"종이와 끈으로 꾸린 화물의 내용물은 빵, 설탕, 팥, 미국 밀가루, 고기나 생선 통조림이었고, 어떤 때는 커피와 담배, 비누 같은 게 들어 있기도 했지. 우리 같은 평범한 사람들은 당최 구할 수 없는 것들뿐이었어……."

언제 어느 시대이든, 어느 나라의 전쟁이었든, 세간에서 사라진 것들이 정치권이나 군부에는 하나부터 열까지 다 썩어 문드러질 만큼 굴러다녔던 것이다.

"꾸러미를 여는 게 낙이었어. 마치 보물 상자라도 되는 것처럼 모두 가 그걸 둘러싸고 눈을 반짝반짝 빛내면서 열곤 했지. 언제나 가쓰기 야 동료들이랑 이 부근에 사는 사람들하고 안에 든 걸 나누었고."

나는 포 할머니에게 홀딱 빠졌다. 순수하면서 속세를 초탈한 할머니의 됨됨이에 반하고 말았다.

나는 가장 신경 쓰였던 일을 물었다.

"저기, 산페이가 경비를 맡고 있다는 군용열차 말인데요……. 그 열차는 지금도 운행을 하나요?"

포 할머니는 바보 같은 소릴 다 듣겠다는 표정으로 나를 보았다.

"그러니까 지키고 있는 거잖소."

"하하하……. 그건 그렇네요. 그럼 포 할머니도 그 기차가 보이십니까?"

"누구에게나 보이고말고. 그렇게나 커다란 게 라이트를 번쩍이고

땅울림을 내면서 달려오는데, 보기 싫어도 눈에 들어오지."

나는 할 말을 잃었다.

"게다가 기차는 달이나 별이 밝게 빛나는 밤에만 운행하거든……."

4

겨울을 맞이한 뉴질랜드의 아오라키 마운트 쿡(Aoraki / Mount Cook)
과 피오르드랜드(Fiordland) 로케를 마치고 돌아오니, 일본은 8월이었
다. 계절이 정반대였던 데다가 시차 문제까지 겹쳐서, 함께 갔던 스태
프들은 전부 앓아누웠다. 하지만 나는 또다시 토치카로 향하고 있었
다. 포토그래퍼에게 요구되는 재능 중 으뜸은 체력이다.

사륜구동 자동차를 강가의 공터에 주차해두고, 풀을 헤치며 500미
터 정도 걷는 이 길 아닌 길에도 익숙해졌다. 산페이는 내가 미쓰코시
백화점에서 산, 드라이아이스를 채운 모로조프27) 빙과에 사족을 못
썼다. 포 할머니는 뜻밖에도 네이비 컷(Navy cut)28)이 마음에 든 것
같다. 예전에 로케 때문에 영국에 갔을 때 알게 된 담배인데, 뉴질랜

---

27) 일본 고베[神戸]에 거점을 둔 제과업체로, 창업자 표도르 드미트리예비치 모조로프는
러시아인이다. 1917년 러시아혁명이 일어나자 하얼빈과 시애틀을 거쳐 고베에 정착했
으며 1926년에 초콜릿을 중심으로 한 양과자를 만들어 판매하는 일을 시작했다. 이후
발생한 경영권 분쟁 때문에 모조로프 일가는 사업에서 손을 뗄 수밖에 없었지만, 그의
이름이 남아 있는 모조로프주식회사는 주로 백화점 제과 브랜드로 지금까지도 인기를
얻고 있다.

28) 영국의 임페리얼 토바코 그룹(Imperial Tobacco Group)에서 생산하는 담배 종류의
하나로, 플레이어스 네이비 컷(Player's Navy Cut)이라고도 한다.

드 크라이스트처치(Christchurch)의 어느 동네에서 발견했다. 일본에서는 파이프용 살담배만 있을 뿐 이렇듯 필터가 없는 담배는 구할 수 없었다. 수염을 기른 해병 그림이 그려져 있는 매혹적인 디자인으로, 개성 강하고 독한 담배다.

포 할머니는 전쟁이 끝나고 잠깐 동안, 다른 마을에서 돌아올 때 꾸리는 짐 속에다 미군 병사가 빼돌리는 초콜릿과 담배를 넣어 날랐다고 한다.

"네이비 컷이라고 하는구면. 히노마루나 라쿠다 같은 양담배는 피워봤지만, 이런 건 없었어."

히노마루는 럭키스트라이크, 라쿠다는 물론 카멜[29] 이야기다.

포 할머니는 담배에 관해서는 상당히 깐깐한 취향을 갖고 있는 듯했다. 포 할머니는 이 영국제 담배를, 여느 때처럼 둘로 찢어 담뱃대에 눌러 담아 피웠다. 담배를 한가운데에서 잘라 나누는 것을 네이비 컷이라 하는 건가, 하는 바보 같은 생각을 하기도 했다.

나중에 깨달은 사실이지만, 내가 사 간 선물들은 녹아서 없어지거나 연기로 사라지는 것들뿐이었고 형태가 남는 것은 아무것도 없었다.

두 사람에게는 보이는 군용열차를, 나도 꼭 보고 싶었다. 열차가 언제 오는지 어떻게 아느냐고 산페이에게 물었다. 지령이 내려온다고 했다. 누가, 어떤 방법으로 지령을 전달하느냐고 물으니 하라다 조장이 무선으로 연락을 준다고 했다.

나는 책상 위에 있는 무선통신기를 가리키며 물었다.

"저건가? 그럼 너는 모스부호를 쓸 줄 알아?"

---

29) '낙타'라는 뜻의 일본어로, 영어로는 'camel'이다.

"물론이지."

"그래? 대단한데. 수기신호도 가능하고?"

"그럼. 초년병 시절부터 훈련을 받았거든."

"한번 보고 싶은데? 네가 통신하는 거."

"수기는 여기서는 안 써. 비상사태가 벌어져서 열차를 급정지시킬 때만 쓰는 거야."

나는 더 물었다.

"그런데, 다음에 열차가 오는 건 언제지?"

산페이는 즉시 대답했다.

"내일. 20시 05분. 경편(輕便) 2호 열차."

"나, 나도, 아니 마쓰무라 이등병도 지원합니다. 경비에 임하겠습니다!"

그날 밤, 나는 캐논 EOS1에 ASA 1600짜리 초고감도 필름을 끼우고, 집광 반사경이 달린 강력한 카메라용 스트로보까지 챙겨서 야간 열차를 기다렸다. 열차는 정각에 왔고, 토치카 앞을 통과했다. 아니, 통과했다는 것 같다. 그러나 내게는 보이지 않았다.

나는 8시 방향으로 나 있는 3번 총구멍에 얼굴을 바짝 가져다 붙이고는 이제나저제나 기차를 기다렸다. 하지만 달빛을 받아 빛나는 사람 키만 한 여름풀들과 그 너머로 펼쳐진 어둠만 눈에 들어올 뿐, 아무것도 보이지 않았다. 정면의 1번 총구멍 쪽에 있던 산페이와 오른쪽의 2번 총구멍 쪽에 있던 포 할머니의 얼굴에는, 기관차가 내는 소리를 들으며 열차를 배웅하고 있다는 표정이 역력하게 드러나 있었다.

내 마음속에서는, 내게는 보이지 않았다는 소외감과 보이지 않는 게 당연한 것을 보인다고 말하는 쪽이 잘못되었다는 식으로 여기며 납득하려고 하는 마음이 서로 다투었다.

"땡땡 보일러였구먼, 오늘 밤은."

포 할머니가 말했다. 나는 포 할머니의 말을 듣고 질문을 던졌다.

"땡땡 뭐라고요? 그건 뭐죠?"

"땡땡 보일러. 경편철도 중에서도 오래된 기관차지. 기관차 두 대가 꽁무니끼리 연결되어 있었잖아."

당연히 나도 그걸 봤으리라고 여기는 말투였다.

"방금 지나간 기차는 기관차 두 대가 폭폭, 폭폭 하는 소리를 딱 맞춰서 운행해야 하니까, 기관사도 힘들 거야."

나는 철도연대에 대해 좀 더 알려달라고 간곡히 부탁했다. 변함없이 부드러운 웃음을 띤 얼굴로 포 할머니가 느릿느릿 들려주는 이야기를, 나는 마른침을 삼키며 들었다.

철도연대의 궤도에는 궤간이 고작해야 60센티미터에 불과한 경편철도 레일과 광궤 레일이 나란히 깔려 있다. 경편철도는 연습용으로 지은 것이었으나, 물론 실제로도 활용되고 있다고 한다.

'땡땡 보일러'라는 애칭이 붙은 기차의 정식 명칭은 쌍합(雙合) 경편기관차로 독일제라고 한다. 완전히 똑같은 형태의 기관차를 두 대, 그러니까 한 대는 앞을 그리고 다른 한 대는 뒤를 향해 뒷부분을 연결하며, 오직 철도병 두 명의 힘으로 운행된다. 한 명은 운전에, 다른 한 명은 불 때는 일에 전념한다.

두 대의 기관차가 뿜어내는 증기 소리를 딱 맞춰서 달리지 않으면 기관차가 따로 움직이게 되어 연결 부분이 덜컹거리며 서로 부딪쳐서, 견인하는 힘이 균등히 전달되지 않는다. 기관사는 대단히 숙련된 운행 기술을 연마해야만 했다.

기관사가 양쪽의 가감 밸브를 잡고, 두 대가 내는 증기 소리를 일치시켜 가볍게 폭폭, 폭폭 하고 리듬을 맞춰 달리면 속도가 점점 올라간다고 한다. 그럴 때 나는 소리 때문에 땡땡 보일러라고 불리게 되었던 것 같다.

하라다 조장은 상등병(上等兵)이었을 무렵 연대를 통틀어 으뜸가는 명기관사로 이름을 날렸다고 한다. 아가씨였던 포 할머니는 자주 기관차를 얻어 타고 전원 드라이브를 즐겼다. 선로가 지나가는 들판에서 기다리다가 손을 흔들면 기관차가 서행하며 아가씨들을 태워주었다. 기관차는 아가씨들이 원하는 장소에서 다시 서행해주었고, 거기로 폴짝 뛰어내렸다고 한다.

그 후 경편철도는 신식 동륜5축형(動輪五軸型), 디젤 기관차, 모터카식이 도입 또는 개발되었으나, 포 할머니가 한결같이 좋아했던 건 땡땡 보일러였다. 땡땡 보일러가 들려주는 특유의 리드미컬한 소리와 승차감을 제대로 이해한 사람이라면 누구나 이 구식 기관차를 사랑할 수밖에 없다고 했다.

포 할머니는 군용철도에 관해서라면 외래어로 된 전문용어와 사양에 관한 수치를 놀라우리만치 명확하게 기억하고 있었으며 막힘없이 술술 이야기했다.

"땡땡 보일러가 묘하게 생긴 굴뚝으로 사방에 불똥을 흩뿌리면서 건강하게 달리는 모습은 씩씩하면서도 운치가 있었지. 나는 이 땡땡 보일러에 탈 때가 가장 즐거웠어."

한편, 광궤의 보통열차 같은 기관차도 메이지, 다이쇼[大正][30] 시대부터 몇 차례의 변화를 거쳤다. 쇼와 시대에 접어들면서는 C12형 기관차가 호쾌한 기적 소리를 올리며 등장하여 활약한다. 그리고 드디어 C56형 기관차의 시대가 찾아왔다.

동륜 지름이 1.4미터, 최고 높이가 3.7미터, 505마력, 최고 시속 75킬로미터, 원형으로 된 기관차 앞부분의 정면에는 C56 다음으로 두 자릿수의 시리얼 넘버가 이어지는 번호판이 달려 있었으며, 원형 헤드라이트, 짧아진 굴뚝, 굵직하고 우람한 보일러가 둘, 그리고 윗부분 중앙에 기적 소리를 올리는 놋색 장치가 달린, 전형적인 SL[31]의 늠름한 모습이었다.

선로 위에서 전방과 후방을 좀 더 효율적으로 경계하거나 감시하기 위해 탄수차의 뒷부분을 비스듬하게 깎아서, 기관실에서도 사격할 수 있게끔 되어 있었다. 하나미가와를 달렸던 건 주로 이 C56형 기관차였다고 한다.

나는 포 할머니에게 털어놓았다.

"사실 제게는 기관차가 보이지 않았어요. 어째서였을까요?"

포 할머니는 그랬느냐는 표정을 하고서는 아무 관심도 없다는 듯 담배를 피우고 있었다. 나는 폴라로이드 카메라로 찍었던 사진 속의, 포 할머니의 바구니에 매달려 있던 널빤지의 문구를 떠올리고, 어찌 되었든 상담해보기로 했다.

"어떻게 해야 저도 볼 수 있을까요? 특별한 수련이라도 필요한 걸까요?"

포 할머니는 대답하지 않았다.

---

30) 1912년부터 1926년까지의 일본 연호.
31) 증기기관차를 뜻하는 Steam Locomotive의 약자다.

"할머니와 산페이에게는 보이는데 제게는 보이지 않는다······. 할머니와 산페이에게는 있고, 제게는 없는 게 뭘까요?"

포 할머니는 나직한 신음을 한 번 내고는 이렇게 말했다.

"아이였을 적에 그림책을 읽거나 활동사진을 봤을 때, 자네는 그때는 그런 것들을 믿었나?"

나는 허를 찔린 기분이었다.

무엇이든 믿으며 의심할 줄 몰랐던, 더없이 행복했던 그날들······. 누구나 가지고 있는, 그리고 누구나 어느샌가 잊어버렸던 순진무구한 마음······.

"할머니가 말씀하시는 건 동심 같은 건가요?"

나는 상체를 앞으로 쑥 내밀며 물었다.

"동심을 되찾으려면 어떻게 해야 할까요?"

포 할머니는 시치미를 떼며 말했다.

"그런 건 스스로 생각해야 하는 거야."

"잠깐만요. 할머니는 남들이 잃어버린 것을 찾아주는 분이시잖아요. 어떻게 하면 찾을 수 있는지 알려주실 수 있지 않으세요?"

나는 재촉했다.

"뭐라도 좋습니다. 단서가 될 만한 것을 가르쳐주세요."

포 할머니는 잠깐 생각에 잠겼다가 이렇게 중얼거렸다.

"왜, 그 있잖아······. 바보 같은 일이라도 한번 해봐."

일이 뜸해진 건 아니었지만, 나는 그 무렵부터 일을 그다지 하지 않게 되었다. 원래 한 번에 여러 건을 능숙하게 처리하는 편은 아니었다. 한 건 한 건에 온 힘을 다했고 나 스스로가 결과물에 납득할 수 있도록 일해왔으나, 요즘 마음 한구석에는 언제나 그 토치카가 머물고 있어 정신이 반쯤은 그쪽에 가 있곤 했다.

스콜 같은 소나기가 내린 오후, 나는 토치카를 찾아갔다. 한껏 물오른 여름의 초목은 빗물을 듬뿍 빨아들여 숨 막힐 듯한 열기를 발산하고 있었다. 나는 물에 빠진 생쥐처럼 온몸이 흠뻑 젖었다.

처음 이곳에 오던 날에 정강이를 부딪쳤던 포인트는 토치카에서 10미터 정도 떨어진, 의외로 가까운 곳에 있다는 사실을 깨달았다. 포인트에 대해 산페이에게 이야기해 보았다.

"토치카 바로 뒤쪽에 철도용 수동 포인트가 있던데, 알고 있겠지?"

"당연하지."

"오랫동안 사용되지 않았던 것 같던데. 녹이 잔뜩 슬어서 꿈쩍도 안 하더라고."

갑자기, 산페이는 소년에서 군조가 되었다.

"마쓰무라 이등병, 포인트를 공략하라!"

"공략?"

"포인트가 동작할 수 있게 하는 거다!"

쓸데없는 말은 하지 말걸 그랬다고 후회하며 차로 돌아가서, 사쿠

신다이[作新台]에 있는 게이요 홈센터로 차를 끌고 갔다. 녹을 닦아내는 데 쓰는 오일, 금속 브러시, 붉은 페인트 한 통, 페인트 붓, 그리고 낫 따위를 사서 돌아왔다. 생각지도 못한 데에 돈을 썼다.

먼저 포인트 주변의 잡초를 베고, 덩굴과 조릿대도 헤치며 베었다. 억센 풀의 깔쭉깔쭉한 가장자리 때문에 내 손은 피투성이가 되었다. 포인트에 오일을 뿌리고 브러시로 녹을 닦아냈다. 아랫부분에 쌓여 있던 모래와 쓰레기를 제거하고, 윤활유를 끼얹었다. 차량용 공구를 꺼내 나사를 풀었다 조였다 하면서 흔들고 있자니, 끼익끼익 하는 비명을 올리고는 드디어 포인트가 움직였다.

포인트의 철봉 부분은 약 50도 위치에서 수평을 이룰 때까지 내릴 수 있게 되어 있었다. 나는 철봉과 군바이우치와처럼 생긴 동그란 판 모두 붉은 페인트를 칠해 깨끗하게 마무리했다. 땀을 뚝뚝 떨구며 두 시간 동안 노동한 결과를 감상했다. 오일과 페인트로 되살아난 주물 포인트는, 어딘가 옛날 정취가 느껴지는 고풍스러운 분위기를 풍겼고, 상당한 수준의 야외 조형물처럼 보이기도 했다.

나는 총구멍을 통해 산페이에게 임무를 수행했음을 보고했다. 산페이는 총만 들지 않았을 뿐 허리에 총검을 차고 전투모까지 푹 눌러 쓴 차림으로 점검하러 왔다. 붉은 페인트칠 덕분에 반질반질하게 빛나는 포인트를 보자마자, 산페이는 눈을 반짝이며 외쳤다.

"이야, 엄청나다!"

어쩐지 나도 기분이 좋아져서, 득의양양하게 철봉을 내렸다 올렸다 하는 것을 보여주었다. 산페이 군조는, 단박에 소년으로 되돌아갔다. 나를 밀어젖히고 포인트에 달려들었다. 산페이가 포인트 조작에 푹 빠져 있는 동안, 나는 토치카까지 가는 데 나 있는 덤불을 베어 전용 통로를 만들었다. 도로를 만드는 일도 공병의 업무다.

이 공로를 인정받아 일등병으로 진급했다. 나는 고민 끝에 아이디어를 하나 떠올렸다. 노란 니콘 스트랩 하나를 쓰기로 하고, 재단 가위로 별을 세 개 오려냈다. 수집 카메라용 선반에 깔아두었던 빨간 펠트 한 귀퉁이를 열차표만 한 크기만큼 잘랐다.

잘라낸 펠트에 노란 나일론 별 두 개를 바느질해서 달자, 육군 일등병의 계급장이 만들어졌다. 그 계급장을 사파리셔츠의 가슴팍에 붙였다. 아울러 셔츠의 옷깃에 갈색 사인펜으로 철도병의 휘장을 그렸다. 국방색의 낡은 작업용 바지를 뜯어 전투모 같은 것도 만들었다. 완성된 수제 군장을 하고, 나는 거울을 보았다. 면도를 하지 않아 수염이 다보록한 탈영병이 거울 안에 있었다.

이튿날, 군복 차림새를 갖추고 토치카에 갔다. 거수경례를 하고 "마쓰무라 일등병, 들어가겠습니다"라고 말하자, 산페이는 조금 놀란 기색으로 나를 뚫어지라 바라보았다. 금세 상관의 위엄을 되찾고는 답례하며 "들어와도 좋다!"라고 말했다. 포 할머니가, 뜻밖에도 한쪽 눈을 찡긋하며 내게 윙크했다. 그거야, 그거라고, 이렇게 말하는 것 같았다.

그날 밤 나는 멀리서 나는 기적 소리를 들었고, 이쪽을 향해 달려오는 기관차 소리를 들었다. 하지만 역시 보이지 않았다. 슈욱슈욱 증기를 내뿜으며, 레일의 이음매를 덜컹덜컹 지나, 철로 이루어진 거대한 차체를 삐걱거리며 통과하는 소리만큼은, 손에 잡힐 듯 뚜렷하게 들렸다.

됐다! 이제 얼마 안 남았다. 이제 열차의 모습이 보이는 것도, 금방이다……. 나는 춤이라도 추고 싶을 만큼 기뻤다.

그때, 옆에 있던 작은 책상 위의 무선통신기가 소리를 내기 시작했다. 산페이는 책상 쪽으로 달려가서 다이얼을 조정했다. 누군가가 전송한 모스부호였다. 산페이는 연필을 쥐고 모스부호를 앉은자리에서 문자로 변환했다. 다 끝낸 후 이번에는 직접 통신기의 키를 두드리며 수신을 확인했다는 신호를 보냈다.

덩치만 컸지 머리는 조금 모자란 어린아이라고 생각했던 산페이의 특수한 재능을 정면에서 목격하고 나자, 나는 깜짝 놀라서 경외심을 품기까지 했다.

나는 산페이 군조에게서 메모를 받았다. 연필로 휘갈긴 메모에는 '7일 20·15시 말똥 대(大) 하나'라 적혀 있었다. 내일인 8월 7일, 오후 8시 15분에 통과하는 철마(鐵馬)가 커다란 똥, 즉 화물을 하나 떨어뜨리고 간다, 라는 뜻이라고 나는 해석했다. 산페이는 이 열차를 호위할 것을 명령했다.

산페이는 무선기 옆에 있던, 붉은 술이 달린 나팔을 집어 들자마자 별안간 총구멍을 향해 불었다. 토치카 벽에 반향된 그 소리는, 엉망진창인 것 같았지만 어딘지 모르게 여운이 길게 남는 음색이었다.

"이 나팔 소리는 뭐지?"

나는 물었다. 둔중한 빛을 내뿜는 노란 나팔을 거꾸로 들고 흔들며, 산페이가 대답했다.

"잠자리를 펴고, 화장실에 다녀온 후 취침! 잠자리를 펴고, 화장실에 다녀온 후 취침……! 소등나팔이다."

그날 밤, 나는 또다시 초고감도 필름을 끼운 카메라를 챙겨서 3번 총구멍에 대기했다. 산페이는 99식 소총을 1번 총구멍에 고정시켰다. 포 할머니는 가운데에 있는 작은 책상에서 느긋하게 차를 마시고 있었다.

3번 총구멍으로 내다보이는 직사각형의 바깥 풍경은, 여느 때와 다름없이 별이 빛나는 밤하늘과 바람에 산들산들 나부껴 출렁이는 여름풀의 파도뿐이었다.

"기차는 제시간에 오는 법이야. 그러지 말고 차라도 들게나."

포 할머니가 권하는 대로, 나는 초조한 마음을 억누르고 차를 홀짝거렸다. 뜨거운 호지차(焙じ茶)가 몸속을 타고 내려갔다.

기차가 오기로 예정된 시각 3분 전, 포 할머니에게 잘 마셨다고 인사를 한 후 다시금 경비 임무에 착수했다. 나는, 깜짝 놀랐다. 눈을 비비며 총구멍 너머를 다시 보았다.

높다란 잡초가 우거져 있던 언덕은, 잔디를 깎아놓은 목장 같은 초원으로 변신하여 눈앞에 드넓게 펼쳐져 있었다. 저 멀리 밤하늘이 빨갛게 불타고 있고, 들판 너머에서는 불길이 날름거리며 솟아오르고 있었다. 도쿄 방향이었다. 도쿄가 불타고 있는 것이다!

그때, 기적 소리가 들렸다. 차체 깊숙한 곳에서부터 울려 퍼지는 C56형 기관차의 기적 소리를 들었다. 왔다! 나는 EOS1을 꽉 쥐고 총구멍에 얼굴을 바짝 댔다.

처음은 빛이었다. 총구멍의 왼쪽 귀퉁이에, 별안간 한 줄기 빛이 비쳤다. 헤드라이트가 내뿜는 원광(圓光) 속에서 불쑥 떠오르듯 나타난 기관차의 전면부가 보였다.

어느 순간, 광채가 총구멍을 덮쳐 눈앞이 캄캄해졌다. 들판에 깔린 선로는 크게 휘어 있는지, 기관차는 점점 가까이 다가오면서 시시각각 차체의 측면을 드러냈다. 슈욱슈욱 소리와 함께 하얀 증기를 힘차게 뿜어 올리며, 토치카에서 20미터 정도 떨어진 곳과 수평을 이루며 달렸다. 화물차 5량과 객차 1량을 끌고 있었다. 갑자기 속도를 떨어뜨렸다.

부아앙! 귀청이 떨어질 듯한 기적 소리가 울려 퍼졌다. 그 순간, 세 번째 차량인 화물차 문이 활짝 열렸다. 남자 하나가 노란 불빛을 등진 채 우뚝 서 있었다. 하라다 조장이란 걸 직감할 수 있었다. 커다랗고 네모난 짐짝이 화물차에서 뚝 떨어져 나왔다.

들판에 잠복해 있었던 것인지, 휙 하고 일어서는 사람 그림자가 있었다. 너 나 할 것 없이 까만 볼싸개와 까만 기모노 차림을 한 여자들 네 명이었다. 여자들은 선로에 이르는 오르막길을 재빠르게 올라갔다. 산토끼처럼 민첩했다. 여자들은 짐짝을 들고 뛰면서 도로 내려왔다.

토치카 앞에 멈춘 여자들은 볼싸개를 푼 뒤 화물차 안에 서 있던 남자를 향해 고개 숙여 인사했다. 그중 유난히 작은 몸집의 한 여자가, 빛을 등지고 있어 그림자처럼 보이는 남자에게 손을 흔들었다. 어디선가 본 듯한 옆모습 같았다.

이게 무슨 일이란 말인가. 다름 아닌 포 할머니였다. 앳되고 발랄한 포 할머니였다. 그림자 형체를 띤 남자는 등을 곧추세우고서 척 하고 손을 들어 답례했다. 어깨가 넓었으며 키가 훤칠한 그림자였다.

나는 정신을 차리고 총구멍에 렌즈를 밀어 넣듯이 해서 카메라 셔터를 눌렀다. 블라인드가 쳐져 있었으리라 짐작되는 후미의 객차 창문 하나가 환해졌다. 여자들이 팔딱 엎드렸다. 화물차 문이 닫혔다. 열차는 속도를 높였다.

열차의 붉은 테일라이트를 본 순간, 나는 자리를 박차고는 굴을 미끄럼 타듯 내려가서 토치카 바깥으로 허겁지겁 빠져나갔다. 멀어져가는 군용열차의 전모를 찍을 요량이었다.

하지만 바깥은 잡초만 우거져 있을 뿐인 황야였고, 열차는 온데간데없었다. 테일라이트도 보이지 않았으며 방금 굉음과 함께 거대한 물체가 통과한 기색은 조금도 느껴지지 않았다. 불타고 있었던 도쿄의 하늘을 돌아보았다. 어둠만이 서려 있을 뿐이었다.

ASA 1600짜리 초고감도 필름에는 아무것도 담겨 있지 않았다. 헤드라이트 불빛도, 테일라이트도 찍혀 있지 않았다. 하지만 나는 보았다. 이 눈으로 똑똑히 보았다. 기관차 번호판 속의 시리얼 넘버는 C5699였다. 포 할머니는 서른 살 안팎이었으며, 지금까지는 눈치채지 못했었지만, 목덜미에 까만 점 하나가 있었다.

비가 내리던 날, 사무소 소파에 온종일 멍하니 드러누워 있었다. 어떤 생각에 사로잡혀 있었다.

내가 그날 밤 보았던 광경은, 토치카 총구멍을 통해서만 보이는 모습이었던 것이다. 시네마스코프 사이즈의 총구멍 속 프레임을 통해서만 볼 수 있는 일종의 로드쇼였을 것이다. 아니면 시뮬레이션 영화처럼 눈앞에 펼쳐지며 지나가는, 겉보기에만 그럴싸한 영상일지도 모른다……

그건 그렇다 쳐도, 아무나 볼 수 있는 건 아니다. 어쩌면 단단하게 달라붙어 있던 포인트의 녹을 제거한 덕분에, 녹슬었던 내 마음이 조금 깨끗해졌기 때문일까. 포인트를 움직이게 한 까닭에 나는 다른 궤도에 뛰어든 것일까. 열차표 크기만 한 계급장은, 군용열차가 정차하는 역의 입장권이었을까.

포 할머니가 힌트로 주었던 '바보 같은 일'을 함으로써, 비로소 눈을 뜬 것일까…….

8월 9일에 수신한 무선통신은 짧지만, 긴박감 넘치는 내용이었다. 〈일촉즉발의 상황 조심히 대기하라〉 산페이는 수신했음을 알리는 신호를 보낸 다음, 포 할머니의 요청으로 분량이 긴 통신을 보냈다. 포 할머니가 타전하게 한 내용은 이러했다.

포 할머니가 가끔씩 시립동물원에 있는 동물들의 먹이를 슬쩍하고 있다는 사실은 전에도 들은 적이 있다. 하라다 조장이 화물차에서 떨구어주는 군용물자 중에 각설탕이 들어 있을 때는, 최소한의 사례조로 각설탕을 가지고 가서 동물들에게 주곤 했다고 한다. 그러한 까닭에 포 할머니는 동물원 사정에 밝았고 정보도 훤히 꿰뚫고 있었다.

최근 들어 어떤 소문이 나돌고 있었다. 세상 사람들은 아직 아무도 모르는 무서운 소문이었다.

도쿄는 이미 황폐해졌으나, 적군은 도쿄 만의 연안에 있는 대규모 공장 지대부터 지바 시 주변을 다음 목표로 노리고 있다고 한다. 지바는 소이탄의 융단폭격을 맞고 온통 불타올라 폐허가 되고 말 것이다.

지바가 폭격을 당하면, 당연히 동물원도 파괴당한다. 호랑이와 사자 같은 맹수가 우리에서 빠져나와 아무 거리낌 없이 나돌아 다닐 수 있다. 그러한 위험 상황이 벌어지는 것을 사전에 막기 위해 맹수와 대형동물 들을 머지않아 도살할 계획이라고 한다.

포 할머니는 동물들을 도와달라고 하라다 조장에게 요청했다. 뭐라도 좋으니 지혜를 빌려달라고 간곡히 부탁한 것이다. 하지만 하라다 조장이라 한들 신도 아니고, 슈퍼맨도 아니다. 어찌할 방법이 없을 것이다.

8월 10일, 나는 두 번째 열차를 보았다. 그날 밤, 하라다 조장은 기관차의 프런트 데크에 늠름하게 우뚝 서 있었다. 밝게 빛나는 헤드라이트 불빛 속에서 하라다 조장은 손깃발로 신호를 보내왔다. 빨간색과 하얀색의 작은 깃발이 빠르게 움직였으며, 섬광이 번쩍이는 것처럼 보였다. 산페이는 정확하게 읽어냈다.

〈내일 20시 전원 집합하라〉라는 메시지를 보낸 것이었다.

나는 동요했다. 내일인 8월 11일에는 도저히 거절할 수 없는 고정 촬영일이 잡혀 있었다. 분명 스튜디오에서 밤새워 작업하게 될 촬영이었다. 어쩌면 중대한 회의가 열릴지도 모를 자리에 참석할 수 없다는 게 안타깝기 짝이 없었다.

나는 시무룩한 얼굴로 포 할머니에게 물었다.

"전원이라 하면 누구누구인가요?"

"산페이랑 나, 그리고 신관하고……."

"신관? 어디 신관요?"

"스이진구의 신관이지."

"호오, 그런 사람이 왜……."

나는 그 사람을 모른다.

"거기 신관은 그래 봬도 레지스탕스 우두머리거든."

"레지스탕스!"

그런 단어가 포 할머니 입에서 나오리라고는 상상도 못 했다.

"히히, 하라다 조장한테 배운 영어야."

레지스탕스는 프랑스어일 테지만, 아무래도 상관없다.

나는 거듭 물었다.

"신관이 저항운동의 리더라는 말씀이신 거죠?"

"우린 모두 전쟁에 반대하는 사람들이야. 할 수 있는 만큼 군부에 손해를 끼치려고 애쓰고 있지."

"설마 군용열차를 전복시키려는 건 아니죠?"

"말도 안 되는 소리. 기차를 망가뜨려서 무슨 이득이 있겠어."

나는 포 할머니에게 간청했다.

"내일 저는 다른 일이 있어서 여기에 오지 못합니다. 모레에는 반드시 올게요. 내일 있을 일에 대해 전부 말씀해주실 거죠?"

"알았어."

포 할머니는 약속했다.

"아, 맞다. 네이비 컷인가 하는 건 이제 없나?"

8월 12일 오후, 세 시간 정도 눈을 붙인 탓에 흐릿하고 멍한 정신 상태로, 나는 토치카를 찾았다. 어젯밤 있었을 중요한 회합의 내용이 궁금하여 잠이나 잘 형편이 아니었다.

포 할머니가 여느 때처럼 느긋한 말투로, 서두르는 기색 없이 차분하게 늘어놓는 이야기의 내용은 놀랍기 짝이 없었다. 내 졸음기도 삽시간에 흔적도 없이 사라졌다. 이야기는 이러했다.

……전쟁에서 졌다. 일본은 항복한다. 패전에 대한 기밀 정보를 입수한 군의 간부들은 저마다 대책을 짜느라 미친 듯이 날뛰고 있다.

오는 8월 14일 밤, 사령부의 중장(中將)을 비롯한 고위급 장교 열한 명이 철도연대의 열차를 타고 도망칠 계획이라 했다. 하라다 조장에게는 이 열차의 운행 분대장을 맡으라는 명령이 떨어졌다.

문제는 열차에 실린 화물이다. 군이 몰래 감춰왔던 금은과 거액의 현금, 거기에다 식료품과 갖가지 은닉 물자들을 5량의 화물차에 몽땅 싣고, 맨 끄트머리 차량에 열한 명의 장교가 탑승한다.

쓰다누마철도 제2연대에서 출발하여 하나미가와를 건너 종점인 지바철도 제1연대의 조차장(操車場)에 숨어든다. 이곳에 은밀히 대기 시켜둔, 특별 편성한 경편철도열차에 화물을 옮긴다. 8량짜리 차량의 선두와 맨 끝에 땡땡 보일러를 각각 2량씩 연결한 열차다.

훈련용으로 가설한 협궤 선로가 소토보[外房]의 고미나토[小湊]까지 이어져 있다고 한다. 네 대의 땡땡 보일러가 뿜어내는 동력으로 경편 철도의 기다란 열차는 선로를 달려, 역시 가교(架橋) 연습으로 구축한 목조 철도교를 건너 골짜기를 흐르는 시냇물을 넘는다. 그리고 산속 의 비밀 벙커에 물자를 숨긴다. 언젠가 다시 만나기로 약속한 열한 명은 금은과 현금을 나누어 사방으로 흩어져 잠복한다는 계획이다. 열차를 운행하며 짐을 운반하는 데 동원된 철도병들은, 물론 그곳에 서 살해당하리라⋯⋯.

하라다 조장에게 이 비밀 계획을 전달한 사람은 도망 열차의 지휘 관인 대좌(大佐)[32]의 부하 병사였다. 이 소년병은 역귀나 마귀를 쫓는 다고 여겨지는 신인 종규(鍾馗)[33]처럼 수염을 덥수룩하게 기른 대좌의 연동(戀童)[33]이기도 했다. 소년병은 대좌를 증오하고 있었으며, 과묵하 고 강직한 남자처럼 보이는 하라다 조장을 남몰래 동경하고 있었던 것 같다.

이 비밀 계획에 맞서 하라다 조장이 세운 작전 계획은 대담무쌍했

---

32) 구 육군에서 소장(少將) 아래이자 중좌(中佐) 위를 뜻하는 계급 중 하나. 우리 식으로 따지자면 대령 정도가 될 것이다.
33) 동성애하는 남자의 상대가 되는 아이.

다. 그는 도망 열차를 토치카 앞에 세울 것이다. 5량의 화물차에 실린 화물을 송두리째 가로채려는 계획이었다. 열차 운전을 담당할 상등병 두 명과 화물차에 잠복할 병사는 하라다 조장의 부하이자 심복이다.

맨 끝 객차에 탄 고관들은, 아마 술을 퍼마시며 배를 두둑하게 불린 뒤 곯아떨어져 있을 것이다. 하지만 사태를 알아채고 뛰쳐나올지도 모른다. 그리되면, 그 자리에서 총격당할 것이다.

결전의 때는 23시 30분. 이번에는 상처 입거나 목숨을 잃는 자가 나올 수도 있다. 최후의, 그리고 죽음을 불사한 작전이다. 여러 사람이 필요한 일이지만, 지원하는 이들만으로 작전을 수행한다. 각오하고 덤벼라……라는 의미였다.

나는 흥분했다. 한동안 말도 잇지 못했다. 정신을 차린 다음 단도직입적으로 포 할머니에게 물었다.

"그, 그래서, 작전에 참가하실 겁니까?"

"당연하다."

산페이가 대신 대답했다. 단호한 목소리였다.

6

어느 광고 대행사가 급하게 들어온 일이라는 핑계를 대며 8월 13일부터 사흘 동안의 로케 촬영을 의뢰했지만, 나는 물론 거절했다. 어차피 다른 사람이 하기로 정해져 있었던 일일 것이다. 아마 겹치기로 일을 하고 있었을 해당 포토그래퍼의 일정이 촬영 직전에 어긋났던 것이리라. 나는 설령 아무 일거리가 들어오지 않는 때라 해도, 그런 의뢰는 받지 않는다. 내게도 긍지가 있다. 게다가 지금은, 일이나 하고 있을 때가 아니다.

8월 14일을 목전에 두고, 나는 고심에 고심을 거듭하며 행동했다.

총구멍을 통해 내게도 드디어 군용열차가 보이게는 되었으나, 아마도 마지막이 될 14일 밤의 기회를 어떻게 해서라도 카메라로 포착하고 싶었다. 환상과도 같은 영상을 필름에 새기고 싶었다.

8월 14일은 내일모레였지만, 총구멍 너머의 밤은 50년도 더 거슬러 올라간 1945년 8월 14일일 게 틀림없다. 50년 전의 광경을 찍으려는 상황에서, 최신 장비를 사용하는 건 어쩐지 어울리지 않는다는 생각이 들었다. 이를테면 분위기 같은 게 다른 것이다.

나는 수집 중인 오래된 카메라 가운데 라이카Ⅲb, 'HEER'를 골랐다. 1938년에 출시된 기종으로, HEER는 육군을 의미한다고 한다. 독일 육군 품목이었던 이 기종은, 애당초 제조 대수가 적었기 때문에 지금은 진품(珍品)으로 대우받는다. 나는 군용열차를 찍는 데 이 이상 적합한 카메라는 없다고 생각했다.

반세기 전에 태어난 이 카메라를 기름칠하며 정비했다. 바로 전 모델인 라이카Ⅲa까지는 파인더와 거리계 창이 20밀리미터나 되었으나, 개량된 Ⅲb는 두 개의 창 사이의 간격이 6밀리미터로 좁혀졌다. 이 때문에 속사성이 크게 향상되었다.

그렇다고는 해도 당시의 필름 와인더는 요즘 카메라처럼 손가락을 걸어 감는 데 쓰이는 레버가 없다. 빨리 그리고 많이 찍으려면 엄지손가락 안쪽의 볼록한 부분에 힘을 실어 와인더를 돌려야만 한다. 나는, 와인더를 돌리고는 셔터를 누르는 연습에 매진했다. 급격하게 손을 혹사 시켰더니 엄지손가락 안쪽에 피가 맺혔다.

한편으로는 라이카Ⅲb에 장착할 필름을 찾았다. 오래된 카메라인 만큼 필름도 오래된 것이어야 했다. 나는 평소 가까이 지내는 이마지카[IMAGICA][34]의 김 씨에게 상담했다. 그와 친한 사람이라면 모두 그를 가네코[金子]라는 진짜 성으로 부르지 않았다. 김치를 좋아하고, 한국 미인은 더 좋아하며, 언제나 패티 김 노래만 듣고, 종종 출장이라는 명분으로 한국에 다녀오는 그를, 사람들은 언제부터인가 김 씨라 불렀다.

의도를 전하자 김 씨는 흥미를 보이며 흔쾌히 협력해주었다. 그 또한 장난과 모험을 좋아하는, 장난꾸러기 같은 소년의 마음을 여전히 간직한 남자였다. 지금은 머리카락이 희끗희끗해지기 시작한 중년 신사이지만, 이마지카가 아직 동양현상소였을 무렵에는 현상 실무가 이루어지는 현장의 두목이었다. 대충 꿰신은 조리 차림으로 현상소 안을 주인이라도 되는 양 거만한 얼굴로 으스대며 활보했던 것이다.

그가 한나절 걸려 구해다 준 필름을, 나는 보자마자 마음에 들었다. 캔에 든 모노크롬 아그파 필름이었다. 밀봉해두는 한 반세기는 간다는 보증이 따라붙는다고 김 씨는 말했다. 오랜 세월을 거친 까닭에 필름 퍼포레이션[35]의 간격이 다소 느슨해져 있을지도 모른다. 무비카

---

34) 영화, TV 프로그램, TV 광고 등을 주로 다루는 포스트프로덕션으로, 1935년 '주식회사 극동현상소'라는 이름으로 설립되었다. 그 후 1942년에 '주식회사 동양현상소'로, 그리고 1986년에 지금의 사명으로 다시 변경했다.
35) 필름의 양쪽 가장자리에 연속적으로 뚫려 있는 구멍으로, 카메라 안에서 필름이 이동할 때 톱니바퀴가 필름과 맞물리도록 하는 역할을 한다.

메라라면 스프로킷[36]이 밀려서 필름을 정확하게 내보내지 못하는 일도 있을 수 있으나, 포토카메라로 한 방씩 감는다면 문제는 없다고도 말했다.

"내 실력을 제대로 발휘해서 증감현상해주지."

김 씨는 이렇게 말해주었다. 누가 뭐라 한들, 독일제 카메라에다 역시 독일제 필름이다.

좋아, 장비는 마련했다. 이번에는 플래시도 스트로보도 없다. 토치카 안에서는 조명도 효과가 없기에, 나는 노리고 있는 사냥감과 온전히 내 실력만으로 승부를 걸어야 했다. 게다가 김 씨도 왕년에 갈고닦은 솜씨를 아낌없이 드러내며 백업해주고 있지 않은가.

8월 14일은, 이상하리만치 더운 날이었다. 인간의 교만함에 드디어 분노한 신이, 징벌을 내리기 위해 불꽃이 이글거리는 화살을 당겨 지구를 송두리째 불태우려는 게 아닌가 싶을 만큼, 숨이 콱콱 막히는 더위였다.

나는 기합이 들어간 상태로 수제 군복을 갖춰 입고서 라이카Ⅲb HEER 하나만을 품에 안은 채 토치카로 향했다. 오후 6시 반, 태양이 치욕과 분노로 새빨갛게 타오르며 가라앉고 있었다. 하나미가와에서 보는 서쪽 하늘은 불길이라도 이는 듯 불타고 있었다.

토치카 안은 바깥보다 확연히 3도가량 낮아서, 땀이 금세 식었다. 산페이 군조는 긴장한 티가 역력했고, 99식 소총에서 탄창을 빼고는 기름 먹인 천으로 탄환을 하나씩 닦으며 마음을 다스리고 있었다.

---

36) 전동 장치, 또는 체인 기어라고도 하며 영화 필름의 양쪽 가장자리에 연속적으로 뚫려 있는 구멍을 뜻하기도 한다.

포동포동하고 앳된 얼굴이 조금은 창백하다.

포 할머니는 여느 때와 다름없이 태연자약한 표정으로 네이비 컷을 피우고 있었다.

"일찍 왔구먼. 아직 다섯 시간이나 남았는데."

"네. 집에 있어 봤자 초조해지기만 해서요."

"벌써부터 그러면 지쳐서 못써. 진짜 움직여야 할 때 못 움직인다고."

알고는 있지만, 쉬고 있을 수도 없는 노릇이었다.

산페이는 번쩍번쩍 광이 나게 닦은 탄환을 다시 탄창에 도로 채웠다. 탄환이 묵직하게 들어찬 탄창을 기름 먹인 천으로 감싸서 주머니에 넣었다. 무선기를 만지작거리거나 쌍안경을 점검하는 등 차분하게 있질 못했다. 포 할머니가 내게 말했다.

"자네, 밥은 먹고 왔는가?"

"아뇨, 깜박했습니다……."

"그럴 줄 알고 구운 주먹밥을 만들어왔지. 일단 든든하게 먹어둬야 해. 배가 고파서야 어디 싸움터에 나갈 수 있겠나. 차도 끓여뒀다네……."

포 할머니가 만든 구운 주먹밥은 맛이 좋았다. 간장을 발라 바삭하게 구운 다음 얇게 깎은 다시마로 감싼, 단단한 주먹밥은 씹을수록 소박하고 깊은 맛이 입안에 가득 퍼졌다. "음?" 주먹밥 안에 뭐가 들어 있었다. 살짝 단맛이 도는 걸 씹은 후, 나는 주먹밥을 쳐다보았다.

"가치구리[勝栗][37]야, 가치구리."

---

37) 말린 밤을 절구에 빻아서 껍질과 보늬를 벗긴 것. '절구 등으로 빻다'는 뜻의 동사

포 할머니가 말했다.

"옛날에 병사들이 전쟁터에 나가기 전에 승리를 빌며 먹은 가치구리라네."

뜨거운 호지차는 구운 주먹밥과 잘 어울렸다. 언제나 느껴지던 향기 외에, 오늘은 뭔가 다른 냄새가 섞여 있는 것 같았다. 아주 약간이지만 들판의 냄새 같기도 했다. 주먹밥 두 개를 해치우자 기분 좋게 배가 불렀다. 배를 채우고 나니, 몸은 정직한 존재인 까닭에 졸음기가 살짝 밀려왔다.

포 할머니가 깨웠을 때, 나는 5분 정도 졸았다고 생각했다. 산페이도 포 할머니가 깨우는 소리에 눈을 떴다. 나는 손목시계를, 산페이는 회중시계를 동시에 들여다보았다.

11시! 무려 네 시간이나 잔 거였다. 단잠이었다. 게다가 잠에서 산뜻하게 깼다. 온몸에 생기가 넘쳤다. 산페이의 볼에 장밋빛 홍조가 다시 어렸고, 다갈색 눈이 맑은 빛을 띠었다.

포 할머니가 약이라도 탄 것일까. 포 할머니의 바구니에는 초근목피를 배합한 비약이 숨겨져 있을지도 모른다. 하지만 어찌 됐든 상관없다. 우리는 포 할머니 덕분에 전투에 임할 생기와 용기를 되찾았다.

산페이는 모든 탄환을 장전한 탄창을 주머니에서 꺼내, 총에 힘차게 끼우고 노리쇠를 당겨 탄환을 약실에 밀어 넣었다. 차분히 이어가는 동작에 자신과 투지가 엿보인다. 이 순간, 산페이는 열다섯 살 소년이 아니라 젊고 늠름한 군인이었다.

나는 작업 바지로 만든, 시들시들한 전투모를 벗고 하얀 손수건으

'搗つ'와 음이 같은 동사이면서 '승리하다'라는 뜻을 지닌 '勝つ'로 치환한 것으로, 출정을 앞두고 승리를 기원할 때나 새해 선물로 쓰인다.

로 이마를 꽉 동여매었다.

별도 달도 뜨지 않은 캄캄한 밤이었다. 저 멀리 들판 끄트머리가 불타고 있었다. 일본이 불타오르고 있는 것이다.

밤 11시 30분. 총구멍의 왼쪽 귀퉁이에 불빛이 나타났다. 기관차가 눈부시게 환한 빛을 쳐들고서 달려오고 있었다. 나는 손수건으로 묶은 이마를 총구멍 벽에 바짝 밀어붙이고 라이카의 셔터를 계속해서 눌러댔다.

열차는 토치카를 산산이 부술 듯한 기세로 돌진해왔고, 크게 커브를 돌아 토치카와 정확히 수평을 이루었다. 어떤 기술을 쓴 건지, 열차는 급속하게 속도를 낮추었는데도 급정차할 때의 반동도 없이 멈췄다. 기적 소리도 울리지 않았다.

5량의 화물차 문이 동시에 열렸다. 차량 하나에 병사 한 명씩 올라타고 있었다. 작업복에 각반을 찼을 뿐인 단출한 차림새였다. 기관차에서 키 큰 병사가 뛰어내렸다. 하라다 조장이다. 군도(軍刀)를 등에 비스듬히 지고 있었다. 하라다 조장이, 올렸던 손을 절도 있게 내렸다. 병사들이 화물을 하나씩 던져서 떨구었다.

그때, 부근 일대의 들판에 몸을 숨기고 있던 검은색 복장의 여자들이 일제히 일어섰다. 100명의 가쓰기야가 화물에 달려들었다. 글자 그대로 까마귀부대였다. 까마귀 백인대(百人隊)다.

선두에서 지휘하는 백인대의 대장은 골격이 우람했고, 유일한 남자인 듯했다. 이쪽을 향했을 때 나무 같은 얼굴의 살결이, 화물차의 불빛으로 번쩍 빛났다. 노멘이다. 노멘을 쓰고 있었다.

노멘을 쓴 남자가 한쪽 손에 쥔 지휘봉을 흔들었다. 까마귀부대는

화물을 짊어지고 일렬로 걷기 시작했다. 밤눈에도 하얗고 작은 깃발처럼 보인 지휘봉은 고헤이[御幣]였다. 신관이 오하라이[お祓い]³⁸⁾에 쓰는 것으로, 하얀 종이를 끼운 봉이다.

블라인드를 내린 열차 후미의 객차 창문 아래를, 까마귀부대는 아무 소리도 내지 않은 채 서쪽을 향해 조용히 나아갔다.

별안간, 토치카 그림자에서 덩치가 산만 한 거대한 형체가 나타났다. 총구멍을 가로막으며 지나가는 그 그림자는, 무려 코끼리가 아닌가!

코끼리 등에 젊은 포 할머니가 걸터타고 있었다. 넘쳐나는 생기를 온몸으로 발산하고 있는, 그냥 보기에도 말괄량이 그 자체인 포 할머니는, 서커스에 가면 볼 수 있을 법한 여인처럼 아름답고 상긋하게 웃고 있었다. 코끼리가 한 마리 더 나타났다. 한 쌍의 코끼리는 코를 흔들흔들하며 천천히 비탈길을 올라갔다.

포 할머니가 돌아보며 부드럽게 손을 한 번 흔들었다. 어마어마하게 긴 목을 드러내며 등장한 괴수는 기린이다. 계속해서 동물들이 나타났다. 나는 토치카 안에서 2번 총구멍으로 잽싸게 움직였다. 평상시에는 언제나 같은 자리에 있는 포 할머니의 모습이 보이지 않는다는 사실을 알아차리지 못했다.

포 할머니를 처음 보았던 그때 그 들판의 도랑길을 동물들의 시커먼 행렬이 줄지어 움직이고 있었다. 말, 소, 하마, 원숭이, 토끼……, 사자가 있었다. 호랑이도 있다. 나는 3번 총구멍으로 돌아왔다. 실려 있던 화물을 깡그리 비운 화물차 바깥으로 병사들이 디딤판을 놓았다. 동물들은 들판을 조용히 줄지어 건너서는 화물차에 올라탔다.

---

38) 죄와 부정 등을 떨어내고 정화하기 위해 신사에서 행하는 액막이 행사.

맨 끄트머리에 있는 객차의 발판에서 병사가 하나 뛰쳐나왔다. 호리호리한 체형을 한 병사였다. 대좌에게 딸려 있다는 부하 병사일 게 분명했다. 병사는 달리면서 뭐라고 외쳤다. 하라다 조장이 깜짝 놀라며 돌아보았다.

객차의 창이 일제히 밝아졌다. 창을 가리고 있던 블라인드가 활짝 올라가서다. 여기저기서 창문이 열리며 남자들이 얼굴을 내밀었다. 장교들이 알아챈 것이다.

모자 없이 스탠딩 칼라 셔츠를 입은 차림새로 맨 먼저 객차에서 내려온 거구의 남자는, 단오 때 사내아이들을 위해 장식하는 5월 인형처럼 수염을 덥수룩하게 기르고 있었다. 지휘관인 대좌였다. 반짝반짝 광이 나게 닦은 가죽 장화를 신은 대좌는 비틀거리면서도, 도망치는 병사를 쫓아왔다. 허리에 찬 가죽 케이스에서 권총을 뽑아들고 병사를 쏘았다. 한 방 쏘는 데 그치지 않고 연달아 쏘았다. 푹 고꾸라지더니, 비칠비칠하며 걷는 병사를 하라다 조장이 세게 끌어안았다. 병사는 하라다 조장의 품속에서 허물어져 내렸다.

조장은 병사를 안아 올려 화물차에 태웠다. 동물들은 모두 5량의 화물차 안에 들어가 있었다. 하라다 조장이 신호를 보내자 화물차의 문이 일제히 닫혔다. 장교 몇 명이 객차에서 허둥지둥 뛰쳐나왔다. 술을 마시고 푹 잠들어 있었던 탓에 누구는 군복 앞섶도 제대로 여미지 않았고, 또 누구는 신발도 없이 양말만 신고 밖으로 나오는 등 칠칠치 못한 모습들이었다.

대좌가 하라다 조장에게 권총을 쏘며 쫓아왔다. 조장의 몸이 뒤로 휙 젖혀지며 화물차에 부딪혔으나 금세 자세를 가다듬어 바로 섰다. 대좌는 탄환을 다 써버린 권총을 버리고는 허리의 군도를 뽑아 덤벼

들었다. 조장이 어깨 쪽에서 칼을 빼 드는가 싶더니, 일도양단하듯 대좌를 비스듬히 베었다. 대좌는 외마디 비명도 없이 쓰러졌다.

조장은 기관차를 돌아보며, 걱정스러운 얼굴로 엿보고 있는 병사 두 명에게 신호를 보냈다. 병사들은 기관실로 사라졌고, 기관차가 하얀 증기를 뿜기 시작했다. 저마다 권총이며 군도를 치켜든 장교들이 닥치는 대로 총을 갈기며 조장을 습격했다.

그때였다. 내 귓가에서 총성이 작렬했다. 산페이가 총을 쏜 것이다. 선두에 있던 장교가 쓰러졌다. 산페이는 알아볼 수 없을 만큼 빠른 동작으로 노리쇠를 당기고 빈 탄피를 제거한 후 다음 탄환을 장전했다.

99식 소총이 불을 뿜었고, 장교 한 명이 더 쓰러졌다. 산페이는 백발백중의 실력으로 계속해서 총을 쏘았다.

밤을 찢어발기듯 기적 소리가 울렸다. 조장이 손으로 어깨를 누르면서 기관차에 기어올랐다. 기관차가 증기를 토하고, 피스톤이 한 차례 힘차게 움직이자 거대한 바퀴가 공회전했다.

산페이가 내게 외쳤다.

"마쓰무라 이등병, 포인트를 수직으로 올려라!"

"수직으로?"

나는 무심코 되물었다. 포인트의 작동 범위는 상향 50도 정도의 위치부터 수평까지다.

"수직이다. 하늘을 향하게 하는 거다. 서둘러라!"

산페이의 과격한 말투에, 나는 엉덩이를 걷어차인 듯 토치카 바깥으로 허겁지겁 빠져나왔다. 내 손으로 개척한, 포인트로 향하는 외길을, 영문은 알 수 없었지만 질끈 눈을 감고 달렸다. 눈을 뜨지 말라고 본능이 내게 가르쳐주었다. 포인트와 마주하자마자, 동그란 판 끝을 손으로 더듬어 찾아낸 다음 꽉 쥐고서 힘껏 들어 올렸다. 포인트는 하늘을 향해 수직으로 움직였다. 놀랄 틈도 없이, 나는 눈을 감은 채 다시 달려 토치카 안으로 들어갔다. 나는 소리를 지르고 있었다.

"해냈어, 해냈다고!"

산페이는 나팔을 집어 들고 총구멍을 향해 직립 부동자세로 불었다. '적이 나오면 단 한 명도 남김없이 죽여라!' 돌격을 알리는 나팔이었다.

기관차가 움직이기 시작했다. 여느 때처럼 지바 제1연대로 향하는 방향이 아니라, 오른쪽으로 크게 벗어나 움직였다. 나는 또다시 2번 총구멍으로 뛰어갔다. 총을 든 소년이 들판을 달리고 있었다. 기관차에 꿇어앉아 있던 하라다 조장이 크게 손을 뻗치고서 소년을 기다리고 있었다.

나는 3번 총구멍으로 서둘러 뛰어가서는, 열차가 움직인 덕분에 열린 시야 저편을 보았다. 까마귀부대의 행렬 끄트머리가 눈에 들어왔고, 그 너머에 불길이 보였다. 나는 삼각대에 얹어둔 야간망원경을 통째로 들고 와서 들여다보았다.

까마귀부대는 스이진구에 도착해 있었다. 노가쿠도에서 모닥불이 불티를 날리며 환하게 타오르고 있었다. 노멘을 쓴 사람이 전당의 자물쇠를 풀고 격자문을 열었다. 까마귀부대는 마루청을 들어 올린 다음 그 아래 숨겨져 있던 지하실로 전리품을 옮겼다.

또 기적 소리가 울렸다. 나는 2번 총구멍으로 득달같이 달려갔다. 테일라이트의 붉은빛이 흐릿하게 번지며 멀어지는 군용열차는 하나미가와를 따라 바다로 향하고 있는 것 같았다. 포인트를 수직으로 올린 덕분에 가려져 있던 또 하나의 선로가 드러난 것일까.

그때, 왜 그랬는지는 알 수 없었지만 나는 시계를 보았다. 두 개의 시곗바늘이 정확히 겹쳐져서 시계의 맨 위를 가리키고 있었다.

최후의 기적 소리는 꿈을 꾸는 듯 아득하게, 내게 작별을 고하는 것처럼 들려왔다.

에필로그

열병을 앓는 나날이 이어졌다. 세상은 가을로 접어들었다.

나는 미열이 남은 몸뚱이를 굼뜨게 일으켰다. 사진이 바닥에 팔랑 팔랑 떨어졌다. 8*10인치 크기로 인화한 사진에는 C5699 기관차가 선명히 찍혀 있었다. 아름답고도 눈부시게 빛나는 헤드라이트를 번쩍이며, 하얀 연기와 증기를 내뿜는 군용기관차가 사진 속에 있었다.

그 열차는 대체 어디로 갔을까. 스이진구와 벤텐구, 하나시마칸논 모두 바다를 향해 있었던 것처럼, 열차 또한 바다를 향했을까. 노아의 방주가 7개월하고도 17일을 들여 무지개 너머의 산꼭대기에 도착했듯, 군용열차는 아무도 모르는 유토피아를 향해 지금도 그저 열심히 달리고 있을까.

나는 뜨거운 물로 샤워를 하고 오랜만에 수염을 깎았다. 가을용 양복을 차려입은 다음 복사뼈까지 오는 벅스킨 재질의 신발을 신었다. 봉투에 넣은 사진과 한 상자밖에 남지 않은 네이비 컷을 챙겨 집을 나섰다. 미쓰코시 백화점에 들러 모로조프 빙과를 사서 토치카로 향했다.

하나미가와의 강물은 흘러넘칠 듯 불어나 있었다. 쇠오리, 흰뺨검둥오리, 홍머리오리, 논병아리들 일부는 물 위를 떠다녔고, 또 일부는 홰치며 날아오르는 무리도 있었다. 어디선가 쇠물닭이 쿠루룻 하고 울었다.

주차를 하고서 풀 속을 걸어갔다. 제 세상 만난 듯 극성을 부리던 여름풀도, 가을바람에 시들기 시작하고 있었다. 잡목 속에서 뭔가가 별안간 날아올랐다. 산페이의 새매다.

적절한 표현일지는 모르겠으나, 한때 정붙였던 여자의 집을 몰래 찾아가기라도 하는 듯 새콤달콤한 기대와 불안이 일었다. 말라붙은 덩굴로 뒤덮인 토치카는 전보다 더 황폐한 분위기를 짙게 드리우고 있었다. 도랑 안에 난 풀을 헤치며 굴을 지나 토치카로 들어갔다.

토치카에는, 사람도 사람이 있었던 기색도 없었다. 총구멍으로 날아든 마른 잎이 흩어져 있을 따름이었고, 호젓하기만 했다. 나는 어두컴컴한 토치카 안을 가만히 둘러보며, 산페이는 이쪽에 있었다고, 포 할머니는 저쪽에 있었다고, 나 자신에게 일러주고 있었다.

나는 토치카를 뒤로했다. 이제 두 번 다시 이곳에 올 일은 없으리라. 그 사람들은 여름과 함께 사라져버렸다. 하지만 산페이와 포 할머니와 그 여름이 몹시 더웠다는 기억은 잊지 못할 것이다.

보리밭 미션

1

하루가 다르게 가을 정취가 짙어지는 버크셔의 숲은, 고블랭직 (gobelin織) 태피스트리(tapestry)[39] 처럼 농밀하면서도 선명한 색채로 가득했다. 너도밤나무와 밤나무, 참나무 잎들은 하나같이 붉게 물들었고, 잔털마가목, 산딸기, 덧나무 등에 맺힌 열매가 장식용 구슬을 흩뿌려놓은 듯 여기저기에서 빛나고 있었다.

제임스와 리처드 부자(父子)가 잡초 속을 천천히 걷고 있었다. 제임스는 개버딘 소재의 군복 바지에다 꽹이밥 열매를 달고 장인어른이 입던 낡은 플란넬 셔츠를 입었으며, 구식의 더블 배럴 산탄총을 품에 안고 있었다.

리처드는 스프링식 공기총을 어깨에 둘러메고 아버지보다 조금 뒤처진 왼편에서 걷고 있었다. 리처드가 물었다.

"아빠, 이번에는 언제 돌아와?"

"글쎄."

우듬지를 지나는 개똥지빠귀를 눈으로 좇는 제임스의 입가에 미소가 번졌다. 그는 시골을 무척이나 좋아했다.

"크리스마스에는 돌아올 수 있어?"

---

39) 여러 가지 색실로 무늬와 그림을 짜 넣어 만든 정교하고 치밀한 미술 직물.

"그러고 싶구나."

"작년 크리스마스는 재밌었어. 아빠가 빅 존이랑 타이 중사를 데려 와서……."

"그래, 시끌벅적했었지."

"나는 존이 좋아. 맨날 장난만 치지만."

"좋은 녀석이야."

"존은 요새도 웃긴 얘기 많이 해서 사람들을 재밌게 해주지?"

"아, 그렇지……."

야전병원 침대에 누워 있는 존의 창백한 얼굴이 제임스의 머릿속을 스쳤다. 고무공이 통통 튀는 듯한 존의 쾌활함은, 사실 극도의 긴장과 공포를 있는 힘껏 감추어 자기 자신을 속이려는 의태(擬態) 행위였다. 그가 속한 부서 특유의 스트레스 때문에 정신에 이상이 생겨 지금은 폐인이나 다름없게 되었다고, 아들에게 고백할 수는 없었다.

아버지의 표정이 달라진 걸 눈치채지 못한 채 리처드가 말했다.

"지금은 내가 더 크다고. 나 말이야, 요 1년 동안 키가 7센티미터나 더 자랐어. 지금은 존보다 더 클걸."

나무들 너머로 환하게 펼쳐진 경작지가 눈에 들어오며 숲이 끝나는 지점에 이르자, 한 떼의 새들이 발치 언저리에서 날개를 세차게 퍼덕이며 날아올랐다. 자고새다.

제임스가 총을 들고 총부리를 왼쪽으로 흘리듯 움직이며 쏘았다. 역광을 받은 새의 깃털이 공중에 흩어졌다. 제임스는 몸을 비틀며 총을 원위치에 돌리고는, 오른쪽으로 겨누며 또 한 번 쏘았다. 자고새 두 마리가 땅에 떨어졌고, 나머지 새들은 수풀 속으로 날아들어 모습을 감추었다.

"엄청 잘 쏜다, 아빠!"

리처드의 목소리에 자랑스러움이 넘쳐흘렀다. 풀숲을 뒤져서는 통통하게 살이 오른 두 마리의 새를 품에 안고 가져왔다.

"아직 따뜻해."

"엄마에게 약속했던 저녁거리는 이것으로 준비 끝이다."

총을 꺾어 탄피를 끄집어내며 제임스가 말했다.

숲을 빠져나오면 그 일대가 다 보리밭이었다. 마시 농장이다. 포동포동한 열매가 팬 이삭을 늘어뜨린 보리는 끝 간 데 없이 드넓게 퍼져 있었고, 가을 햇살 속에서 글자 그대로 황금빛으로 일렁였다. 눈을 가늘게 뜨고 둘러보던 제임스가 중얼거렸다.

"달콤한 흙냄새가 나는구나."

"응."

"너는 언젠가 이 훌륭한 땅의 주인이 될 거야."

"하지만 나는 파일럿이 되고 싶은걸."

"파일럿이 되고 싶다면, 되려무나. 남자는 자신이 진정으로 하고 싶은 걸 하면 되는 거야."

제임스는 꺾은 총을 가슴팍에 움켜쥔 채 탄환을 다시 재려 하지 않았다. 두 발 쏘아 두 마리 맞혔으니 오늘 몫은 여기까지라는, 다시 말해 사냥이 끝났음을 아들에게 행동으로 가르친 것이다.

"다른 때 같았으면 진작에 거두어들였을 텐데."

리처드가 공기총을 꺾고 BB탄을 뺀 다음 주머니에 넣으면서, 주변의 보리밭을 턱으로 가리키며 말했다.

"젊은 일꾼들이 없어져서 큰일이야. 옛날부터 있었던 나이 든 사람들만 데리고서 엄마가 아침 일찍부터 밤늦게까지 일해."

"전쟁이 끝나기 전까지는 모두 고생하겠지."

리처드는 끈으로 만든 고리를 자고새 목에 채우고 허리춤에 매달았다. 걸을 때마다 묵직한 사냥감이 허벅지를 쳤다. 제임스가 갑자기 생각났다는 듯 말했다.

"리처드, 수로를 걸어보자."

"좋아! 하지만 좀 걸어 다니기 힘들어지긴 했어. 플로터였던 맥 할아버지가 그만둔 다음부터는 아무도 강을 돌보지 않아, 잡초가 잔뜩 자랐거든."

수로와 둑 관리를 하는 사람을 플로터라 부른다. 이와 같은 전문 기술자는 해마다 줄어들어, 이젠 뒤를 이을 사람이 없었다.

어마어마하게 커다란 노란색 카펫에다 자를 대고 칼로 쭉 쨘 것처럼 생긴 도랑이, 보리밭 속에 곧게 나 있다. '마시 가문의 리본'이라 불리는 개울이다. 리처드의 외할아버지가 개척한 개울인데, 에이번 강 부근에 있는 못에서 물을 끌어다 만든 관개용 수로였다. 그러다 오랜 세월을 거치며 큰잎부들, 갈대, 물별이끼, 물냉이 등이 우거진, 물 맑고 깨끗한 개울로 거듭났다.

쐐기 모양으로 2미터가량 움푹 팬, 폭이 3미터 정도 되는 보리밭의 수로를 타고, 가느다랗지만 수량이 풍부한 물줄기가 매끄럽게 뻗은 리본처럼 거의 일직선으로 흐르고 있다. 흐르는 물의 양옆에는 사람 하나가 걸을 수 있을 만한 길이 있다. 두 사람은 보리밭에서 수로 쪽을 향해 나 있는 가파른 비탈길을 미끄러지듯 내려갔다. 아버지는 물줄기를 뛰어넘어 오른쪽에 난 길에서, 아들은 왼쪽에서 서로 나란히 걸어갔다.

우거진 수초 사이로 비누풀이 연분홍색 꽃을 드리운 채 흔들리고 있었다. 상류 쪽에서 쿠루룻 하는 날카로운 울음소리가 들려왔다.

"쇠물닭인가?"

"물바늘골 그늘에다가 둥지를 틀었어."

지난날을 떠올리며 리처드의 입가에 웃음이 번졌다.

"빅 존이, 내년 크리스마스 만찬은 저 녀석으로 하겠다고 큰소리쳤던 청둥오리도 새끼들을 데리고 돌아왔어."

대체 165센티미터의 자그마한 체구 어디로 다 들어갈까 싶을 만큼 대식가인 존이 오리고기 요리에 정신없이 덤벼드는 모습은, 그러나 이제 더는 볼 수 없을 것이다.

리처드가 뜬금없는 질문을 던졌다.

"아빠. 이 공기총 있잖아, 기억해?"

"응?"

"내가 열 살 때 받은 크리스마스 선물이잖아."

"그럼, 물론 기억하고 있지. 시카고에 있었을 때였고. 그해에 너는 공기총이 갖고 싶다며 노래를 불렀었단다."

"나는, 그때까지는 산타클로스가 진짜 있다고 믿었다?"

"……."

"크리스마스 전의 일요일이었어. 나, 아빠 방에 있던 장을 열어봤었거든. 아빠랑 엄마 둘 다 교회에 가서 집에 없었고……. 낚싯대를 빌리려고 했을 뿐이야."

마치 참회라도 하듯, 주저주저하면서 말을 이었다.

"그러다 봐버렸어. 공기총 그림이 뚜껑에 그려져 있는 기다란 보드 상자 말이야."

아버지는 아들의 고백을 들으면서, 세상에 작은주홍부전나비가 아직도 있네 하고 말하기도 하고, 풀에 맺힌 열매를 따기도 하는 등 무심한 척했다. 담쟁이덩굴이 이런 데서 녹색과 보라색으로 반짝이는 열매를 맺고 있었다.

"이 세상에 산타 같은 건 없다는 걸, 그때 알았어."

"……."

"봐서는 안 되는 걸 보고 말았다는 후회가 들어서, 한동안 마음이 무거웠어."

아버지가 혼잣말하듯 나직이 중얼거렸다.

"나는, 지금도 산타클로스는 있다고 믿어."

그때, 눈앞의 수초 사이로 쇠오리 한 쌍이 날았다. 아버지는 반사적으로 총을 들어 겨냥한 다음 쇠오리를 쫓으면서 입으로 "탕탕" 하고 총소리를 냈다. 총에는 탄환이 들어 있지 않았다. 몸뚱이를 기울여 선회한 후 멀어져가는 쇠오리를 지켜보며 아들이 물었다.

"맞혔어?"

"아니, 빗나갔어."

빗나갈 리가 없지, 아빠라면 두 마리 다 거뜬히 떨어뜨렸을 거야. 아들은 생각했다.

아버지는 다시 총을 꺾어 어깨에 멨다. 아들은 공기총을 양어깨 위에 수평으로 걸치고는 두 손을 총에 걸어 늘어뜨렸다.

"아빠의 폭격기는 아직도 상처 하나 없어?"

"아니. 아무 상처도 입지 않고 날았던 건 열 번째 비행까지야. 더욱 정확한 폭격을 위해 낮에 출격하게 되고 나서부터는 도저히 그럴 수 없게 됐지."

불안함에 사로잡혀 입을 굳게 다문 아들을 돌아보며, 아버지는 웃는 얼굴로 말했다.

"하지만 우리의 진 할로(Jean Harlow)[40]는 터프한 여자라서, 구멍 한 두 개 뚫린 것 가지고는 꿈쩍도 안 해. 머리가 날아가도 되돌아온다고."

"진 할로……, 비행기 앞부분에 그려져 있는 금발 여자 말이지? 아빠한테 받은 사진, 맨날 봐."

"B-17F는 세계 최고의 폭격기란다."

"아빤 입버릇처럼 그렇게 말하는데, 어디가 세계 최고라는 거야?"

사냥해서 잡은 자고새가 높다란 풀에 쓸려 깃털이 빠지는 게 신경 쓰인 리처드는, 새를 묶었던 끈을 허리춤에서 끄른 다음 공기총의 총열에 매달았다. 그러고는,

"보기 좋은 상태로 엄마한테 주고 싶어."

라고 중얼거렸다.

"일단, 글래머러스하지."

어떤 표현이 좋을지 고르던 아버지가 말했다. 관능적이라고 하고 싶었지만, 상대는 어린아이다.

"엄마 얘기야?"

"음, 아니야. 엄마도 글래머이긴 하지만, 이건 B-17 얘기야."

"무슨 뜻이야?"

"뭐랄까, 왜 있잖니, 무심결에 손으로 만져보고 싶어지는 그런, 넉넉하고 둥그스름한 맛이 있어……."

엄마도 그런데. 아들은 생각했다.

---

40) '플래티넘 블론드'라 불리며 농염한 금발 미인의 대명사로 자리 잡은, 1930년대를 풍미한 미국의 영화배우다.

"포용력이 관대해서 뭐든지 폭 안아주거든. 당당하면서도 기품이 있고, 어떤 일이 일어난다 한들 동요하지도 않아. 그래서 누구나 마음속 깊이 신뢰하고 또 안심하지……."

"역시 엄마네. B-17은 엄마랑 똑같구나."

"네 말이 맞아. B-17은 엄마와 닮았을지도 몰라……. 게다가 글래머라는 말에는 마법이나 신비로운 힘이라는 의미도 있단다. B-17도 엄마도, 이루 다 헤아릴 수 없는 그런 미지의 힘을 지니고 있는 것 같아."

아들이 장난기 어린 웃음을 머금으며 말했다.

"엄마는 점점 더 커질걸."

"역시 태어난 곳에서 사는 게 잘 맞는가 봐."

"미국에서 아빠를 만났을 땐 호리호리했었다고 엄마가 그랬어."

"호리호리했다고 하긴 좀 그렇지만, 아름다웠지. 네 엄마를 보면서 몸매는 영국 여자가 최고라고 생각했을 정도니까. 그때 아빠랑 엄마는 학생이었어."

"외할아버지……, 그러니까 엄마의 아빠가 돌아가시지 않았다면 우린 아직 미국에서 살고 있었을까?"

"그랬겠지. 미국 본토가 전쟁터가 될 일은 없을 테니, 네 엄마와 너를 영국에 보내고 싶지 않았어. 하지만 마시 가문에는 대를 이을 남자가 없어서 엄마 말고는 농장을 물려받을 사람이 없었거든."

"영국에 온 지 3년 됐네."

"영국을 원조하기 위해 B-17로 폭격대를 편성한 제8공군을 파견하기로 해서, 나는 이커 중장에게 직접 말씀드려 지원했지. 엄마와 네가 있는 곳에서 싸울 수 있다면 더 바랄 게 없었단다."

두 사람이 걸어가는 길 전방에 수로를 가로지르는 나무다리가 있었다. 은퇴한 플로터인 맥이 아직 팔팔했을 무렵, 쓰러진 버드나무를 가져다가 만들어 수로를 건널 수 있게끔 걸친 것으로, 폭이 1미터 정도 되었으며 난간도 없는 간소한 형태의 다리였다. 수로의 거의 한가운데에 놓여 있었고, 폭이 2천 미터쯤 되는 보리밭의 한쪽 끝에서 다른 한쪽으로 이동하려면, 도랑 아래쪽으로 내려가서 물줄기를 직접 건너뛰는 것 말고는 이 작은 다리를 이용해야 했다. 하지만 다리는 오래도록 비바람에 노출된 탓에 썩어 있었다. 리처드가 말했다.

"자주 저기 앉아서 강이나 하늘을 쳐다보며 시간을 보내곤 했거든. 근데 나무가 물러져서, 아예 못 앉게 됐어……."

바람이 불었다. 바람에 날려 수면 위에 떨어진 낙엽이, 찰싹 달라붙은 채 떠내려간다. 변덕스러운 가을 하늘에 구름이 끼기 시작했다.

"자, 슬슬 돌아갈까. 마중 나온 차가 기다리고 있을 거야."

아버지는 다시 물줄기를 건너뛰어 아들과 나란히 걸었다. 아들이 잽싸게 걸음을 멈추었다.

리처드가 말없이 가리킨 앞쪽의 수초에 커다란 별박이왕잠자리 한 마리가 앉아 있었다. 은실로 짠 오건디(organdy)[41] 같은 날개를 곧게 펴고 유리구슬처럼 생긴 대가리를 번득이며, 에메랄드그린과 푸른색으로 빛나는 몸뚱이를 뻣뻣이 세우고는 꼬리 끝을 수면 위로 쳐들고 있었다. 아버지와 아들은 서로 얼굴을 마주 보며 미소 지었다.

두 사람은 비탈길을 기어올라 보리밭에 섰다. 은색으로 옅어진 햇볕이 내리쬐는 언덕 위에, 굴뚝에서 피어오른 연기가 공중에서 가로로 길게 흩어지는 커다란 집이 보였다. 언덕 기슭을 휘돌아 흐르는

---

41) 아주 얇고 반투명한 모직물.

강가에는 버드나무의 가지와 잎 들이 크게 나부끼고 있었다. 일단 겨울바람이 불면 나무들은 하룻밤 사이에 잎을 떨구고 앙상한 모습으로 탈바꿈하며, 강 표면은 울긋불긋한 낙엽으로 수북이 덮인다.

"아빠. 올봄에 있잖아, 나 신기한 걸 봤어."

아들이 말했다.

"따뜻한 날 오후였는데, 강 이쪽의 풀 속에서 뒹굴고 있었거든. 어쩌다 언덕 쪽을 봤는데 굴토끼가 뛰어오는 거야. 그러고는 그대로 강에 뛰어들어 내 쪽으로 헤엄쳐 왔어……."

눈을 반짝반짝 빛내며 이야기하는 아들의 어깨를 안으며, 아버지는 빨리 걸었다.

"깜짝 놀라서 쳐다보고 있었더니 토끼가 강을 헤엄쳐 건너서는 뛰어가는 거 있지. 농장 사람들한테 얘기했는데, 다들 웃어넘기기만 했어. 도련님, 굴토끼는 헤엄을 못 쳐요, 하면서 말이야……."

"믿을 수 없는 일이, 때로는 일어나는 법이지. 절대로 불가능하다고 장담할 수 있는 건 이 세상에는 아무것도 없단다."

탁한 녹색 빛깔로 칠해진 문짝에 하얀 별 문양이 있는, 작고 뚱뚱한 군용차가 집 앞에 주차되어 있었다. 본채를 끼고 그 양옆에 한 쌍의 날개처럼 자리하고 있는 헛간 앞에서는 수확한 농작물을 나르는 십여 명의 사람들이 분주하게 일하고 있었다.

"아빠. 전쟁이 끝나면 여기 들판으로 미스 할로를 데려올 수 있어?"

생각지도 못한 아들의 말을 듣자 아버지는 멈추어 서서 눈을 둥그렇게 뜨고 아들을 내려다보았다.

"폭격기를?!"

"불가능한 일 같은 건 없다고 방금 아빠가 그랬잖아."

젊은 병사가 차에서 서둘러 내려 제임스에게 경례했다.

"대위님, 가실 시간입니다. 송구합니다만 서둘러주시겠습니까."

"기다리게 했군. 2분 안에 나오겠네."

계단을 두 걸음 만에 뛰어 올라간 제임스의 넓은 등을 지켜보면서, 병사는 도리질을 치며 말했다.

"지프차의 판스프링(leaf spring) 같다니까."

고등학교 운동선수처럼 보이는 병사를, 빤히 바라보던 리처드가 물었다.

"아저씨도 진 할로의 탑승원이에요?"

"아니, 유감스럽지만 나는 아직 탈 수가 없어. 비행기가 부족하거든……. 네가 리처드지? 빅 존이 네 이야기를 많이 했단다."

병사는 차 시트에 두었던 찻잔 속의 차를 다 마신 후 포치의 나무 바닥에 찻잔을 올려두었다.

"존 말마따나 차도 케이크도 맛있구나. 럼 케이크(Rum cake)는 네 어머니가 구우신 거지?"

병사는 기지에서 이곳까지 200킬로미터나 되는 길을 두 시간 반 동안 달려왔는데도 아무렇지 않은 듯했다.

미국 육군 항공대 대위의 군복 상의를 걸치고 군모를 깊숙이 눌러 쓴 장신의 제임스가, 깅엄(gingham) 재질로 된 가정복에다 앞치마를 걸친 풍만한 여성의 어깨를 감싸 안고 나왔다. 아내인 셸리다. 제임스는 아내를 한 차례 꽉 끌어안았다. 계단을 뛰어 내려와서 아들의 좁은 어깨를 잡고는 바싹 끌어당겼다. 리처드는 아버지의 허리춤에 매달렸다.

"엄마를 부탁한다."

제임스는 이 한마디를 남기고는 조수석에 서둘러 올라탔다. 병사
가 시동을 걸었다.

리처드가 발뒤꿈치를 가지런히 모으고 등을 곧게 편 다음 아버지를
향해 거수경례를 했다. 아버지는 차 안에서 손을 들고, 모자의 가죽
차양에 손을 갖다 대며 답례했다. 군용차는 바람을 일으키며 질주했
다. 리처드의 밤색 머리카락이 바람에 나풀거렸다.

2

진 할로 호는 제1컴배트 박스(combat box)[42]의 3번기이자 네 박스로
이루어진 편대 중 최선두 편대의 일원으로서 지금 막 도버 해협을
건넜다. 탁한 녹색과 중성 회색의 두랄루민 기체가 햇빛을 받아 번쩍
이는, 중폭격기(重爆擊機) 72대가 대형을 이루어 날아가는 광경은 실로
장관이었다.

컴배트 박스는 18기의 폭격기를 하나의 상자 형태의 대형으로 편
성한 밀집 편대다. 미 육군 항공대가 주간 정밀 폭격을 골자로 하는
포인트 블랭크 작전을 채택함에 따라, 독일 본토에서 맹렬하게 퍼부
어대는 대공 포화와 전투기의 과격한 맞불작전 때문에 B-17이 입은

---

42) 미 육군 항공대를 거쳐 미 공군 장성까지 오른 커티스 르메이(Curtis Emerson LeMay,
1906~1990)가 제2차 세계대전 당시 고안한 B-17 방어 대형.

손해는 급격히 증대했다. 그 대책으로 고안된 것이 컴배트 박스였다.

B-17F는 50구경(12.7밀리미터) 브라우닝 기관총을 통상 10정 이상 갖추고 있으므로, 컴배트 박스 하나당 기관총을 200정 가까이 보유한 방어 대형이 되는 셈이다. 이러한 컴배트 박스를 위아래로 서너 겹 배치하여 꾸리는 하나의 전대(戰隊)는, 그야말로 800정 안팎의 화기를 갖추고 있어 글자 그대로 '하늘의 요새' 대군단으로 변신하게 된다.

영하 30도 이하인 기내에서 두꺼운 구속복처럼 보이는 전열 비행복을 입어 온몸이 옥죄어 있으면서도, 고개를 돌려 이 압도적인 요새 군단을 보고 있노라면 710여 명에 이르는 병사들 누구나가 깊은 신뢰감과 샘솟는 용기를 느낄 수 있게 마련이다.

그러나 진 할로 호에 탄 열 명의 탑승원들 사이에는, 오늘은 여느 때와 달리 날 선 분위기가 감돌고 있었다. 볼 터렛(ball turret)에 배치된 사수인 제프 가르시아가 한바탕 난동을 부렸기 때문이다. 제프는 빅 존의 후임으로 배속된 스무 살짜리 중사다.

볼 터렛은 기체 하복부에 장비되어 있으며 직경이 약 112센티미터인 구체 모양의 총좌이다. 알루미늄 재질의 틀과 투명한 합성수지로 만들어진 둥그런 총좌를, 기내의 봄베를 부착시킨 프레임에 달아놓은 모양새여서 볼 터렛에서는 360도 시야 확보가 가능하다. 그 안에서 사수는 유압 장치를 사용하여 상하좌우 어느 방향으로든 자유자재로 회전하며 M2 중기관총을 갈길 수 있었다.

사수는 평면이라고는 단 한 뼘도 없는 구체 내부에서 몸을 둥글게 구부리고 다리를 바짝 오므려 지독히 갑갑한 자세로 있어야 한다. 그러므로 당연히 체구가 작은 자를 기준으로 하여 선발한다. 긴급 상황이 벌어졌을 때 탈출할 수 있도록 제공되는 낙하산도 들여갈 수 없으며, 기내와 단절되어 폐쇄된 공간에서 온몸을 공중에 노출한 채, 그저 혼자서 고독을 견뎌야만 했다.

코앞에 죽음이 도사리고 있다는 위험은 어느 부서나 마찬가지로 존재하지만, 제식명 A-2형 하부 총좌에서의 임무 수행은 극도의 긴장으로 노이로제에 걸릴 확률이 높았기 때문에 수많은 정신질환자를 낳았다. '최대의 가치를 요구하는 최고의 관찰석'이라 불리기도 했다.

제8공군에 소속된 B-17 탑승원은 징용되어 온 병사들이 많았고, 대부분이 20대의 젊은이였다. 진 할로 호도 기장인 제임스만 30대일 뿐, 그 외에는 가장 많은 경험을 쌓은 폭격수인 브라이언 중위가 스물일곱 살이었으며 부사관 일곱 명은 모두 스무 살 안팎일 정도로 젊었다. 최연소인 후방 사수 앤디는 열여덟 살이었는데, 주근깨로 뒤덮인 얼굴에는 바로 얼마 전까지 바지 뒷주머니에 고무줄 새총을 감추고 다녔을 법한 애티가 남아 있었다.

입대 전 직업도 가지각색이라, 제임스는 큰 규모의 자동차 제조사에 근무하던 우수한 엔지니어였고 브라이언은 신문 배달원이나 전보 배달원 등 갖은 일을 하며 고생한 끝에 대학을 졸업한 은행원이었다. 앤디는 농부의 아들이고, 제프는 소년원을 나온 후에도 제대로 된 직업 없이 갱들의 잔심부름을 하며 생계를 유지했다. 진 할로 호의 탑승원 전원에게 전쟁 경험은 없었으며 직업군인 또한 한 사람도 없었다. 지원하여 입대한 사람, 재학 중에 소집영장을 받은 예비사관, 그리고 징용병 천지였다.

진 할로 호의 기수에는 실크 드레스를 입은 진 할로의 요염한 자태 아래에 폭탄 모양 마크가 3열로 나란히 스물아홉 개 그려져 있는데,

이는 진 할로 호가 이미 스물아홉 번 출격했다는 의미이며, 오늘로 서른 번째 출격이다.

탑승원들 중 아홉 명은 대가족의 형제처럼 때로는 울고 때로는 웃고 또 때로는 치고받으면서도 사선을 함께 넘나든 일심동체였지만, 신참인 제프는 이들 아홉 명과 사사건건 충돌했다. 빅 존보다도 훨씬 더 작은 162센티미터의 키에다 몸무게도 55킬로그램이라 흰 족제비마냥 민첩하고 약삭빨랐으며, 어떤 다툼이 벌어져도 수단을 가리지 않고 싸우는 까닭에 지는 법이 없었다.

사람들은 제프의 마르고 작은 얼굴에 곧잘 속아 넘어가곤 했지만, 얼굴 바로 아래에 있는 목은 굵고 두꺼웠으며 체격 또한 1그램의 군살도 붙어 있지 않은 강인한 근육으로 다져진 몸이었다. 걸핏하면 남들과 부딪쳐 싸움을 벌이기 일쑤라 다루기 어려운 남자이지만, 진 할로 호의 탑승원으로 충원되어 온 후 세 번 있었던 출격에서 벌써 포케불프(Focke-Wulf)[43]의 FW190 전투기를 다섯 기나 격추시켰다. 하늘이 내린 사수이자 타고난 살인자라 할 수 있었다.

오늘 아침, 제프의 온몸에서 버번위스키 냄새가 진동했다. 항공사인 내시가 힐책하고 나서자 제프가 덤벼들었다. 제프는 '그래서 내가 실수한 적이 있느냐!'라며 불평했다. 그런 일이 있기도 했고, 또 위험도가 높은 오늘 출격에 대한 불안 때문에 다들 무겁고 답답한 마음을 안은 채 주어진 일을 각자의 자리에서 묵묵히 진행하고 있었다.

부조종사, 폭격수, 항공사 순서로 후방 사수에 이르기까지 체크를 위한 점호를 마쳤을 때, 사령탑에서 '대기' 전령이 떨어졌다. 오늘 출격 목표인 독일 중부의 슈바인푸르트(Schweinfurt) 방면의 날씨가 좋

---

43) 제2차 세계대전 전의 독일 군용기.

지 않다는 이유였다. 부사관들은 입을 모아 욕설을 퍼부었다. 너 나 할 것 없이 나름대로 기력의 강도를 높여 '좋아, 출정이다!' 하며 의욕을 불사르는 바로 그때에, 기다리라며 제지당하는 일만큼 짜증나는 상황도 없었다. 기다리다 결국 중지되는 경우도 있지만, 출격 자체가 연기될 뿐 아예 취소되는 건 아니기 때문이다.

비행기 주변의 잔디나 풀숲 같은 데서, 딱히 할 일도 없이 대기하고 있어야만 하는 어중간한 한때에 제프의 꼬드김에 넘어간 몇몇이 심심풀이로 카드를 했다. 볼륨을 높인 조종실 라디오에서 글렌 밀러의 군악대가 연주하는 〈차타누가 추 추(Chattanooga Choo Choo)〉가 흘러나왔다. 군인들을 위문하기 위해 미국에서 날아온 모더네어스의 코러스를 배경으로 금발의 프랜시스 랭포드가 불렀으며, 트렌치코트 차림의 글렌 밀러가 직접 트롬본을 불었다.

오른쪽 동체 사수인 부치가 눈 깜짝할 사이에 두 달 치 월급을 뜯겼다.

"이런 사기꾼 자식 같으니라고!"

부치는 새빨개진 얼굴로 사자코처럼 넓적한 들창코를 벌름거리며 카드를 내동댕이쳤다. 제프는 코웃음을 치며 말했다.

"그래, 사기꾼 맞아. 억울하면 사기 치는 현장을 덮쳐보든가."

그러나 제프는 사기를 치지 않았다. 여기 있는 인간들에게는 사기를 칠 필요가 없었다. 노름은 그의 생계 수단 중 일부이긴 하지만, 제프는 남을 도발하고, 불을 놓아 부채질하고, 스스로도 불에 데는 걸 마다하지 않는 남자였기 때문이다.

제프는 계속 물고 늘어졌다.

"네놈은 링에서 사기를 쳐도 이기지 못했잖아."

잭슨빌에서 열렸던 시합을 가리키는 것이다. 부치는 미국 남부 선수권의 라이트급 타이틀매치에서 패하여, 재기불능 수준의 타격을 입고 링을 떠난 과거가 있었다.

부치는 얼굴빛을 바꾸고 자리에서 일어섰다. 이제 서로 치고받고 하겠구나 싶은 순간, 출격 명령이 떨어졌다. 부치가 제프를 보며 약속했다.

"언젠가 죽여 버리겠어."

랄프와 타이에게 각각 제지당한 채, 두 사람은 억지로 떠밀리듯 비행기에 올라탔다.

제임스는 조종간을 쥐고 고도 7천 미터를 유지하면서, 제프는 볼터렛 특유의 중압감 때문에 저런 식으로 죽을힘을 다해 대항하는 것이라고 생각했다. 누구나 저마다의 방법을 통해 두려움을 극복하려고 애쓰며 필사적으로 싸우는 것이다.

뜬금없이, 빅 존을 거두어야겠다는 생각이 솟구쳤다. 전쟁이 끝나면 존을 데리고 마시 농장으로 함께 돌아가자고 스스로에게 다짐했다. 버크셔 시골에서 맞이하는 생활은, '빅' 존 케리의 상하고 다친 마음을 다정하게 어루만지고 치유하여 그를 천천히 회복시켜줄지도 모른다.

"20분 후, 목적지."

항공사인 내시가 보고했다. 지휘기를 맡은 포 에이시즈(Four Aces)호가 고도를 5천 미터로 낮춘 후 3천 미터 지점에서 폭탄을 투하하라는 지시를 내렸다.

"사수, 총좌에서 대기하도록."

제임스가 명령했다.

오른쪽 총좌의 중기관총 앞에서 부동자세로 서 있던 부치가, 목에 걸고 있던 로사리오[44]를 뒤적이며 꺼내서는 입술에 가져다 대고 재빨리 성호를 그었다. 그 장면을 예리하게 포착한 제프가 말했다.

"신에게 비는 거냐, 부치. 부질없어. 네놈의 운은 바닥났거든."

부치는 브라우닝 기관총의 총목을 꽉 움켜쥐고서 제프의 말이 들리지 않는 척 꾹 참고 있었다. 타이가 볼 터렛의 해치를 열고는 제프를 강제로 밀어 넣었다. 제프는 볼 터렛에 들어가면서도 동전을 꺼내어 엄지손가락 손톱으로 튕겨 올리며 기세등등하게 말했다.

"내기할까? 네놈이 이기면 내 운을 나누어주지."

부치는 고개를 돌리며 고함질렀다.

"이 재수 없는 자식. 얼른 네놈의 둥그런 관에 처들어가지 못해? 관 뚜껑에 못을 박아줄 테다."

무릎을 꿇고 해치를 닫아주던 타이가 얼굴을 홱 들었다.

"그만둬. 불길한 소리 하지 마."

타이는 부치에게 호통치며 해치를 잠갔다. 보이지 않게 된 제프를 향해, 부치는 계속해서 험악하게 퍼부었다.

"거기서 나올 생각일랑 꿈도 꾸지 마시지!"

타이가 일어서서는 부치 쪽으로 와서 그의 두꺼운 가슴을 밀쳤다. 부치는 오른손으로 총을 붙잡으며 타이의 턱에 왼손으로 짧은 잽을 날렸다. 타이는 몸을 젖히다 엉덩방아를 찧었다.

"오케이, 시험 사격!"

제임스의 목소리가 울려 퍼졌다. 전방 총좌를 맡은 브라이언이 귀

---

44) 묵주.

116

청이 떨어질 듯한 소리를 카카카캉 울리며 짧게 연사했다. 아일랜드 출신인 붉은 머리의 해리가 상부의 중기관총을 발사했다. 부치가 오른쪽 중기관총을 쏘며 기다란 탄피를 기내에 흩뿌렸다. 왼쪽 사수인 타이가 쏘았다. 타이는 브라우닝 기관총보다 브라우닝 시집이 더 잘 어울리는 어른스러운 청년으로, 입대하기 전에는 회계 일을 보았으나 전투에 임할 때면 놀라우리만치 침착하게 싸웠다. 하부 총좌가 불을 뿜으며 터렛 측면의 개구부(開口部)에서 탄피를 토해냈다. 총성이 바람에 날려 타타타타 들렸다.

그때, 비행기 아래에서 검은 연기가 갑자기 터져 오르더니 무언가가 기체를 치받았다는 게 느껴졌다. 독일의 대공포화가 시작된 것이다.

"시작했단 말이지."

부조종사인 샘의 말이 다 끝나기도 전에 고사포탄이 연이어 작렬했고, 화약 연기가 하늘을 자욱하게 더럽혔다. 아랫배를 걷어차인 듯한 충격에 기체는 심하게 흔들렸다.

"5분 후면 폭격 지구에 진입한다."

브라이언이 폭격수 자리에 앉아 폭탄창의 문을 열고, 흔들리는 조준기에 고개를 묻었다.

비행기는 끊임없이 흔들리고, 요동쳤다.

"툼스톤 행 역마차로구먼."

통신사인 랄프가 불쑥 괴상한 소리를 냈다. 열아홉 살인 랄프는 입대하기 전에는 공장에서 일했으며 엄청난 서부영화 팬이다.

"나는 링고 키드(The Ringo Kid)[45]다. 자, 덤벼라. 아파치(Apache)[46] 놈

45) 1939년에 개봉된 존 포드 감독의 서부영화인 〈역마차(Stagecoach)〉의 주인공으로, 존

들아!"

뻐드렁니 존 웨인이 부르짖은 순간, 지근거리에서 포탄이 터졌다. 대못을 거세게 내리박는 듯한 소리와 충격이 기체를 덮쳤고, 포탄 파편이 날아들었다. 랄프는 무의식중에 목을 움츠렸다. 눈앞에 있는 탑승원용 좌석 등에 가장자리가 깔쭉깔쭉한 철편이 날아와 박혔다. 붉고 커다란 철편에서는 연기가 피어올랐다.

"폭격수, 목표물은 아직이야?"

샘이 초조함을 드러냈다. 브라이언은 흔들리는 조준기를 두 손으로 감싸 쥐고 들여다볼 뿐, 대답하지 않았다. 제임스가 말했다.

"오토파일럿으로 전환한다. 폭격수, 부탁하네."

"9시 방향에 적기!"

제프가 소리쳤다. 유인하여 쏘라는 제임스의 말이 끝나기도 전에 제프는 쏘기 시작했다. 랄프가 브라이언 대신 앞쪽 총좌에 서둘러 앉았다. 부치의 자동 조준기에 메서슈미트(Messerschmitt)[47] 편대가 불쑥 나타났다. 부치는 이를 꽉 깨물고 마구 갈겨댔다.

"6시에 적기!"

"12시에 적기 다섯!"

"젠장!"

"해치웠다! 불을 뿜었어!"

노호(怒號), 환성, 포효, 포성, 폭음, 섬광, 흑연……. 진 할로는 광조(狂躁)에 휩싸였다. 맞붙어 공격하는 적의 전투기 무리는 컴배트 박스

웨인이 맡았다.

46) 미국 서남부에 사는 아메리칸 인디언의 한 부족. 가장 오랫동안 백인에 저항하였던 용맹한 부족으로, 현재는 애리조나 주, 뉴멕시코 주 등지에 살고 있다.

47) 제2차 세계대전 중 독일 공군에서 사용된 전투기.

를 둘러싸고 대오를 어지럽히며 흐트러뜨렸다.

"놈들이 포 에이시즈를 노린다!"

기다란 코의 FW190D 편대가 1번기를 정면에서 차례로 덮쳐들며 20밀리미터 캐논포를 난사했다. 공중에서 부딪는 일도 불사하는 육탄 공격을 구사하여, 선두의 비행기부터 추락시키는 전법이다.

몇 가닥의 예광탄 다발이 1번기에 집중되었다. 에이스 카드 네 장이 그려진 기수가 날아갔다. 숨을 죽이며 바라보는 사이, 1번기는 그럼에도 꿋꿋하게 수평을 유지하면서 하강했다. B-17의 탁월한 조종 안정성 덕분에 한동안은 비행이 가능하겠지만, 떼 지어 몰려드는 적의 마지막 공격을 받고 추락할 것이다.

"잘 가, 포 에이시즈."

샘이 중얼거렸다.

2번기인 캘러미티 제인(Calamity Jane)[48]이 1번기를 대신하여 지휘한다고 알려왔다. 2번기의 노즈아트(Nose Art)인 캘러미티는 텐갤런햇(ten-gallon hat)이라고도 불리는 카우보이모자를 등 뒤로 늘어뜨리고 검은 머리에 장미를 꽂은 모습으로, 팔을 들어 가슴을 과시하고 있다.

"3시, 적기. 빌어먹을! 로켓탄이야!"

빨간 머리 해리가 외쳤다. 아군기가 완전히 두 동강이 났다. 포케불프가 공대공로켓탄을 발사하고 있었다. 해리가 흥분한 나머지 눈물을 흘리며 마구 갈겨댔다.

불을 뿜은 포케불프가 맹렬한 기세로 진 할로 호에 접근하더니, 충돌하기 직전에 공중에서 어마어마한 소리를 터뜨리며 산산조각이 났다. 기체가 크게 휘청였다.

---

48) 승마에 능숙한 여장부이자 미국의 여성 서부 개척자.

왼쪽 날개에 닿을 듯 아슬아슬하게 적기가 배를 드러내고 위쪽으로 치솟으며 멀어졌다. 그때, 포탄에 맞았을 때의 충격이 기체에 전달되었다. 제프가 절규했다.

"으악, 당했다!"

"제프! 무슨 일이야! 어디에 맞은 거냐!"

몇 초 조용하더니 제프의 목소리가 들렸다.

"안 보여. 아무것도 안 보여."

이곳저곳 재빨리 살피며 기체가 입은 피해를 수색하던 샘이, 욕설을 내뱉었다.

"젠장. 왼쪽 날개에서 기름이 솟구치고 있어."

"연료를 옮기도록."

샘은 이미 자리에서 일어나 뒤쪽으로 내달리고 있었다.

"손이 보인다……. 하하, 아무 데도 맞지 않았어."

제프의 달뜬 목소리가 끼어들었다.

"이유를 알았어. 기름이야. 기름 때문에 방풍 유리가 새카매……. 터렛이 움직이질 않아. 총좌 어딘가가 망가졌나 봐……. 여기서 좀 꺼내줘."

"타이. 제프를 꺼내줘."

타이는 여기저기 흩어져 있는 탄피를 밟아 미끄러지면서 하부 총좌로 달려가 해치를 열려고 했다. 해치 손잡이는 움직이지 않았다. 타이는 하얀 얼굴을 빨갛게 물들이며 힘을 주었다.

"안 돼. 열리질 않아!"

총좌의 잠금장치 아니면 완충장치가 망가진 모양이었다. 뭐하는 거야, 꺼내줘, 여기 있다간 목이 날아갈 판이라고……. 제프가 고함을 질렀다.

샘이 땀에 젖어 번들거리는 얼굴로 자리에 돌아와서, 연료는 다른 데로 옮겼으며 한동안은 비행할 수 있다고 말했다. 초조함을 드러내며 브라이언을 재촉했다.

"폭격수, 아직이야? 이제 거의 다 왔잖아."

더는 참지 못한 내시가 폭탄을 투하하자고, 아래로 던져 떨어뜨리자고, 이러다간 돌아가지 못할 거라고 볶아댔다. 브라이언은 고개를 숙인 채 대답했다.

"나는, 배달 말고는 해본 게 없어. 손님에게 물건을 전하는 게 내게 주어진 일이었다고. 받을 사람이 어디 있는지 찾아내지 못한다고 해서, 상품을 내팽개칠 수는……."

말이 뚝 끊겼다. 브라이언이 얼굴을 들었다. 마치 믿기지 않는 걸 봤다는 표정을 하고는, 금세 다시 조준기에 달라붙었다.

"저거다! 찾아냈다!"

스위치를 향해 손을 뻗었다. 노든(Norden) 폭격 조준기는 자이로스코프와 자동조종장치를 연동시킨 것으로, 비길 데 없는 정확함을 자랑하는 미국의 비밀 병기였다.

"투하!"

진 할로가 배에 품고 있던 2.2톤짜리 폭탄이 차례로 떨어져 목표물을 향해 날아갔다. 저 멀리 3천 미터 아래의 지상에서 일직선을 그리며 꽃이 파바박 피었고, 군수공장이 폭탄에 맞아 날아가는 게 보였다.

"전탄(全彈) 명중!"

브라이언이 고개를 들자, 환호성이 터졌다.

기내 뒤쪽에서는 타이가 멍키스패너로 해치를 두들기는 중이었다.

방약무인하고 사납게 날뛰며 융통성이라곤 없이 제 주장만 우기기 일쑤였던 제프가, 아무것도 보이지 않은 컴컴한 밀실에서 공포에 질려 이성을 잃고 비명을 지르고 있어서다.

캘러미티의 기장이자 텍사스 출신인 게리가 전 비행기에 고했다.

"돌아간다. 제군, 수고했다. 우리는 임무를 훌륭히 소화했다. 선회하여 고도를 높여라."

어느새 적기가 사라져 있었다. 총좌에 있던 부치가 해치와 씨름하는 타이 쪽으로 비틀거리며 왔다. 비켜보라고 말한 후, 커다란 몸으로 하부 총좌를 감싼 후 해치에 손을 얹었다. 위아래로 살짝 흔들어보고는, 서서히 힘을 실었다. 손잡이가 1센티미터 정도 움직였다. 해치가 아닌 사람 손목이었다면 아작 났으리라 여겨질 만큼의 괴력이었으나, 거기까지였다. 해치는 여전히 열리지 않았다.

진 할로는 우아하기까지 한 자세로 거대한 기체를 기울여 반(半)선회하여 고도를 높였다. 대공포화에 필요한 유효사거리를 삽시간에 벗어났다. 제임스가 우는 아이를 달래듯 말했다.

"제프, 잘 들어. 침착해라. 이제부터 기지로 돌아간다. 착륙하면 총좌 쪽 문으로 나올 수 있어. 아무것도 걱정하지 마."

통상 볼 터렛은 기내의 해치를 통해 출입하지만, 중기관총의 반대쪽 구면에 문처럼 생긴 부분이 있다. 사람 하나가 겨우 드나들 수 있는 플랩이 있는데, 힌지(hinge)가 달린 하부를 축으로 삼아 여는 것이 가능하다. 한쪽 손을 지면에 대고, 다른 쪽 손을 문틀에 얹고서 몸을 굽혀 발끝부터 올라탈 수 있었다.

"그래, 맞아. 그런 방법이 있었어. 알겠지, 제프. 조금만 참아."

살짝 열린 해치의 틈에 입을 대고 타이가 말했다. 제프가 조용해졌다. 모두가 느끼는 안도감, 그리고 임무를 다하고 돌아간다는 기쁨이 단숨에 기내를 가득 채웠다.

3

"아름다운 경치야."

"언제 봐도 참 좋은 풍경입니다."

제임스와 샘이 밝은 얼굴로 마주 보았다. 눈 아래에 영국의 가을 정경이 펼쳐졌다. 숲을 넘고 언덕을 지나면 기지가 있다.

"착륙 준비."

샘이 착륙을 위해 수납식 랜딩 기어의 스위치를 내렸다. 그러나 작동을 알리는 표시등에 불이 들어오지 않았다. 샘은 당황하여 스위치를 올렸다 내렸다 했다. 인디케이터는 반응하지 않았고, 붉은 꼬마 전구도 켜지지 않았다. 샘이 부르짖었다.

"바퀴가 나오지 않아!"

순식간에 전원은 긴장하여 딱딱하게 굳었다.

사정을 깨달은 제프가 낮잠에서 깨어난 아이처럼 목청껏 소리를 질렀다.

"전기 케이블 고장!"

"수동 제어 불능!"

"3분 후 기지 도착!"

절박한 목소리들이 잇달아 터져 나왔다. 관제탑에 상황을 보고했다. 그러는 사이에도 착륙에 필요한 루틴 체크(routine check)는 비정하게 진행되었다.

관제탑이 동체착륙을 하라고 지시했다. 타당한 지시다. 사령실은 제임스의 실력을 신뢰하고 있었다. 그러나 동체착륙에 성공한다 한들 볼 터렛은 착륙하는 순간 짜부라질 게 뻔하다. 물론 사령실은 그렇게 될 것임을 잘 알고 있다. 한 명을 희생해서라도 아홉 명의 목숨을 구해야 하는 것이다. 사수가 이미 죽어 있기라도 해주면 얼마나 마음이 편할까 하는 생각을 분명 하고 있을 터였다.

"여기는 관제탑. 진 할로, 선회하여 대기하라."

"전기(全機)가 착륙한 후 유도한다."

제프는 목소리까지 쉬어서는 울면서 애원하고 있었다. 타이는 해치에 달라붙어 정신 똑바로 차리라고, 괜찮다고, 죽게 내버려두지는 않겠다고 말하며 쉬지 않고 제프를 다독이고 있었지만, 목소리에 힘이 없었다. 부사관들은 뭐라도 해야 한다고, 방법이 없느냐고 저마다 서로에게 아우성치며 우왕좌왕할 뿐이었다.

브라이언이 제임스의 팔을 잡았다.

"기장님, 녀석을 살려주십시오. 부탁드립니다."

그러나 무슨 수로 살려야 좋단 말인가. 제임스는 전방을 뚫어지라 노려보며 입을 일자로 굳게 다물었다. 부치가 타이를 밀어제치고 해치에 얼굴을 가까이 댔다.

"제프. 죽지 마라. 내가 죽일 때까지는 살아 있으라고."

부치가 로사리오를 해치 틈 사이로 늘어뜨렸다.

"내 부적을 주마. 30전 29승을 거두었던 내 운을 너한테 줄게."

"여기는 관제탑. 진 할로, 연료를 버리고, 착륙 체제에 들어가도록."

제임스는 명령을 무시하고 샘에게 말했다.

"연료 잔량은? 항속 가능 거리는?"

"250, 아니 220킬로미터 정도입니다."

내시가 앉은자리에서 대답했다.

"관제탑이다. 만전의 태세를 갖추었다. 진 할로, 착륙하라."

"오케이. 고도를 올린다. 플랩!"

모두가 깜짝 놀라 술렁이기 시작했다.

"진로, 남남동, 고도 2천."

제임스는 단호한 목소리로 지시를 내렸다. 탑승원들은 어리둥절해하면서도 지시에 따라 척척 움직였다. 샘이 몸을 쑥 내밀고 물었다.

"어떻게 할 생각이십니까?"

"제프에게 20달러를 빌려줬다는 게 기억났어. 돌려받을 셈이야."

진 할로는 관제탑을 스치고 기지 위를 날아가며 고도를 계속 올렸다. 제임스가 무얼 하려는 것인지 그 누구도 알지 못했으나, 모두의 표정에 희망의 꼬마전구가 켜졌다.

"기장님, 목표지는요? 어디로 향하시는 겁니까?"

"뉴베리(Newbury). 버크셔다."

2톤 남짓한 화물을 바깥으로 떨군 후 몸이 가뿐해진 기체는, 이대로라면 순풍을 타고 20분 정도 후 버크셔 주에 진입한다. 제임스가 말했다.

"첼트넘(Cheltenham)에 있는 언덕을 지나면 고도를 낮춘다. 강이나 숲에 기관총을 버려라. 총탄도 마찬가지다. 무거운 건 전부 버리고, 되도록 기체를 가벼운 상태로 만들도록."

리처드는 혼자서 테이블에 앉아 늦은 점심을 먹다가 퍼뜩 고개를 들고는, 귀를 기울였다. 벌떡 일어나 부엌을 뛰쳐나갔다. 포치에서 하늘을 올려다보았다. 10월도 다 끝나가는 높고 푸른 하늘에는, 테두리가 금빛으로 빛나는 구름이 떠 있을 뿐이었다. 폭음이 들린 것 같았는데 착각이었을까 하고 생각한 순간, 구름 사이로 그것이 불쑥 나타났다.

B-17 폭격기가, 삽시간에 커다래져서 가까이 다가왔다.

"아빠다!"

리처드는 포치에서 고양이처럼 폴짝 뛰어내려 헛간으로 뛰어갔다.

"엄마, 아빠가 돌아왔어!"

리처드의 직감은, 꼬리날개에 커다랗게 적힌 시리얼 넘버 124460을 확인할 것까지도 없이, 그것이 아버지의 폭격기라는 사실을 믿어 의심치 않았다.

B-17은 귀를 찢는 폭음과 함께 거대한 복부를 드러내며 마시 저택을 지나 농장 위를 크게 선회했다.

"엄청나다! 무지무지 커."

리처드는 눈도 깜박이지 않고 하늘을 나는 거대한 물체를 바라보았다. 헛간에서 뛰쳐나온 사람들이 마른침을 삼키며 올려다보았다. 셸리가 아들에게 다가가 어깨를 감싸 안았다.

"엄마. 아빠는 진 할로를 보여주러 온 거야."

기수 총좌에 사람 얼굴이 보였다고 생각한 순간, 방풍 유리가 한낮의 햇볕을 튕기며 반짝 빛났다. 소작인인 요크가 B-17에서 눈길을 떼지 않고 올려다보며 중얼거렸다.

"이상한데……, 너무 낮아."

예순이 다 된 요크는 강건한 육체에다 뼛속부터 농부인 사람이지만, 제1차 세계대전 때는 복엽전투기[49]에 탑승하여 하늘을 누볐던 고병(古兵)이었다. 독일의 포커(Fokker) 삼엽전투기와 벌였던 공중전에서 포탄에 맞아, 그 후유증으로 지금도 한쪽 다리를 전다.

"맙소사! 저건 불시착하려는 거야."

요크가 목소리를 높였다.

"다리가 보이질 않잖아……. 세상에! 바퀴가 나와 있지 않아!"

셸리는 무의식중에 입을 막았던 손으로 가슴에 성호를 그었다. 여자들이 비명을 질렀다.

"알겠다! 수로에 내려앉을 생각인 거야!"

리처드가 고개를 들고 엄마를 올려다보며 말했다.

"아빠는 마시의 리본에 불시착하려는 거라고."

"말이 되는 소리를. 아무리 그래도 젊은 나리가……."

요크가 말을 잇지 못했다.

"앗!"

갑자기 리처드가 소리 질렀다.

"다리, 다리는 어떡하지! 도련님, 그 낡은 다리 말이에요."

셸리의 보동보동한 몸에 전류가 세차게 흘렀다.

"리처드, 로프 다발을 가지고 오렴. 요크 씨, 트랙터를 꺼내줘요!"

온화하고도 우아한 표정은 사라지고, 셸리의 목소리는 대농장의 여주인답게 바뀌었다.

---

49) 동체의 아래위로 두 개의 앞날개가 있는 비행기.

제임스는 보리밭 위를 낮게 두 번 날았다. 수로는, 그곳에 그런 게 있다는 것을 아는 사람조차 찾아내지 못할 만큼 가늘었고, 리본이라기보다는 끈처럼 보일 따름이었다. 기체를 수로 위에 조금도 어긋나지 않게 포개어 볼 터렛을 으스러뜨리지 않고서 착륙하겠다는 묘안이, 성공할 가능성이 없는 한낱 공상처럼 여겨졌다.

제프는 그나마 잠시라도 마음을 달래기 위해 벨트를 매고 마치 태아처럼 몸을 둥글게 말고 있었으며, 기내에 있는 다른 사람들은 좌석이나 바닥에 몸을 바싹 붙이고 불시착할 때의 충격에 대비하고 있었다. 제임스는 열 명의 운명과 함께 조종간을 꽉 쥐고 있었다.

눈앞을 가로막아 선 죽음과 직면하여, 목숨을 걸고 전력을 다해 빠져나가려고 할 때, 사람은 지나온 과거의 풍경을 아주 짧은 순간 동안 본다고 한다. 제임스의 머릿속에, 언젠가 보았던 여우의 모습이 스쳐 지나갔다. 일리노이의 록포드(Rockford)에 있는 숲 속에서 덫에 걸린 수컷 여우와 조우한 적이 있었다. 10년도 더 전의 일이다.

덫에 갇힌 여우는 이미 죽음을 각오하고 있었으나, 그럼에도 또한 남아 있는 의지와 지혜를 몽땅 발휘하여, 오직 살고자 하는 마음으로 싸우고 있었다. 죽는다는 것을 두려워하기보다도, 후회 없이 싸우지 못하는 지금의 무참한 모습을 부끄러워하는 것같이 보였다.

죽음을 두려워하며 겁에 질려 그저 이성을 잃기만 하는 것과 죽을 각오를 다진 상태에서 숨이 붙어 있는 한 살아보자며 몸부림치는 것은 별개다.

제임스는, 별안간 수로의 다리를 떠올렸다. 맥 영감이 놓았던 다리를 떠올린 것이다. 도랑을 타고 활주할 경우 비행기가 수로에 정확하

게 내려앉는다 하더라도, 썩었다고는 하나 다리는 위험한 장애물이
된다.

연료가 곧 떨어진다, 고 샘이 알렸다.

"기장님. 생각하신 대로 행동하세요. 이번 미션은, 당신 것입니다."

고도를 낮추고 한 번 더 수로 위를 날았을 때, 제임스는 다리가
있는 쪽에 사람 그림자 몇몇과 트랙터가 보였다고 생각했다. 확인할
틈도 없이 비행기는 다리를 지나 마지막 선회에 들어갔다. 누군가가
다리를 치우려 하는 것인가 하는 생각이 스쳤으나, 금세 잊었다.

"연료 제로."

절박한 목소리를 들으며 제임스는 결심을 굳혔다. 모 아니면 도다.
부딪혀봐야 알 수 있다. 수로에 착륙하는 것 말고 다른 활로는 없다.
다리가 됐든 울타리가 됐든 밀어붙여 바수어버릴 테다. 제임스는 수
로를 노려보며 고도를 계속 내렸다.

착륙에 모든 신경을 집중시킨 제임스의 사유(思惟) 바깥으로, 저속
으로 촬영한 듯한 화면이 빠른 속도로 휙 지나갔다. 바라고 또 바란
데서 비롯한 환영인지, 엄연한 현실 속에서 벌어진 일인지 생각할
여유도 없었다.

······로프로 다리를 질질 끌고 가는 트랙터의 모습이 휙 스쳤다.
핸들을 쥐고 트랙터를 모는 아내의 따뜻하고도 부드러운 몸이 트랙터
진동으로 흔들린다. 보리밭 안에서 수로를 뒤로하고 있는 힘껏 도망
치는 사람들 가운데, 뺨을 빨갛게 물들이고 이마의 솜털을 나부끼며
달리는 아들이 있다······.

"리처드, 똑똑히 보렴. 산타클로스가 두 달 먼저 선물을 보내는
거란다."

진 할로는 춤추듯 내려앉았다. 풍만한 몸을 보리밭에 맡기듯 내동 댕이쳤다. 최초의 충격을, 비옥한 토양이 받아내어 흡수했다. 볼 터렛 은 일순간 수면을 스쳤다가 금세 튀어 올랐다. 전장(全長) 31.6미터, 면적 131제곱미터의 날개 달린 거대한 낫이, 보드라운 흙과 아직 수확하지 않은 보리를 기세 좋게 베어 넘기며 전진했다.

진 할로는 버크셔의 풍요롭게 여물어가는 바다에서 황금빛 물결을 일으키며 미끄러졌고, 2천 미터를 질주한 뒤 멈추었다. 기체 후부가 천천히 내려와서는, 별박이왕잠자리가 뾰족한 꼬리를 수면에 적시듯 중기관총이 비어져 나와 있는 후부 총좌를 수로의 물줄기에 담갔다.

종착역

1

무거운 가죽 트렁크를 양쪽 어깨에 나누어 메고, 거기다 가방을 하나 더 손에 든 채 플랫폼에 내렸다. 50킬로그램은 족히 나갈 것이다. 신기하게도 제복을 입으면 힘이 솟는다.

나이 든 외국인 부부가 뒤따라오는 걸 확인하면서 계단을 내려간 다음, 야에스 쪽 출구로 나가 택시에 짐을 실었다. 하나 옮기는 데 400엔이니 다 합해 1200엔이었는데, 외국인 손님은 3000엔을 건네며 웃는 얼굴로 인사했다.

방금 막 신칸센에서 내린 손님의 짐을 한 번 더 옮길 수 있을지도 모른다는 생각에, 플랫폼으로 서둘러 돌아갔다.

"라이조 씨."

누군가에게 이름을 불린 느낌이 들었다. 뒤돌아보자, 기모노를 갖춰 입은 마흔 살가량의 부인이 웃으며 나를 바라보고 있었다.

"스기타 씨 맞죠?"

고운 살결에다 통통하고 기품 있게 생긴 얼굴에 웃음 가득한 저 사람이 누구인지, 기억나지 않았다.

"잊어버린 거예요?"

이렇게 말한 부인의 얼굴에, 앞머리를 일자로 자른 단발머리 소녀의 얼굴이 겹쳐졌다.

"아, 아가씨!"

"그래요, 나나호예요."

나는 말문이 막혔다. 이름 높은 다도 종가(宗家)의 아가씨다.

"그때 그 귀여운 아가씨가 아니십니까!"

"이제 더는 아가씨가 아니지만요……. 라이조 씨에게 짐을 부탁하고 싶어서 찾고 있던 참이었어요."

"세상에, 깜짝 놀랐습니다……. 그때 아가씨는 소학생이셨죠."

"30년이 지났답니다."

발치에 가방 대여섯 개가 놓여 있었다. 시중을 드는 사람처럼 보이는 젊은 여자가, 상냥한 얼굴로 웃으며 아가씨 근처에 서 있었다. 때마침 계단을 올라온 조카에게 말을 걸었다.

"지사부로, 이것 좀 거들어라."

아가씨는 마루노우치 남쪽 출구에 차가 마중 나와 있을 거라고 말했다.

나는 짐을 옮기면서 아가씨에게 말했다.

"그나저나 상당한 세월이 흘렀습니다만, 그간 어찌 지내셨습니까?"

"미국에 10년 정도 있었어요. 오빠가 세상을 떠나 제가 이에모토[家元][50]를 이어받게 되면서, 지난달에 돌아왔지요."

"그러셨군요……. 선대(先代)께서 제게 여러모로 참 잘해주셨었는데 말입니다."

---

50) 다도와 화도(花道)를 비롯한 전통 예술 분야에서 유파의 정통성을 인정받아 권위를 계승하고, 유파를 통솔하는 가문 또는 당주를 가리킨다. 혈연에 따라 세습되는 경향이 강하다.

"라이조 씨는 옛날 모습 그대로네요."

"설마요……, 영감쟁이가 되었는걸요."

"그땐 라이조 씨가 아직 20대였었죠."

"예, 아가씨. 스물다섯인가 여섯이었습니다."

별장에서 꽃구경하러 모인 자리에 동료와 함께 초대받아 맛있는 요리를 대접받고, 선물까지 받았던 날의 기억이 어제 일처럼 선명히 떠올랐다.

"아카보[赤帽]51)를 하시는 분들도 수가 확 줄었네요."

"예. 지금은 저를 포함해 여섯 명이 전부입니다."

"그럼 라이조 씨가 최고참이시겠군요."

"그렇게 되고 말았습니다."

마중 나온 차에 짐들을 실었다. 기사도 거들었다.

"가업을 이으시려면 무척 바쁘시겠습니다."

"이 나이에, 이에모토에 관해 필사적으로 공부하면서 어떻게든 하고는 있답니다."

나는 아가씨를 지긋이 바라보았다. 붉은 모자를 벗고 머리를 숙였다.

"지금까지 기억하고 계실 줄 몰랐습니다."

"또 놀러 오시길 기대할게요."

시중드는 젊은 여자가 팁을 넣은 작은 주머니를 내게 건넸다.

나는 차가 더 이상 보이지 않을 때까지 그 자리에서 지켜보았다.

"30년인가……."

---

51) '붉은 모자'라는 뜻으로, 철도 역내에서 승객의 화물 등을 대합실이나 차량 같은 데에 운반하는 직업, 또는 운반해주는 사람을 가리킨다.

혼잣말을 하며 되돌아보니, 붉은 벽돌로 지은 도쿄 역이 눈앞에 있었다.

아카보, 예전에는 소지품 운반수라고도 불렀던 포터를 해온 지 37년이 된다. 여러 날들을 보냈고, 여러 사람들을 만났다. 고귀한 사람, 거물 정치가, 영화나 연극계의 슈퍼스타, 음악가, 운동선수……. 가지각색의 사람들 짐을 날랐다.

아주 사소한 말 한마디로 따뜻하거나 다정한 성품을 느끼게 만드는 사람, 불쾌한 민낯을 무심코 드러내는 사람……. 이루 헤아릴 수 없을 만큼 많은 사람들과 만났다. 하지만 대부분은 살면서 한 번 마주하고 말 뿐인 만남이었다. 오늘 같은 기쁜 일은 좀처럼 일어나지 않는다.

2

발차 시각까지 두 시간이나 남은 열차 이름을 대면서,

"이것 좀 날라줘요."

하고는 서너 명의 젊은이가 저마다 스키판과 커다란 가방을 맡겼다. 배낭 세 개를 끈으로 묶어 한 덩어리로 만들고는,

"이건 하나로 쳐주고."

라고 말했다.

"그렇게는 안 됩니다."

나는 대답했다.

"왜 안 돼요? 큰 거나 작은 거나 같은 값이에요?"

"한 개는 한 개입니다."

"흥. 되게 딱딱하게 구네."

젊은이들은 거칠게 내뱉고는 가버렸다.

나는 수하물을 맡기는 나무 선반에 짐을 쌓아올리고, 규정된 로프를 사용해 다시 하나로 묶었다. 철사가 달린 작은 짐표에다 열차 이름을 적고 로프에 맸다. 종이로 만들어진 이 짐표를 옛날에는 '에후'라 불렀다고 삼촌에게 들은 적이 있다.

나는 이 일의 하나부터 열까지 모두 라이조 삼촌에게 배웠다. 삼촌을 의지하여 도쿄로 올라온 지 20년이 다 되어간다. 고향인 이와미 지방의 하마다[浜田]에 있었을 때는 싸움만 하고 다닌 탓에 직장을 잃어, 먹고살 길이 막막했다. 금세 화가 치미는 불같은 성격을, 손님을 직접 상대하는 아카보 일을 통해 수행을 쌓으며 고쳐나가고 싶다는 식의 갸륵한 생각을 품었던 건 물론 아니다. 좁은 동네에서 평판이 나빠져 일자리를 구할 수 없게 되어, 어쩔 수 없이 삼촌에게 손을 내민 것이었다.

하지만 삼촌의 꽁무니를 졸졸 따라다니며 보고 익히는 동안 나는 내 나름대로 여러 가지를 배웠다. 남자는 참는 법을 알아야 한다는 것을 가장 먼저 깨달았다.

삼촌과 오래도록 지내면서 알아차린 게 있다. 라이조 삼촌은 심지가 굳은 사람인 동시에, 나 따위는 발끝에도 미치지 못할 만큼 격렬한 기질을 지닌 사람이라는 사실이다. 투지라고 해야 할까, 아무튼 분노 같은 게 몸속 깊은 곳에서 용솟음치는 남자라고 나는 생각한다. 사려 깊고도 분별 있는 차분한 말과 행동이 그것을 가려주고는 있지만,

잘 관찰해보면 치켜 올라간 눈꼬리 주변에 본래의 기질이 드러나 있는 것 같다.

나는 오늘 오후의 수하물 임시 보관소 당번이었다. 아카보가 담당하는 본래의 업무는 급격히 줄어들었다. 언제부턴가 이렇듯 보관소 일도 하게 되었다. 고작해야 여섯 명뿐인 아카보들이 교대로 보관소 당번을 서고, 또 교대로 쉬는 날을 정한다. 그런 까닭에 실제로는 평소에 다섯 명이 해나가고 있는 실정이다.

나는 이래 봬도 최연소이고, 다른 다섯 명은 모두 50대다. 예전엔 팁으로 벌어들이는 실수익이 많은 직업이었다고 한다. 평범한 월급쟁이보다도 훨씬 더 수입이 좋았다고들 했다.

뭐라더라, 나 같은 사람은 이름도 모르는 세키토리[関取]$^{52)}$가, 골프를 치러 혼자 가는데 차표도 사지 않고 열차에 탄 일이 있었다고 한다. 시중드는 사람이 표를 가지고 있다며 말하고는 커다란 손을 휘휘 흔들며 개찰구를 통과했다는 것이다. 얼굴이 널리 알려진 리키시였고, 역무원도 그 기세에 압도되어 아무 말도 하지 못했다고 삼촌은 웃으며 이야기했다.

비만인 데다 거구여서 움직임이 둔할 것 같았으나 생각지도 못한 경쾌한 걸음걸이로 걸어가며, 빠른 어조로 수다를 늘어놓는 사람이었다고 한다. 그리고 골프 가방을 운반한 삼촌에게, 당시 요금의 100배에 상당하는 팁을 주었다고 했다. 그런 이야기도 들어보았다.

그러나 지금은 팁을 후하게 주는 사람도 없어졌다. 애당초 팁을 주는 관습을 모르는 사람이 많다.

---

52) 스모[相撲]에서 쓰이는 말로, 주료[十両] 이상의 리키시[力士]를 높여 부르는 용어다. 스모계에서는 주료까지 올라가야 비로소 제대로 된 리키시 대우를 받는다고 한다.

간신히 먹고사는 게 고작인 이런 음지의 일을 하려는 이는 없다. 다른 음지의 일들과 마찬가지로 후계자가 없으니, 우리가 사라지면 아카보도 사라지리라.

그 후에는 어떻게 될까. 라이조 삼촌과 나는 종종 그것을 화제로 삼곤 했다.

"나는, 이제 더는 아무 일도 하지 않을 거야."

삼촌은 그렇게 말한다.

"이 일을 그만두는 날에는, 예순 아니면 예순 가까이 먹었겠지. 하지만 너는 아직 젊어. 뭐라도 생각해둬. 지금부터라도 기술을 익혀둬라."

그런 연유로, 나는 엿새에 한 번 있는 휴일마다 돈가스집에서 일하고 있다. 거기도 삼촌 소개로 들어간 곳이었는데, 신바시[新橋]에 있는 규모가 큰 가게에서 일하며 조리사 자격증을 따려 하고 있다.

그래도 삼촌은 이따금씩 꿈 같은 이야기를 하기도 한다.

삼촌의 바로 위의 형인 류지는 이즈모[出雲] 시의 어느 집안에 데릴사위로 들어가 관광객을 상대로 하는 토산품 가게를 꾸리고 있다. 장남인 고이치는 조상 대대로 내려오는 산림과 몸이 불편해 자리보전하고 있는 부모를 돌보고 있고, 농사를 지으며 고향인 오다[大田]에서 근근이 살아가고 있다. 상속세나 고정자산세 내기가 버거워 산림은 차라리 팔아치우고 싶으나, 헐값에 내놓아야 하는 수준의 땅이라서 기대만큼 돈이 되지는 않는다.

한담을 나눌 때 라이조 삼촌이 이야기하는 꿈은, 큰형이 지키는 저 산림에 펜션과 양로원을 짓고 싶다는 것이었다. 넓은 산림 속을 흐르는 물 맑은 개울에서 미나리와 물냉이를 키운다. 직접 농사를 지어 감자와 파, 토마토를 기른다. 눈앞에 바로 보이는 바다 아래의 생선은 더할 나위 없이 신선하다. 염소젖을 짜서 수제 치즈를 만든다. 그리고 이 모든 것들을 아낌없이 써서 만든 음식으로 펜션을 찾아주는 손님들을 대접하고 싶다.

형제가 힘을 모아 일하는 거다. 지사부로, 네가 요리사를 맡아라. 류지 형네 부부도 아무 감동도 없는 토산품 가게 따위 때려치우고, 할 마음이 있다면 함께 일해도 좋다. 삼 형제와 조카가 한데 모여 한 장소에서 같은 일을 하는 거다……. 그렇게 이야기하는 삼촌의 눈빛은, 머나먼 곳에 있는 무언가를 바라보는 듯 온화했다.

한편 양로원에서는 몸져누운 부모를 비롯해 한평생 열심히 일한 후 쓰러진 노인들을 간호하며, 인생 마지막 날들을 조용하고 편안하게 보낼 수 있게 해주고 싶다고도 했다. 그것이 삼촌이 품은 몽상이었다.

물론 어차피 이루어질 리 없는, 덧없는 이야기였다. 그 꿈을 실현하려면 억 단위의 돈이 필요할 것이다.

"억 단위란 말이지……."

아까 삼촌에게 받았던 가벼운 봉투를 떠올리고, 나는 혼자서 쓴웃음을 지었다. 어제 번 돈이 들어 있는 봉투였다.

아카보는 옛날부터 국철이나 JR에 속해 있지 않았다. 직원이 아닌 것이다. 독자적으로 조합을 결성하여 얼마 안 되는 돈이나마 철도 쪽에 지불하고 장소를 빌려 일한다. 쉴 경우 수입은 없다. 각자 그날 번 돈을 한데 모은 다음, 머릿수대로 나누어 그다음 날에 분배한다. 지금은 이 역할을 라이조 삼촌이 하고 있다.

모두 삼촌을 신뢰하고 있었다. 갖가지 고민거리를 들고 와서는 삼촌에게 상담했다. 삼촌은 독특한 통찰력과 사고방식을 지니고 있어서, 다른 사람들의 번민과 걱정에 대해 하나씩 하나씩 명쾌하게 대답해주었다. 때로는 생각도 못 했던 시점에서 관찰한 다음 깜짝 놀랄만한 이야기를 하기도 하는데, 시간이 지나면 결국 삼촌의 이야기가 정답이었음을 깨닫게 되곤 했다. 이와 같은 식견을 갖춘 사람이, 어째서 이 정도의 일에 만족하며 살고 있는지, 곰곰 생각해보면 신기한 노릇이었다.

아카보의 근무 시간은 오전 7시부터 오후 10시까지다. 그때가 되면 수하물 보관소도 문을 닫는다. 오늘 밤은 삼촌과 함께 마루노우치의 빌딩 안에 있는 레스토랑에서 맥주를 마시자.

삼촌은 마루노우치 방면에서 바라보는 붉은 벽돌의 도쿄 역을 무척이나 좋아했다. 홀딱 반했다고 해도 과하지 않다. 열여덟 살이라는 나이로 도쿄에 올라왔던 날, 무심코 도쿄 역을 보고는 그 웅장하고도 아름다운 모습에 감동했다고 했다. 평소 열차를 좋아했던 것도 있어서, 여기서 일하고 싶다고 염원했다는 거다. 그 이야기를 벌써 수십 번도 더 넘게 들었다.

3

내게 도쿄 역이란, 마루노우치 쪽에서 볼 수 있는, 붉은 벽돌로 지은 이 역사다. 야에스 출구 쪽은 한낱 콘크리트 덩어리다. 볼록하게 부풀어 오른, 단지 수송을 위해 존재하는 도구일 뿐이다.

마루노우치 방면에서 보는 도쿄 역은 전 세계 어디에 내놓아도 자랑스러운 건축물이다. 애당초 황거(皇居)[53], 즉 에도 성과 정면에서 마주 보게끔 지어진 것인 만큼 메이지 시대를 살았던 일본인의 사상이 뼈대를 관통하고 있다.

남북으로 300미터 이상 뻗어 있는, 정면에서 봤을 때 가로로 긴 도쿄 역의 구조는 황거를 위압하는 일이 없도록 배려하여 설계된 것이라 한다. 이 가로로 긴 구조와 붉은 벽돌이 아름다움을 결정하고 있다.

그리고 좌우 대칭의 위치에 지은 팔각형 돔을 통해, 건물은 고전적인 우아함과 호화로움을 갖춘 모습으로 완성되었다. 또 푸른 슬레이트를 인 지붕과 하얀 화강암, 그리고 소석회에 짚이나 삼실, 풀 등을 섞어 만든 회반죽을 바른 창틀이 붉은 벽돌과 절묘한 대조를 이루고 있다.

다이쇼 시대 일어난 관동대지진, 그리고 제2차 세계대전으로 말미암은 재난에도 까딱조차 하지 않았던 붉은 벽돌은, 도쿄의 경우 아다치[足立] 구의 흙을 사용한 국산[54]이다. 그렇게 해서 만든 900만 장의 붉은 벽돌을 하나하나 공들여 쌓아 올린 메이지, 다이쇼의 장인들……. 도쿄 역은 실로 수작업이 빚은 일대 작품이며, 당시 일본의 장인들이 품었던 기개의 결정체다.

무엇과도 견줄 수 없는 이 견고함과 더불어, 차분한 대범함과 품격

---

53) 천황이 거처하던 곳.
54) 도쿄 역에 사용된 붉은 벽돌은 사이타마[埼玉] 현 후카야[深谷]에 설립된 니혼렌가세조[日本煉瓦製造]에서 만든 게 대부분(약 752만 장)이지만, 도쿄의 시나가와렌가[品川白煉瓦]에서 생산한 것(약 85만 장)도 쓰였다. 전자는 건물의 구조를 올리는 데에, 후자는 화장벽돌로 사용되었다.

을 갖춘 건물을 지어 올린 그들의 업적을, 두 번 다시 바랄 수는 없으리라.

일본의 중앙역은 도쿄 역뿐이다. 나는 그렇게 생각한다. 그러나 1914년에 문을 연 후 벌써 80년 가까이 지났다. 벽돌로 지은 건축물의 내구연한은 반세기라고들 한다. 도쿄 역도 나이가 들었다. 역사를 헐고 개축한다는 이야기도 있는 것 같다. 외형만 남기고 보수하는 것보다는, 다 부수고 새로운 역사를 짓는 쪽의 효율이 더 좋다고도 들었다. 하지만 그런 어리석은 짓을 저지른대서야 일본도 이제 끝이라고 본다.[55]

나는, 이 건물을 수십 번, 아니 수백 번도 더 바라보았을 것이다. 역 중앙에서 황거 외원(外苑)을 향해 일직선으로 뻗은 도로에서 바라보는 게 좋다. 어디 그뿐인가. 비가 갠 뒤의 모습은 정말이지 최고다. 빗물에 씻겨 붉은 벽돌의 빛깔이 한층 더 선명해진다. 빗물이 고여 생긴 역 앞의 웅덩이에 그 모습이 거꾸로 비친다. 거리에 불빛이 하나 둘씩 켜지는 해 질 녘에도 아름답다. 보고 있노라면, 여기서 일하고 있다는 사실이 진심으로 행복하다 느껴진다.

그러나 내 마음과는 달리, 언젠가는 사라질 것이다. 소멸할 건물과 내 대에서 끊기고 말 아카보라는 직업……. 스러져가는 것들 사이의 공감이, 내게는 있다.

도쿄 역은 종착역인 동시에, 전국을 무대로 한 시발역이라는 사실은 누구나 잘 알고 있다. 하지만 내게 도쿄 역은, 내 인생의 종착역이다.

---

55) 도쿄 역은 제2차 세계대전 당시 도쿄 공습으로 큰 피해를 입었다. 기본적인 구조만을 남긴 채 지붕은 불타서 무너져 내렸고, 내부도 대부분이 소실되었다. 전후의 필사적인 복구 작업으로 마루노우치 역사는 어느 정도 복구되었지만, 원래의 모습으로는 되돌리지 못했다. 2007년에 복원 공사가 시작되었으며 2012년 10월 1일, 붕괴된 3층 부분과 돔 부분을 당시와 똑같은 사양의 벽돌과 부조를 사용하여 초창기 모습으로 복원했다.

"그거 신경 좀 써줘요. 죄다 비싼 거니까."

앞쪽에서 걸어가는 여자가 뒤돌아보며 말했다. 그 옆에 바짝 달라붙어 걷고 있는, 여자보다 훨씬 젊은 남자가 여자의 엉덩이에 허리를 비벼대며 목덜미에 입을 맞췄다. 여자는 몸을 배배 꼬며 신음을 흘린다. 여기는 훤한 대낮의 역 안이다.

여자 얼굴이 낯익었다. 분명 전에는 가수 같은 일을 했을 거다. 몸에 꼭 끼는 타이츠를 입거나 알몸을 드러낸 사진집을 낸 적도 있었던 것 같다. 한창때가 지난 나체를 남들 앞에 거리낌 없이 드러냈었다. 연하에다 아무리 봐도 경박하고 멍청한 얼굴의 남자를 물고 와서는 결혼했고, 연예 리포터 앞에서 기쁨의 눈물을 펑펑 쏟았던……, 그 여자다.

야에스 출구 앞의 택시에 무거운 짐 네 짝을 힘겹게 밀어 넣고, 1600엔입니다, 라고 말했다. 남자가 바지 주머니에서 1000엔짜리 지폐를 두 장 꺼냈다.

"지금 잔돈이 없는데, 얼마 안 되는 액수니 너그럽게 봐주십시오." 라고 나는 말했다.

"맨날 그런 수법을 쓰시나?"

남자가 나를 깔보며 말했다. 나는 잠자코 돈을 남자에게 돌려준 다음 뒤돌아서 그 자리를 떠났다.

이런 불쾌한 경험을 할 때도 있다. 응어리가 온종일 남기도 한다. 받지 않은 1600엔은 내 돈으로 메워 오늘 매상에 보태기로 한다.

프로 야구 선수 무리가 우르르 플랫폼에 내려섰다. 커다란 덩치의 젊은 남자들이 정기를 발산하고 있었다. 너 나 할 것 없이 텔레비전으로 많이 봐서 익숙한 얼굴의 스타 선수들뿐이다. 나는 동료 세 명과 짐을 날랐다.

이제 한 번만 더 1승을 거두면 일본 시리즈에서 우승하게 될 팀이 적지에 뛰어든 셈이다. 우승을 눈앞에 두고 있다는 패기가 젊은이들을 감싸고 있다.

"도쿄는 비가 왔었습니까?"

감독이 서글서글한 태도로 묻는다.

"예. 가랑비 수준이었지만요."

대기하고 있던 미니버스에 짐을 실었다. 팬들이 삽시간에 몰려들었다.

"매번 고맙습니다."

감독이 말했다. 매니저는 다른 차로 먼저 출발해서……, 라고 중얼거리며 3만 엔을 쥐여 주었다.

"우승하시길 바랍니다."

나는 진심으로 그렇게 말했다.

어머니가 위독하시다고, 고향에 있는 큰형으로부터 오늘 아침에 연락을 받았다.

지금 당장 달려가고 싶었다. 늦기 전에 한 번 더 만나고 싶었다. 어머니에게 아무것도 해드리지 못했다는 생각에 마음이 저렸다.

나는 18시 28분에 도착할 예정인 히카리 86호를 기다리고 있었다. 교토 다카라가이케에서 열린 국제 학회를 마치고 도쿄 구경을 하러 올라올 외국인들의 짐을 날라 팁을 받을 요량이었다.

그러나 외국 학자들보다 한 발 먼저 내 앞쪽에 내려선 건 일본 남자 두 명이었다. 검은 양복에 하얀 넥타이, 검은 가죽 코트, 우락부

락해 보이는 체격, 흉포한 눈매를 지닌 사내들로, 무슨 일을 하는지 한눈에 알아챘다.

트렁크 두 개, 크고 검은 보스턴백, 그리고 다른 짐들보다 조금 자그마한 가죽가방을 놓았다. 마루노우치 남쪽 출구에서 기다리고 있는 하얀 링컨 콘티넨탈까지 운반해달라고 했다. 내키지는 않았지만, 거절할 수는 없었다.

트렁크를 양어깨에 하나씩 나누어 둘러메고, 가죽가방을 겨드랑이에 끼고, 보스턴백을 들고서 걷기 시작했다. 보스턴백이 무거웠다. 남자들은 큰 목소리로 떠들며, 나와 조금 거리를 두고 따라왔다. 계단을 두세 단 내려갔을 때 왠지 수상한 낌새가 들어 뒤돌아보았다. 짐 주인들이 남자 몇 명에게 둘러싸여 있었다. 그 남자들이 형사란 것 또한 한눈에 알아보았다.

나는 소동이 벌어지건 말건 계단을 내려갔다. 다 내려온 후 보스턴백을 바닥에 내려놓았다. 너무 무거워서, 다른 손으로 바꾸어 들 생각에서였다. 그때, 가방 지퍼가 조금 열려 있다는 게 눈에 띄었다. 잠그려고 했다. 가방 속에 든 것이 보였다. 낡아빠진 1만 엔짜리 지폐 다발이, 빼곡하게 들어차 있었다.

나는 그만 깜짝 놀랐다. 억 단위의 돈을 본 적은 없지만, 순간적으로 3억이라는 숫자가 머릿속에서 번개처럼 스쳤다.

때마침 교대하러 온 조카와 마주쳤다. 그 순간 나는 마음을 굳혔다. 계단 쪽으로 몸을 돌려 살피며 조카에게 말했다.

"이 보스턴백을 들고 같이 가자."

가방을 들고 나란히 걷는 조카에게 말했다.

"지사부로, 지금부터 내가 하는 말을 똑바로 잘 들어. 그 가방을

18시 45분에 출발하는 이즈모 열차 선반에 실어라."

놀란 얼굴로 바라보는 조카의 시선을 느끼면서도, 나는 강압적으로 말했다.

"에후에 류지 형님 이름을 적고 가방에 달아. 휠체어용 벽돌길을 이용해라. 짐을 실은 차량 넘버를 기억해두고."

나는 어깨 너머로 뒤를 보며 녀석들이 나타나지 않는 걸 확인하고, 조카에게 말했다.

"가!"

4

나는 믿기지가 않았다. 뭐가 어떻게 돌아가는지 알 수 없었다. 그러나 라이조 삼촌의 말은 따라야 한다. 사정은 이해하지 못했지만 가능한 한 눈에 띄지 않게 그리고 재빨리 처리하는 게 가장 좋다. 나는 본능적으로 그렇게 생각했다. 손목시계를 힐끗 보았다. 서둘러야 한다.

지하도 끝에 있는 낡은 엘리베이터에 올라탔다. 주머니를 뒤져 수하물 보관소에서 쓰는 짐표를 꺼냈다. 볼펜으로 다바타 류지라 쓰고, 보스턴백의 손잡이에 묶었다. 다바타는 류지 삼촌이 데릴사위로 들어간 집안의 성이다.

엘리베이터에서 내리면 붉은 벽돌이 깔린 지하도가 나온다. 예전에는 우편물이나 작은 짐 따위를 운반하는 용도로 쓰였으며, 여길 통해 하루에 짐 9만 짝을 날랐다고 한다. 지금은 휠체어를 이용하는 사람을 위한 전용 통로다.

물 새는 틈으로 떨어지는 물방울에 젖어, 지하도 벽에 달린 램프가 사람 그림자를 크게 비춘다. 그러나 지금은 나 외에는 지하도를 지나는 사람은 그림자 하나 없다.

지하도의 벽면은 길이모쌓기로 쌓아올린 층 위에, 마구리만 보이도록 쌓아 만든 것이다. 완만하게 둥그스름한 맛이 살아 있는 아치 형태의 벽면은, '고부 내쌓기'라는 보기 드문 방법으로 지었다고 한다. 고부[五分], 그러니까 약 15밀리미터씩 어긋나게끔 쌓아올리는 것이다. 그렇게 하면 벽이 조금씩 돌출되어 나오면서 아치를 이루고, 독특한 분위기를 자아낸다. 메이지 시대의 벽돌쌓기 장인만이 시간과 노력을 들여 할 수 있는 고도의 기예다.

옛날 유럽 영화에 나올 법한, 시대를 봉인한 듯한 정취를 풍기는 벽돌길을 서둘러 걸었다. 뛰어가고 싶은 걸 꾹 참으며 10번 플랫폼으로 올라갔다.

이즈모행 열차가 기다리고 있었다. 침대차였다. 나는 승객이 많은 차량을 골라 올라타고는, 무거운 보스턴백을 타인의 짐과 섞어 눈에 잘 띄지 않게 선반에 얹었다. 차량 번호와 가방 위치를 머릿속에 똑똑히 새겨둔 다음 차량에서 내렸다.

나는 링컨 콘티넨탈에 타고 있던 남자 두 명에게 짐을 건넸다. 둘 중 하나가 내 등 뒤를 날카로운 눈으로 탐색하며 말했다.

"이걸 맡긴 두 사람은 어딨나?"

나는 뒤를 돌아보고는 따라오는 사람이 없다는 사실을 처음으로 깨달은 척했다.

"글쎄요, 잘 모르겠습니다만⋯⋯. 조금 전까지는 계셨습니다."

표정이 홱 굳어진 남자들이 서로의 얼굴을 쳐다보았다.

"짐은 이것뿐이고?"

"보시다시피 그게 답니다."

차 트렁크에 짐을 실은 남자에게, 다른 남자가 말했다.

"어이, 한번 가봐."

그 말을 들은 남자는 뛰어갔다.

나는 남은 힘을 쥐어짜서 남아 있는 남자에게 말했다.

"요금은 1200엔입니다."

남자는 주머니에서 5천 엔짜리 지폐를 무성의하게 꺼내 주었다.

"수고."

그렇게 말하고 나자, 이제 나는 안중에도 없는 듯 초조한 표정으로 차에 올라탔다.

나는 멀리 돌아서 10번 플랫폼으로 갔다. 계단을 내려온 조카를 붙잡았다. 지사부로가 말했다.

"이즈모는 출발했습니다."

"오케이."

나는 가방을 실은 차량 번호를 물은 후 공중전화박스에 들어갔다. 이즈모 시에 사는 형, 류지에게 전화를 걸었다.

"형, 라이조야. 내가 하는 말을 집중하고 잘 들어줘."

한 마디 한 마디, 타이르듯 강한 어조로 말했다.

"내일 아침 8시 10분 도착 예정인 이즈모행 열차의 선반에 있는, 크고 검은 보스턴백을 챙겨줘. 형 이름이 적혀 있는 종이 짐표가 달려 있을 거야. 절대로 늦는 일이 없도록 조금 일찍 플랫폼에 도착해서 기다려야 해. 나를 믿고, 일단 아무것도 묻지·말고 그렇게 해줘. 우리의 미래가 걸려 있어."

지사부로에게 들은 차량 번호와 가방이 있는 위치를 알려준 다음 전화를 끊었다.

"무슨 일이에요? 삼촌이랑 저는 대체 뭔 일을 저지른 거죠?"

지사부로가 하얗게 질린 얼굴로 나를 보았다.

"거액의 돈을 강탈했다."

나는 말했다.

"아마 야쿠자의 돈일 거야. 마약으로 번 돈 아니면 정치자금, 뭐 그런 거겠지. 수억쯤 될 거야."

지사부로가 비틀거렸다.

"경찰에 신고는 못 할 거다. 놈들이 나를 추궁해도 증거는 없어. 명예훼손으로 소송을 걸겠다고 으름장을 놓아줘도 되고. 지사부로, 양로원과 펜션을 짓겠다는 꿈을 이루는 거야."

지사부로가 심각한 얼굴로 말했다.

"야쿠자라면 삼촌을 죽이려 할지도 몰라요."

나는 말했다.

"할 테면 해보라지. 호락호락 당하지만은 않을 테니까."

세인트 메리의 리본

제1장
첫 사냥

1

눅눅해진 낙엽을 밟으며 걸었다. 썩은 잎 냄새가 피어올랐고, 11월의 아침을 맞이한 숲 속은 청량한 냉기로 가득했다. 바람 한 점 없고, 산골짜기를 흐르는 개울의 물소리 외에는 아무 소리도 들리지 않으며, 무엇 하나 움직이지 않았다.

내 앞을, 여느 때와 마찬가지로 조가 목을 축 늘어뜨리고 걷고 있다. 은회색을 띤 거친 털이 나무들 사이에서 검게 보인다. 이 개를 가리켜 사람들은 '늑대 같다'고들 하는데, 지금은 확실히 늑대 같아 보인다.

조가 방금 지나간 곳에서 풀썩 날아오르는 물체가 있었다. 멧도요다. 총을 어깨에 대고 쏘았지만, 동시에 멧도요가 느긋하게 동체를 기울였다. 역광을 받은 새의 모습이 나무 그늘 속으로 사라졌다.

나는 그 이상 쏘지 않았다. 멧도요를 처음 한 발로 맞히지 못했다면 승부는 이미 정해진 것이었다. 낙엽의 정령 같은 멧도요는, 언제나 그렇듯 지금처럼 소리 하나 내지 않고 나타나서, 아주 살짝 방향을 예측할 수 없게끔 튼다. 빠르지도 않건만 대범하게 보이기까지 하는 방식으로 비행하는 까닭에 첫 발로 쏘아 맞히기란 꽤 어렵다.

흑요석 같은 눈을 크게 뜨고서 목을 움츠린 채 마른 잎들 사이에 파고들어 앉는 이 새는, 주위의 색과 형태에 녹아들어 동화하고 만다. 거기에 새가 있음을 알아차리는 사람은 없다.

흥미 없다는 표정으로 멧도요를 배웅한 조는 코를 킁킁거리며 또 걷기 시작했다. 내가 허탕 친 걸 비웃은 것 같다. 그러나 멧도요는 조가 지나간 자리 바로 옆에서 날아올랐다. 귀염성이라고는 없는 이 개는 새에는 무관심한 건지, 조렵견으로서 갖추어야 할 능력은 아예 없는 것 같다.

나는 총의 총신 덮개를 뒤로 당겨 빈 탄피를 제거한 다음, 땅에 떨어진 탄피를 주워 주머니에 넣었다. 총을 쏜 흔적을 감추려는 것은 아니다. 여기는 사냥 금지 구역은 아니었으나, 고요하고 한적한 숲에 굴러다니는 탄피는 지독히도 불길하게 보이고, 그것을 봤을 때 한순간이나마 불쾌한 기분이 들기 때문이다.

그때, 조가 낮은 소리로 한 번 짖었다. 하울링 같기도 한 저 으르렁거리는 소리를, 짖었다고 표현해도 좋을지 의문이지만…….

조는 숲 가장자리에 서서 개울을 내려다보고 있었다. 뭔가를 발견한 것이다. 이변이 일어났음을 알릴 때 말고는 짖는 법이 없다.

걸어가서 아래를 보았다. 2미터 정도 낙차가 진 밑에서 흐르는, 물살은 빠르지만 수심은 얕은 물속에 개가 누워 있었다.

어린 브리타니 스패니얼이 물가에서 죽어 있었다. 오른쪽 몸뚱이가 물에 젖은 채였다. 나는 쭈그리고 앉아 개 목걸이를 만지작거렸다. 이 개를 기르던 주인이 말한 대로, 작은 금속판으로 만들어진 인식표[56)]가 목걸이에 부착되어 있었다. 바느질 상태가 튼튼했고, 생긴 게 꼭 펜던트 같았다. 상자 모양의 전파 발신기도 달려 있었다. 사냥꾼은 이 발신기가 내보내는 단속음에 의지해 개를 쫓는다.

인식표에 각인된 등록번호와 수첩에 메모했던 숫자를 대조했다. 두 번호가 다 우[ゥ] 2977인지 맞춰본 후 찾고 있었던 개라는 것을 확인했다.

사냥용 조끼의 등에 달린 주머니에서 콤팩트카메라를 꺼냈다. 주변 상황을 알 수 있게끔 약간 떨어진 위치에서 한 장, 개의 전신 사이즈에 맞춰 한 장, 그리고 물가 쪽에서 플래시를 터뜨려 찍었다. 그러고는 흐르는 물줄기에 발을 담그고 개울 쪽에서도 같은 일을 반복했다. 산에서 솟아 나오는, 마치 나이프로 정강이를 그어대는 듯한 차가운 물이 등산화 안으로 들어왔다.

---

56) 일본의 경우 생후 91일이 지난 개는 법률에 따라 등록 및 광견병 예방주사 접종을 반드시 해야 한다. 개를 기르는 사람은, 기르기 시작한 후 30일 이내에 거주지의 행정기관이나 보건소, 또는 기관 지정 위탁시설을 통해 등록해야 하며, 인식표도 교부받아야 한다. 광견병 예방 주사는 1년에 한 번 접종해야 하며, 접종 증표와 인식표를 반드시 개에게 부착해야 한다(이를 어길 경우 20만 엔의 벌금이 과태료로 부과된다). 인식표에는 고유 등록번호가 기재되어 있어, 만일 개를 잃어버렸을 때 등록번호를 참고하여 주인을 찾아줄 수 있다.

개를 물가 바깥으로 끌어냈다. 살아 있었을 때는 반지르르하게 윤이 나며 빛났을, 밝은 오렌지색과 흰색이 섞인 털이 물을 빨아들인 탓에 거무죽죽했다.

태양 아래서 살아 움직일 때는 짐승이든 새든 물고기든, 생명이 있는 것들은 모두 그토록 아름답건만, 숨이 끊어진 순간 이후로는 어째서 이다지도 흉해지는가.

나는 개 목걸이를 끌러서 주머니에 갈무리했다. 왔던 길을 되짚어 산길 옆에 세워두었던 차로 돌아갔다. 자동차전화로 의뢰인에게 전화했다.

상점가 회장을 맡고 있는 일흔다섯 살의 개 주인이 직접 전화를 받았다.

"류몬입니다. 저기, 그러니까, 사냥개……."

"예, 누구신지 압니다. 전화 기다리고 있었어요."

간사이[関西] 지방의 사투리를 쓰는, 온화한 목소리가 들렸다.

"졸리를 찾았습니다."

"그, 그래서요?"

목소리에 두려움이 배어 있었다.

"유감스럽게도……."

잠깐 동안 정적이 흘렀다.

"죽어 있던가요? 역시 그랬군요."

"개울가에 쓰러져 있었습니다. 몸의 절반은 물에 잠겨 있더군요. 리시버 소리가 들렸다 안 들렸다 했던 건 그래서였을 겁니다."

"……."

"졸리는, 내장이 안 좋았다고 하셨지요?"

"아, 예. 4층에서 떨어져서······."

"산속을 달리다가 탈수 상태에 빠졌을 겁니다. 계곡의 차가운 물을 단숨에 마시는 바람에 심장마비를 일으켰다고 보입니다."

수화기 너머에서, 감정을 억누르는 듯한 신음이 흘러다.

"따라서······, 고통 없이 갔을 겁니다."

"그렇다면 다행이지만요."

"현장 사진을 찍었고, 목걸이는 회수했습니다."

"예······."

"시체를 거두시겠습니까? 수습해서 돌아갈까요?"

"아니, 차마 볼 수 없을 것 같군요. 가능하다면 산에 묻어주시오."

"알겠습니다. 그리하지요. 목걸이만 우편으로 보내드리겠습니다. 원하신다면 현장에서 찍었던 사진도 보내드릴 수 있지만, 보고 싶지 않으실 테니 제가 보관하겠습니다."

"예, 그렇게 하세요······. 졸리를 찾아주셔서 정말 고맙습니다. 아, 그리고 잔금은 바로 보내겠습니다."

"고맙습니다."

수화기 너머에서 들려오던 목소리가 잠깐 끊기더니, 혼잣말하듯 중얼거리는 소리가 들렸다.

"사냥 같은 건 시키지 말고, 집에서 곱게 키웠다면 좋았을 것을. 몹쓸 짓을 하고 말았습니다."

"저는, 그렇게 생각하지는 않습니다. 사냥개로 태어나 사냥개답게 죽을 수 있었던 거니까요."

"고, 고맙습니다. 그렇게 말씀해주셔서······."

나이 든 사냥꾼의 목소리에 눈물이 그렁그렁 맺혀 있었다.

"그럼 이만 끊겠습니다"라고 말한 후 나는 수화기를 내려놓았다.

3

차에 고정시킨 특제 로커에 총을 숨겼다. 늘 가지고 다니는 접이식 군용 삽을 꺼낸 뒤 짐칸 구석에 접어서 보관해두었던 담요를 챙겨 다시 산으로 향했다. 담요는 죽은 개의 개집에 깔려 있던 것이다. 추적하는 대상의 냄새를 조가 기억하게 하도록 빌렸었다.

나란히 걷고 있는 조에게 말했다.

"파트너, 잘했어. 밥만 축내고 있는 건 아니었군."

조가 늑대 같은 기다란 꼬리를 살랑거리며 한 번 흔든 것처럼 보였으나, 착각일지도 모른다. 나는 그만 이렇게 내뱉고 말았다.

"오늘 밤은 맥주를 대접하마."

졸리가 죽어 있었던 곳에서 가까운 숲 한구석을 깊게 팠다. 흙은 단단했고, 금세 땀이 뱄다. 개의 몸을 닦은 다음 담요로 말아서 묻어주었다. 개울에 한 번 더 내려가, 땅에 박아두기에 적합한 무거운 돌을 골라 들고 와서는 석물 대신으로 삼았다.

어느샌가 해가 떠올라, 나무들 사이로 비치는 햇살이 숲 속을 훤히 밝히고 있었다. 나는 의뢰인에게 들었던 이야기를 떠올렸다.

졸리는 건강한 강아지였다고 했다. 맨션의 4층에서 키웠는데, 인공 잔디를 깐 넓은 테라스에서 마음껏 뛰어놀며 지냈다고 한다. 어느 날 테라스에 내려앉은 비둘기를 쫓다가 그만 4층 바깥으로 뛰어올랐다. 잔디밭에 떨어진 졸리는, 신기하게도 다리가 부러지지 않았다. 그 대신 복부를 강타당했다. 사지를 활짝 편 모습으로 뛰어올라서는 그대로 지면에 떨어졌다고 들었다.

이번 일은 쓰라린 결말을 맞이했지만, 비둘기를 쫓아 마치 새처럼 공중을 날았을 개의 생전 모습이 머릿속에 선명히 그려진 까닭에, 마음이 조금 풀렸다.

4

현에서 관리하는 도로와의 경계 역할을 하는 폭 3미터 정도의 작은 강을 건너면, 내 소유의 땅이다. 한때는 철도 침목이었던 폐자재로 놓은 널다리의 널빤지가 사륜구동 자동차 아래서 삐걱거렸다. 문기둥에 쳐 두었던 로프가 끌러진 상태로 지면에 드리워져 있다. 문득 불쾌한 예감이 들었다.

문이라고는 해도, 마찬가지로 폐기된 목조 전봇대를 양쪽으로 두 대 세운 다음 그 위에다 통나무 들보를 얹고, 여러 갈래로 자라난 에조사슴[57]의 뿔을 단단히 박았을 뿐인 모양새다. 로프는 문 대신 묶어둔 것으로, 차를 타고 이곳을 방문하는 사람은 일단 차를 멈추고

---

57) 홋카이도 꽃사슴으로도 불리는 꽃사슴의 아종(亞種). 중국, 일본, 타이완 등 주로 동북 아시아에 분포한다.

다리를 건너가 이 로프를 끌러야만 한다.

손님을 맞이하는 친절한 방법이라고는 물론 생각되지 않지만, 친절을 내세우는 일을 하고 있지도 않다. 게다가 이건 경계를 나타내는 최소한의 표시다. 이것이 없으면 여기가 사유지임을 모른 채로 들어오는 차가 많다.

게이트를 지나면 왼쪽에는 산에서 내려오는 맑은 물이 흐르는 수로가 있고, 오른쪽에는 잡목으로 뒤덮인 산비탈이 있다. 이 개울물과 야트막한 산 사이에 난 땅길이 동북 방향으로 길게 뻗어 있다. 1킬로미터 정도 가면 내가 사는 곳이 나오나, 도로가 완만한 커브를 이루고 있으므로 여기서는 보이지 않는다.

문을 들어서면 바로 나타나는 산림에, 트럭 한 대 분량의 쓰레기가 버려져 있었다. 건축물을 허문 잔해라 짐작되는 나무 조각과 콘크리트 덩어리, 토사에다 폐타이어까지 버려져 있다. 이 사악한 쓰레기 산을 보는 건 오늘로 두 번째다.

오늘 아침에 집을 나선 건 새벽 4시 무렵이었다. 그때 쓰레기는 없었고, 다리를 건너 로프를 치고 돌아왔던 것도 또렷하게 기억한다. 아마 그 직후, 아직 어둑어둑할 때 덤프트럭이 쳐들어왔을 거고, 차를 후진하여 침입한 다음 쓰레기를 단숨에 쏟아놓고 간 것이리라.

첫 번째 쓰레기 투기는 지난주에 벌어졌다. 꼬박 하루를 쏟아가며 쓰레기를 치운 지 얼마 지나지도 않았다. 치우다는 표현을 쓰기는 했지만, 쓰레기를 분류한 다음 태울 수 있는 건 태우고, 토사는 길에 뿌려 판판하게 골랐을 뿐이다. 콘크리트 파편이나 타이어는 가져갈 데도 마땅치 않아, 눈에 띄지 않는 곳에 쌓아두는 것 말곤 방법이 없었다.

나는 가슴속 깊은 곳에서 울컥 부아가 치미는 것을 꾹 삼키고, 집으로 향했다.

먼저 눈에 확 띄는 건 커다란 종가시나무다. 그 아래에 내 집이 있다. 이 집을 가리켜 사람들은 요새 같다고들 한다. 가로로 길쭉하며 위로 솟은 데 없이 평평한 건물은 목조 전봇대 '폐자재로 지어 올린 것이다. 통나무집인 건 맞지만, 요즘 유행하는 전원주택이나 산장 같은 식의 세련된 느낌은 아니고, 튼튼한 헛간처럼 생겼으며 반질반질 윤이 나는 검은 오두막일 뿐이다.

뒤쪽에 있는 건 철근 콘크리트를 써서 지은 2층짜리 건물로 나중에 증축한 것이다. 콘크리트 특유의 거친 질감을 그대로 살린 무뚝뚝한 건물이지만, 정면에서 보는 한 통나무집 지붕에 가려져서 그렇게까지 도드라지지는 않는다.

만일 여기가 미국 서부 변경 어딘가이고, 쳐들어오는 적이 있다면, 이 집은 내부에 틀어박혀 적과 맞서 싸우기에 더할 나위 없이 듬직한 요새 역할을 해줄 것이다.

〈류몬 사냥개 탐정사[竜門猟犬探偵舎]〉라고 커다랗게 적힌, 도장 간판처럼 보이는 문패를 걸어놓은 집으로 들어갔다. 총과 탄환을 거실에 있는 금속 로커에 갈무리했다. 냉장고에서 750밀리리터짜리 캔 맥주를 꺼내서, 그중 반을 조의 접시에 부어주었다. 녀석은 맥주라면 사족을 못 쓴다. 할짝할짝 소리를 내며 마시는 건 실례라고 녀석에게 이야기해 봤자 소용없다. 나는 남은 절반을 싹 비웠다.

사무소로 들어가서, 자동응답기에 녹음된 부재중 메시지를 들었다.

"나야. 대체 어디를 그렇게 싸돌아다녀?"

호통치는 듯한 목소리가 불쑥 튀어나왔다.

"할 얘기가 있어. 돌아오는 대로 당장 전화해."

부재중 메시지는 그게 다였다.

이런 식으로 전화를 난폭하게 거는 남자는 한 사람밖에 없다. 나라[奈良]의 오야규[大柳生]에 사는 히우치 데쓰오에게 전화했다. 전화를 받은 중년 여성에게 이름을 밝혔다. 여성스러움이라곤 조금도 없는 커다란 목소리로 '사장님, 전화요!' 하고 말하는 게 들리더니, 히우치가 전화를 받았다.

"여어, 탐정 나으리."

"안녕하신가, 밀렵꾼."

"몇 번이나 전화했는지 알아? 어디 외박했다가 아침에 돌아왔을 리도 없고, 또 개 찾으러 나돌아 다녔나? 그런 일 하면서 밥이나 제대로 먹고 다녀?"

"아직까진 개밥에 손은 안 대고 지내."

"흥, 그것도 시간문제라고."

"용건이 뭐야."

"아, 맞다. 새끼 딸린 멧돼지를 점찍어놨어. 무지막지하게 큰 녀석이야. 22관[58]은 족히 나갈 암컷인 데다가 새끼도 네 마리나 딸렸어. 내일 아침에 사냥하러 간다. 첫 번째 목에 자리 잡게 해줄 테니까, 5시까지 우리 집으로 와. 이번 사냥철의 첫 사냥감이라고."

나는 무심결에 신음이 흘렀다. 일이고 뭐고 다 내팽개치고 100킬로미터도 더 되는 길을 내달려 히우치네 집으로 당장 달려가고 싶다는 강한 유혹이 일었다. 극기심을 발휘하며 내뱉었다.

---

58) 1관(貫)은 3.75킬로그램이다.

"가고 싶지만, 일이 있어."

"그 정도로 장사가 잘 돼? 개를 도둑맞는 멍청한 인간들이 세상에 그렇게 많단 말이야?"

"전부 도난당하는 건 아니지만, 뭐."

"아, 그래. 하나 더 알려줄 게 있었어. 포인터를 찾는다고 했었지?"

"그래. 세 살 된 잉글리시 포인터. 의뢰인 말에 따르면 얼마 전 사냥 해금일59)에 산속에서 잃어버렸다는데, 그 길로 영영 의뢰인의 차로 돌아오지 않았다는군."

"클레이사격을 하는 친구들 중에 하나조노[花園]에 사는 남자가 솔깃한 얘기를 했어. 야오[八尾]에서 수도 일을 하는 곤노라는 남자가 있다는데, 사격도 사냥도 실력이 영 변변치 못하다더군. 헌데 얼마 전부터 갑자기 포인터를 부리기 시작했다나 봐. 이 곤노라는 작자는 지난번 사냥철이 끝날 무렵에 그때까지 데리고 있던 세터를, 혈통서도 있었다는데, 아무튼 그 세터를 도둑맞았다고 하면서 한바탕 소동을 크게 벌였던 모양이고. 그런데 이번엔 그자가 포인터를 샀다는 이야기는 아무도 듣지 못했다는구먼."

이거다! 직감으로 그렇게 느꼈다.

"그 이야기, 맞는지 확인해보고 싶군. 더 자세히 들을 수 있을까?"

"말해준 남자에게 전화해두지. 직접 물어봐."

히우치는 방금 들려준 이야기에 등장했던 지인의 이름과 전화번호를 알려주었다.

---

59) 일본 환경성(環境省)은 조수보호법(鳥獸保護法) 시행규칙에 근거하여 사냥 기간을 매년 11월 15일에서 이듬해 2월 15일까지로 규정하고 있다(홋카이도는 예외적으로 매년 10월 1일부터 이듬해 1월 31일까지다). 구체적인 시기는 각 행정 구역이 연장 또는 축소할 수 있지만, 일반적으로 총기 사냥이 허가되는 해금일은 대체로 11월 15일이다.

"그 사람 말로는, 곤노라는 녀석은 말이나 행동거지가 천박하고 역겨운 놈이래. 입만 벌렸다 하면 폭력을 휘두르는 난폭한 작자라는 구먼. 사격장에서도 다들 싫어하고, 그자와 함께 사냥하는 인간도 없다는군. 접근할 생각이라면 조심, 또 조심해."

"알았어. 고맙다."

흥, 고맙다니……, 남들 다 하는 말이나 주워섬기고 자빠졌네, 라며 욕을 퍼붓는 게 들렸다.

"그런데 말이야, 탐정 나으리. 아직 결심이 안 섰어? 먹고살기도 힘든 그따위 이상한 일에 아득바득거리며 살지 말고, 거기 산림의 반쪽을 나한테 넘겨주면 평생 놀고먹을 수 있다니까. 내가 처리하면, 네가 꺼려하는 식으로 쓰일 일은 없어. 충분히 상의한 다음에 너도 납득할 형태로 산림을 활용할 거야."

히우치 데쓰오는 '오야규 임업'의 3대째 경영자다. 히우치 집안은 그 지역에서 유서 깊은 가문으로, 그의 아버지는 촌장도 역임한 적이 있는 명사다. 히우치 가는 대대로 치산(治山) 및 조림(造林)을 가업으로 삼아왔다. 지금은 시대가 시대인 만큼 종업원을 십여 명으로 줄였지만, 때에 따라서는 전문 기술자나 계절노동자를 고용해서 광범위하게 사업을 운영하고 있다.

데쓰오 또한 겉보기와는 달리 경영을 견실히 하여 업계에서도 신용받고 있었다. 최근에는 산림을 주로 하는 부동산 영역에도 발을 들여놓았다.

도쿄에서 나고 자란 나는, 교토에 있는 대학에서 히우치 데쓰오와 처음 만났다. 말수가 적고 남들과 잘 어울리지 못하는 나였지만, 붙임성 좋고 쾌활한 성격의 히우치와는 어째서인지 마음 맞는 데가 있었던 까닭에 서로 신뢰하며 줄곧 친구로 지내왔다.

아버지가 급작스럽게 사망하자, 나는 대학을 중퇴하고 도쿄로 돌아갔다. 그러다 5년 정도 뒤에 간사이에 살던 할아버지가 세상을 떠나면서 효고[兵庫] 현과 가까운 오사카[大阪] 부의 북서쪽 끄트머리에 있는 노세[能勢] 지역의 땅 3만5천 평을 물려받았다.

오래전부터 자연과 함께 살아가고 싶다는 바람이 있었던 만큼, 나는 도쿄에서의 생활을 정리하고 여기로 옮겨 왔다. 공통의 취미가 사냥이었던 것도 있어서, 다시 하우치와 어울리게 된 것이다.

"이봐, 듣고 있는 거야?"

히우치가 목소리를 높였다.

"아, 그래……. 잘 생각해보지."

"흥. 항상 그런 식이라니까. 어설프게 이것저것 재다가 돼먹지 못한 부동산 업자한테 걸리지 말라고. 저번에 얘기했던 센추리 흥업인가 하는 데는 그 뒤로 안 왔어?"

"오늘 아침에도 왔던 모양이야. 고용된 끄나풀이."

"고용된 끄나풀? 무슨 소리야?"

"동틀 녘에 덤프트럭 한 대 분량의 쓰레기를 던져놓고 갔더군."

"또? 놈들이 할 법한 짓이긴 한데. 센추리 흥업이란 데는 말이야, 땅 투기질, 건설 현장에서 쓰고 남은 흙을 불법으로 처리하는 일 등등 뭐든지 하는 악질이라고. 가와치[河內]의 폭력단인 하나비시구미랑 연결돼 있고."

"하나비시구미?"

"한물간 조직이야. 이탈하는 조직원이 많아서, 요즘은 폭주족 꼬맹이들을 포섭하곤 해. 간 큰 짓이야 못 하겠지만, 그 정도로 괴롭히는 건 당분간 계속될지도 모르겠는걸."

"······."

"화가 머리끝까지 나도 호되게 혼쭐내거나 하지는 마."

"내가?"

살짝 취기가 오른 조는, 길게 뻗은 앞발에 고개를 얹고서 그대로 졸기 시작했다.

"그리고 조만간 우리 회사 임업사(林業士)[60]를 보내도록 하지. 산림의 여러 일들, 그러니까 잔풀 깎기나 잡초 제거, 가지치기, 솎아베기, 식수 등등······, 신경 써서 손봐줘야 해. 일단 황폐해지기 시작하면, 산은 순식간에 죽어버린단 말이지."

"아, 그래. 부탁이니 그렇게 해줘. 그 참에 나도 배우고 싶군. 여러모로 미안하게 됐어."

"이 정도 가지고 뭘. 언젠가는 어차피 내 산이 될 텐데."

전화가 끊겼다. 나는 목장갑을 낀 다음 커다란 삽을 짊어지고 집을 나섰다. 오늘은 삽과 인연이 많은 날이다.

---

60) 임업에 관한 기능과 지식을 보유한 삼림 기술자로, 일본의 각 행정 구역에서 자체적으로 선발한다.

제2장
함정

1

저 멀리 산줄기 뒤로 해가 떠올라 산의 능선이 희끄무레하게 보였다. 나라 현에 있는 시기[信貴] 산 아니면 이코마[生駒]와 잇대어 있는 산일 것이다. 나는 잠복 중이었던 차 안에서 손바닥을 비비며 혈액순환을 촉진시키고, 망원렌즈를 장착한 니콘 카메라로 촬영할 준비를 했다.

6시 10분, 100미터 정도 앞에 위치한 집에서 그들이 나왔다. 어제와 같은 시각이다. 곤노의 아들이라 짐작되는, 중학생 정도 되어 보이는 소년이 목줄을 매단 개를 데리고서 자전거를 타고 이쪽을 향해 왔다. 나는 카메라를 들고 앞 유리 너머에 있는 소년과 개의 모습을 찍기 위해 셔터를 몇 번 눌렀다.

서둘러 차에서 내렸다. 조는 뒷좌석 바닥에 드러누워 있게 했다. 기대어 세워뒀던 자전거에 걸터타고 천천히 페달을 밟으며 소년을 따라갔다. 산책 중인 포인터가 소년의 앞쪽에 서서 폴짝폴짝 뛰는 듯한 걸음걸이로 자전거를 끌어당기고 있다.

나는 소년 앞에서 자전거를 세우고 "안녕" 하고 말을 걸었다. 밝은 표정의 소년이 살짝 미소를 띠고 지나쳐 갔다. 나는 방향을 바꾸어 소년을 쫓아갔다. 그러고는 소년의 뒤에서 "좋은 개로구나" 하고 다시 말을 걸면서 소년과 나란히 페달을 밟았다.

개의 체형, 반점 모양, 털색을 눈으로 재빨리 훑었다. 수색 의뢰를 받은 포인터인 게 분명했다. 목걸이는 새것이었다. 인식표가 달린 원래 목걸이를 끄르고 다른 것으로 바꾼 것이다.

"산책에 익숙한 개구나."

개에게 눈길을 준 채 말했다.

소년은 처음 보는 내게 어떤 식으로 응대해야 할지 갈피를 못 잡고 있는 것 같았다. 혼잣말하듯 말했다.

"아침이랑 저녁에, 제가 산책시켜요."

"사냥터에서 한몫하게 생겼는데……. 아 참, 나도 사냥을 하거든."

"뭐……."

소년은 애매하게 대답했다.

"새 잡는 솜씨가 보통이 아니겠어."

"잘 몰라요……. 개를 부리는 건 아버지니까."

"아버지가 개에 대해 자랑은 안 하시고?"

"얘가 우리 집에 온 지 얼마 안 됐어요……."

"아버지는 사냥하러 자주 가셔?"

"쉬는 날마다 가요. 사격장도 그렇고."

"개 운동은 네 담당이고?"

"예."

소년의 표정에 불만스러움이 언뜻 비쳤다. 아마 아버지가 강제로

시킨 것이리라. 이제 한두 마디만 더 이야기를 나누면 진심을 드러낼지도 모른다.

그럼 안녕, 이라 말하고 나는 왔던 길로 되돌아갔다. 나에 대한 인상을 남기지 않는 편이 좋기 때문이다. 오다가다 마주친, 개를 좋아하는 아저씨가 잠깐 말을 붙였다는 정도로 여기게 해서, 소년이 이 일을 잊어버리기를 기대한다.

히우치 데쓰오가 가르쳐준, 긴테쓰[近鉄][61] 노선 부근인 하나조노[花園]에 사는 사냥꾼에게 전화해서 이야기를 들은 후 곤노라는 남자의 주소도 알아냈다. 그러고는 어제 아침 일찍, 노세에서 여기 야오까지 달려와서 곤노의 집을 찾아다녔다. 논을 메워 조성한 땅 위에 완공한 형태로 입주자에게 판매하는 단독주택 십여 채가 줄지어 있었다. 모퉁이에 있는 커다란 집이 곤노가 사는 곳이다.

어제도, 아직 어둠이 채 가시지 않은 주택가의 노지에 차를 세워둔 채 이렇다 할 계획도 없이 무작정 감시하기 시작했다. 사냥개를 기르는 자는, 통상 아침저녁으로 개를 달리게 하는 법이다. 특히 사냥철에는 운동시키는 일에 충분히 신경을 써서 개가 군살 없는 체형을 유지할 수 있게 해야 한다. 곤노는 개를 데리고 나올 게 틀림없다. 나는 그렇게 계산하고 있었다.

예상한 대로 맞아떨어지기는 했으나 다 들어맞았다고 할 수는 없는 것이, 개를 운동시키는 건 소년이었다. 어제는 차 안에서 사진을 찍는 정도로 끝냈다. 그리고 오늘 아침에는 자전거를 차에 싣고 와서 대기하고 있었다.

---

61) 정식 명칭은 '긴키닛폰테쓰도[近畿日本鉄道] 주식회사'로, 일반적으로는 '긴테쓰'라는 약칭으로 불린다. 오사카, 나라, 교토, 미에[三重], 아이치[愛知] 등을 아우르는 노선망을 소유하고 있다.

2

돌아와 보니 커다란 먹잇감이 덫에 걸려 있었다. 내가 파두었던 골에 덤프트럭 한 대가 양쪽 뒷바퀴 모두 빠진 상태로 멈추어 있었다.

어제 일이다. 버려진 토사와 쓰레기 따위를 치운 후 참호처럼 생긴 길고 깊은 구멍을 팠다. 마른 나뭇가지를 그 위에 걸치고 얇은 베니어판을 얹은 다음 흙을 뿌려두었다. 후진하여 침입하는 트럭의 뒷바퀴가 밟지 않고는 지나갈 수 없는 장소다. 그곳에 골이 파여 있으리라고는 생각지 못했을 것이다.

기어 나오기라도 하려던 듯 안간힘을 쓴 흔적이 골을 더 깊게 후벼파놓았지만, 덤프트럭은 앞바퀴가 하늘로 향해 솟구친 상태로 떨어졌기 때문에 자력으로 탈출하기란 불가능했다. 짐칸을 들어 올리기 직전에 빠진 터라, 가득 실려 있던 화물은 거의 그대로 남아 있었다.

콤팩트카메라로 덤프트럭을 여러 방향에서 찍었다. 차체에는 회사명도 업체명도 표기되어 있지 않았으나, 국화를 우물 정 자 형태의 마름모꼴[62] 로 둘러싼 모양의 문장(紋章)이 새겨진 철판이 트럭 후미의 번호판과 나란히 고정되어 있었다. 천벌을 받아 마땅한 놈들이다. 차 문은 잠겨 있지 않았으나, 열쇠도 자동차 검사증도 보이지 않았다.

차량용 도구함을 꺼내 덤프트럭 핸들과 전면부의 번호판을 뗐다. 시답잖은 전리품을 들고, 집으로 돌아왔다.

---

62) '국화(菊花)'와 '마름모꼴[菱形]'에서 각기 한 글자씩 따면 일본어로 '하나비시[花菱]'가 된다.

다카라즈카[宝塚]의 니가와[仁川]에 사는 의뢰인에게 전화를 걸었다. 40년 남짓한 세월 동안 다닌 증권회사를 그만둔 후 관련 계통 자회사의 고문을 맡고 있는 초로의 남자로, 하마다라는 성을 쓴다. 그는 반일 근무를 마치고 귀가한 지 얼마 안 되어 내 전화를 받았다.

"애비라 짐작되는 포인터를 찾았습니다."

나는 그렇게 말했다. 놀라움과 기쁨이 섞인 목소리가 일었다.

그러나 개를 수중에 두고 있는 곤노라는 남자에 대한 풍문으로 판단하기엔, 당장 개를 데리고 돌아갈 수 있는 상황은 아니라고 이야기했다. 개를 찍은 사진을 집에 현상하여 인화해둘 테니 보러 오셨으면 한다고 말했다. 당분간 집을 비울 수 없는 사정이 생겼다고도 전했다. 덤프트럭과 관계된 인간들이 찾아올 게 뻔했으니까.

의뢰인은 내일 오후에 찾아오겠다며 힘없는 목소리로 말하고는 전화를 끊었다. 꾸밈없는 성격에 어른스러운 사람인 듯한데, 애견을 그리 간단히 되찾아올 수는 없을 상황이란 걸 알고는 지독히 불안해하는 것 같았다.

3

그들은 다 늦은 오후에 찾아왔다. 모래 먼지를 일으키며 사도(私道)를 달려오는 두 대의 차를 보고는, 조와 함께 집 밖으로 나왔다. 녀석들이 흙 묻은 더러운 발로 집에 들어서는 게 싫어서다. 지면보다 조금 높게 만든 테라스의 나무 의자에 앉아 기다렸다.

난폭하게 멈춰 세운 하얀 링컨 콘티넨탈에서 두 명, 짐을 싣지 않은 덤프트럭에서 두 명, 모두 네 명의 남자가 기세 좋게 내렸다. 블루종 (blouson)을 입은 남자가 테라스 계단에 발을 디뎠다.

"거기까지."

나는 입을 떼었다.

순간 발걸음을 멈춘 남자는 "뭐라 지껄이는 거야"라고 말하며 계단을 올라오려고 했다.

"멈추라고 했다."

채찍을 휘갈기듯 큰 소리로 일갈했다. 바닥에 드러누워 있던 조가 움찔거리며 일어났다.

"주거침입죄라고 들어봤나."

나는 말했다.

"네놈들은 누구냐. 남의 집에 찾아왔으면 누구인지 먼저 밝혀."

기세에 눌린 얼굴들로 서로 마주 보며 네 명이 한 덩어리가 되었으나, 블루종을 입은 남자가 입을 열었다.

"핸들과 번호판을 돌려주실까."

"무슨 이야기지?"

"시치미 뗄 생각인가. 덤프트럭의 핸들이나 떼어가고 말이야."

"그렇다면, 저기 저 불법 투기는 네놈들이 한 짓이라고 인정하는 거로군."

대답은 없었다.

나는 벨트에 찬 시스 나이프(sheath knife)[63]를 뺐다. 남자들의 몸이

---

63) 칼집이 있는 단도.

순간 경직되는 것을 간파했다. 나는 굴러다니던 나뭇가지를 주워 싹 둑 잘랐다.

"덤프트럭 사진을 잔뜩 찍어뒀어. 사진에는 오늘 날짜도 박혀 있 지. 적합한 곳에, 언제든지 제출 가능하다."

나이프를 쓰면서 남자들의 얼굴을 한 사람 한 사람씩 똑바로 보았 다.

"어제 버리고 간 쓰레기를 싣고 돌아가라. 파놓은 골도 메우고 갈 것. 그러면 핸들과 번호판 모두 돌려주지."

남자들이 분노에 차서 거칠게 욕설을 퍼부어댔다. 그때까지 잠자 코 있던 검은 양복을 입은 남자가 한 발짝 앞으로 나왔다.

"형씨, 주제 파악을 좀 하셔야겠는데. 뭐하는 놈인지는 모르겠지 만, 아무 일 없을 거라 생각하나?"

나는 남자의 흉상을 보며 말했다.

"하나비시구미의 인간들인가?"

순간, 허를 찔린 듯한 표정이 비쳤다.

"강부터 여기까지는 내 땅이야. 하나비시구미도 센추리 흥업도, 깡패 트럭도, 여기는 들어올 수 없어."

"뭐라고? 보자 보자 하니까!"

덤프트럭에서 내린 남자가 씩씩거렸다.

나는 다리를 길게 뻗어 테라스 난간에 올리고, 몸을 뒤로 젖혔다. 영화 〈황야의 결투〉에 등장하는 헨리 폰다를 흉내 냈다.

"어이, 저 덤프트럭을 끌어올리려면 보통 일이 아닐 거야. 폐타이 어도 잊지 말고 챙겨 가도록."

갑자기 떠오른 양 덧붙였다.

"방콕에 있는 경찰한테서 들은 이야기인데, 타이의 산속에 있는 마을에서는 말이야, 상습 절도범을 잡으면 손을 꽁꽁 묶은 다음 차곡차곡 쌓은 폐타이어 안에 곧추세워서 불을 붙인다는군. 타이어는 높은 온도를 유지하며 타기 때문에, 인간 따위는 뼈까지 녹아서 흔적도 없이 사라진다더라고. 이 3만5천 평의 산속에서, 내가 뭘 태우든 아무도 신경 쓰지 않을 테지."

나는 싱글거리며 웃었다.

"오늘부로 다리 폭을 20센티미터 좁힐 거야. 차는 지날 수 있어도 트럭은 안 되겠지. 게다가 말이야, 친절히 충고해주는 건데, 폭주족을 여기에 들여서 난동 부리게 할 생각일랑 곱게 접어두시지. 바이크나 타는 애송이에게는 위험한 곳이야. 어딜 가나 덫이 설치되어 있거든. 뼈가 부러지는 정도로 끝난다면야 다행이겠지만, 모가지가 댕강 잘릴 수도 있어."

남자들은 할 말을 잃은 채 입을 다물고 있었다.

"요점은, 접근하지 말라는 말이다. 나는 네놈들이 덤빌 만한 상대가 아니야. 자, 이제 작업에 임해라. 날이 저문다."

또다시 드러누운 조에게 눈길을 주며 말했다.

"나와 이 녀석이 지켜보겠다. 이 개는 주인과 달리 성질이 더러운 놈이거든. 굶주리면 인정사정 볼 것 없이 인간의 목덜미를 물어뜯어 버리지."

제3장
매복

1

부쩍 추워진, 화창하게 갠 일요일에 히우치 데쓰오가 보낸 택배가 도착했다. 멧돼지 고기 2킬로그램과 집에서 만든 시로미소[白味噌][64]를 보내준 것이다. 아쓰아게[厚揚げ][65]와 배추를 넣고 보글보글 끓이는 멧돼지 전골을 상상하기만 해도 입에 군침이 돌았다. 오늘 밤에는 이걸 안주로 삼아 소주(燒酎)를 한잔 걸칠 일을 기대하며, 나는 집을 나섰다.

다카쓰키[高槻]에 위치한 클레이사격장으로 차를 몰고 가면서도, 머릿속은 야규[柳生]의 산골 풍경으로 가득했다. 히우치 일행은 훌륭한 솜씨로 멧돼지의 숨통을 확실하게 끊은 것이다. 히우치가 눈대중으로 멧돼지의 무게가 22관이라고 계산했다면, 사냥물은 22관짜리 멧돼지일 게 분명했다. 그가 예상했던 것과 실제 사냥물의 크기가 1할 이상 틀린 적이 없었다.

---

64) 콩보다 쌀누룩을 많이 넣어 만든 흰 된장.
65) 두부를 두껍게 썬 다음 표면이 노릇노릇해질 정도로 튀긴 것. 겉만 튀겨서 속은 두부의 질감과 맛이 그대로 살아 있으며, 여러 요리에 두루 쓰인다.

82킬로그램 남짓한 멧돼지를 해체해서 살코기를 분리하면 50킬로그램 정도가 나온다. 그들은 발라낸 살코기를 평등하게 분배한다. 사냥꾼이 다섯이고 개도 다섯 마리인 사냥이었다고 치면, 고기는 10등분한다. 등심, 삼겹살, 허벅지살도 각각 10등분한다. 리더가 많이 가져가거나, 사냥감을 쏘아 맞힌 사람을 우대하는 일 따위는 없다. 완벽히 평등하게 분배된다. 개 몫은 물론 주인이 가져간다.

요번 멧돼지 사냥은 올 시즌에 거둔 첫 사냥물이었으므로 살코기를 발라내 나누었지만, 보통은 통째로 판다. 피를 빼고 배를 갈라 내장을 꺼낸 상태에서 냉수를 채운 수조에 담가둔다. 멧돼지를 판 돈을 분배하는 것이다. 멧돼지 고기는 고급 소고기보다 훨씬 비싸게 팔린다.

그들은 놀이 삼아 사냥을 하지 않는다. 현금 수입을 얻기 위한 노동을 한다. 내 '대기 장소'에 걸려든 사냥감을, 얼빠진 실수를 저지르거나 태만하게 있다가 놓치면 매섭게 질책당한다.

한번은 이런 일이 있었다. 함께 자주 사냥하던 사람 중 하나가, 할당된 대기 장소에 자리 잡은 후 시간이 아무리 지나도 사냥개 소리가 전혀 들려오지 않아 지루해하던 끝에, 낙엽을 그러모아 불을 피웠다. 추위로 곱은 손을 쬘 정도의 작은 모닥불이었다. 불을 끈 뒤 대기 장소를 살짝 벗어난 새에 멧돼지가 그곳을 지나 도망쳤다.

통상 멧돼지는 불이나 연기 냄새에 민감해서 가까이 다가오지 않으나 개에게 쫓길 때라면 사정이 다르다. 모닥불이 타고 남은 재를 밟고 가버렸다.

리더였던 히우치가 개를 쫓아왔다가 재에 남겨진 멧돼지 발자국을 발견했다. 모닥불을 피운 남자는 밧줄로 포박당한 채 소나무 가지에 대롱대롱 매달리는 처벌을 받았다. 대기 장소에서는 담배를 피우는 일도 소변을 보는 일도 금지다. 불을 피우는 일이나 대기 장소를 이탈하는 일은 가장 금기시되는 행위다.

이처럼 멧돼지 사냥은 실익이 걸려 있는 까닭에 엄격하고도 진지한 노동이 된다. 그러나 사냥철이 끝날 무렵, 가까운 산에 사냥할 멧돼지가 더는 없다고 판단하여 사냥을 단념한 후에 하는 사슴이나 새 사냥은 유희. 긴장감에서 해방된, 난잡한 웃음소리로 들끓는 축제다. 그들이 갈구하는 사냥감은 멧돼지뿐이며, 사슴 사냥 따위는 잡든 못 잡든 별로 중요하지 않은 게임인 셈이다.

사격장이 가까워지자 총성이 들려왔다. 사냥철이 되면 사냥꾼은 사냥에 전념하며, 가능한 한 사격 연습에서는 멀어지는 법이다. 그러나 기껏 새를 날아오르게 만들어놓고 명중에 실패하는 날이 계속되면, 자신의 사격 실력에 자신감을 잃어버리고 사격장으로 달려온다. 날아다니는 피전[66]을 쏘면서 감을 되찾으려고 하는 것이다.

2

어제 오후, 애비의 주인인 하마다가 약속대로 사무소에 왔다. 망원렌즈로 찍은 사진을 확대하여 인화한 것들을 흘끗 보자마자,

"애비입니다. 틀림없어요."

---

66) 진흙으로 구워 만든 표적물을 가리킨다. 클레이사격이 살아 있는 비둘기를 날려 총으로 맞히는 피전 슈팅(pigeon shooting)에서 유래했기 때문이다.

라고 단언했다. 거의 정사각형으로 보이는 왼쪽 어깨의 검은 반점이 애비의 특징이었다.

이것으로 내 일은 일단 끝난 셈이 된다. 내가 의뢰받은 일은 실종된 사냥개를 찾는 것까지다. 사라진 개를 찾아내는 일과 그 개를 무사히 데리고 돌아오는 일은 차원이 완전히 다르다. 특히 개를 도둑맞았을 경우 다시 데리고 돌아오는 건 문제가 벌어질 소지가 많으며 고생스럽고 성가신 일이기 십상이다.

해당 사냥개에 대한 소유권은 물론 개의 진짜 주인에게 있다. 혈통 있는 개라면 공인 단체나 클럽이 발행하는 사냥개 혈통서가 딸려 있다. 개의 종류, 이름, 특징, 계도(系圖) 등이 소유자의 이름과 함께 명기되어 있으며, 개의 전신사진도 첨부되어 있다.

혈통서가 없는 개라 하더라도 등록 절차를 제대로 밟았다면, 도도부현(都道府県)[67]의 각 지구가 발행하는 인식표와 광견병 예방주사 접종 증명서에 소유자의 성명과 주소, 개의 이름, 성별, 생년월일, 털색 같은 사항들이 기재되어 있는데다가 금속으로 된 판에는 등록번호가 새겨져 있다. 전부 소유자가 누구인지 증명해주는 것들이다.

그러나 개를 의도적으로 도둑맞았을 때는 그와 같은 증거를 제시해본다 한들 별 탈 없이 회수 가능할 리가 없다. 재판이라도 벌일라치면, 물론 결정적인 수단이 되기는 한다.

하지만 정작 개를 훔친 당사자들 중 그 누구도 자신이 그랬다는 것을 인정하지 않는다. 개가 길을 잃고 헤매길래 데려왔다든가, 아니면 굶주려서 먹이를 찾아다니기에 주워다가 기를 뿐이라고 주장한다.

---

67) 일본의 지방자치단체로, 1도(도쿄 도[東京都]), 1도(홋카이도[北海道]), 2부(오사카 부[大阪府], 교토 부[京都府]), 그리고 43현(県)을 가리킨다.

포인터나 세터 같은 조렵견은 멧돼지 사냥을 할 때 부리는 재래종 개들과 달리 성격이 온화하며 사람을 잘 따른다. 사냥터에서 문이나 트렁크를 열어놓은 타인의 차에 폴짝 올라타기도 한다. 해금일 당일에 사냥터에서 사라졌다는 애비의 경우도 그런 식으로 도둑맞은 것 같다.

또 도난당한 개를 회수하려 할 때, 일이 틀어지면 틀어질수록 개의 안전도 위협받는다. 너무 지나치게 추궁하다가는, 개를 훔친 자가 될 대로 되라는 심정에 개를 먼 곳에 갖다 버리거나 개에게 위해를 가하며, 죽여 버리기까지 하는 일도 생긴다.

애비의 주인인 하마다는 그의 지인을 통해서도 따로 곤노에 대한 소문을 주워들은 상태였다. 하마다는 된통 겁에 질려 있었다. 남과 다투지 못하는 성품인 듯했다. 그러나 애비에 대한 집착이 있어서, 포기하지는 못했다. 그는 애비를 회수하는 일에 대해 내게 새로이 의뢰했다. 의뢰했다기보다는 간절히 부탁했다.

내게는 비즈니스인 만큼, 해보자고 말하며 수락하는 것 말고는 방법이 없었다. 하마다는 곤노와 교섭할 때도 본인의 이름을 꺼내지 말아달라고 부탁했다. 후환이 두려워서일 것이다.

어젯밤 나는 곤노에게 전화를 걸었다. 먼저 이름을 밝힌 다음 당신이 지금 기르고 있는 포인터에 관한 일로 묻고 싶은 게 있으니 한번 만났으면 한다고 말했다. 곤노의 응답은 예상했던 대로였다.

"개에 관해 묻고 싶다고? 대체 뭐하는 놈이야. 경찰이냐?"

"실종된 사냥개 찾는 일을 하는 사람입니다."

"개를 찾아주는 게 직업이라고? 한심한 일을 하는구먼."

"그럼 내일은 일정이 어떠할지요?"

"안 돼. 내일은 집에 없어. 사격하러 갈 거거든."

"어디에 있는 사격장이죠? 기시와다 혹은 다카쓰키 국제사격장으로 가십니까? 아니면 센난에 있는 오사카 종합사격장인가⋯⋯."

전화를 건 상대가 클레이사격장에 대해 잘 아는 남자라는 것을 알아차리자 곤노는 살짝 머쓱해진 것 같았지만, 마지못해 다카쓰키 국제사격장이라 대답했다.

3

트랩과 스키트가 각각 한 면씩 있는 사격장에, 스무 명 정도의 남녀가 사대를 돌아다니며 저마다 총성을 시원하게 올리고 있었다. 고속으로 방출된 하얀 클레이 피전이 산산조각 나서 사방으로 흩어지는 광경은 언제 보아도 기분이 좋다.

사격장 직원처럼 보이는 남자에게 곤노가 와 있는지 물었다. 그는 트랩 사대에 줄 서 있는 남자 하나의 등을 가리켰다. 가슴팍이 두껍고 다부진 체격의 남자였다.

나는 뒤쪽 벤치에 앉아, 처음으로 보는 남자를 관찰했다. 곤노는 더블 배럴 산탄총을 들고 60퍼센트 정도의 확률로 피전을 맞혔는데, 사격 자세에 잘못된 습관이 붙어 있었다. 먼저 총을 견착하는 자세가 어색했다. 턱을 들어 올려 총을 고정하고 얼굴을 한두 번 움직여 위치를 조정하며 사격 준비를 마치는 것이다. 실제 사냥에서는 쓸모없는 행동이었다. 이런 거추장스러운 의식을 거행하는 동안에, 날아오른 새는 멀리 날아가 모습을 감출 것이다.

게다가 쏘자마자 총을 옆으로 틀어서 꺾은 다음 탄피를 제거했다. 누군가의 자세를 따라 하는 것이리라. 왼쪽으로 나는 피전은 거의 맞히지 못했다. 요컨대 부자연스럽고 천박한 사격 방식이다.

두 번째 라운드까지 연달아 쏜 후 돌아온 곤노에게 말을 걸었다. 어젯밤 전화한 류몬입니다, 라고 다시 한 번 소개했다. 5분만 시간을 내주었으면 한다고 요청했지만, 곤노는 이야기할 게 없다며 쌀쌀맞게 굴었다. 누가 들을까 봐 꺼린다는 생각에 사람 없는 곳에서 말하자고 해보았으나, 그럴 필요 없다며 거절했다.

"그럼 용건만 말하지요. 당신이 2주 정도 전부터 기르기 시작한 포인터는, 당신 개가 아닙니다. 조사해보았으나 당신이 등록한 개는 없었어요. 나는 그 개의 혈통서를 지닌 소유자에게 개의 수색과 회수를 의뢰받은 사람입니다. 장황하게 늘어놓을 것 없이, 개를 인도하면 더는 아무 말도 하지 않겠습니다. 소유자는 2주 동안 길러준 데 대해 사례를 하고, 이번 일은 잊겠다고 하더군요."

곤노는 일찌감치 얼굴이 새빨개져서 사납게 덤벼들었다.

"이 자식, 내가 훔쳤다는 소리야?"

그래도 남들 눈이 무서긴 무서웠는지 소리를 죽여 낮게 말했다. 자라목같이 짧은 목을 쑥 빼고 얼굴을 들이밀었다.

"어이, 개장수. 개를 도둑맞은 건 이 몸이라고. 올해 2월에 세터를 도난당했단 말이야. 내 세터를 데려와. 그럼 생각해보지."

말하고 있는 일이 억지를 부리고 있다는 것을 알아챌 그릇이 못 된다. 곤노는 으름장을 놓으려는 듯한 목소리로 말했다.

"다치기 전에 꺼져."

나는 목소리를 낮추고 말했다.

"오늘 아침은 개밥을 훔쳐 먹고 나왔나? 구취가 지독한데."

곤노의 얼굴이 험악해졌다.

"해보자는 거야?"

"댁의 세터는 도둑맞은 게 아니지 싶은데. 분명 도망쳤을걸."

나는 등을 돌려 한 발짝 걸음을 내딛고는 갑자기 생각났다는 듯 뒤돌아보며 말을 던졌다.

"아, 맞다. 그리고 말이야, 왼쪽으로 날아오는 피전은 스탠스를 처음부터 조금 왼쪽을 향해 서듯이 교정해보라고. 조금은 맞힐 수 있게 될 테니까."

4

돌아오는 내내 불쾌한 감정이 가시지 않았다. 올가을은 쌀도 보리도 혐오스러운 남자도 풍작인 모양이다. 침이라도 탁 뱉고 싶을 만큼 역겨운 남자들과 부대끼는 일들이 이어지는 탓에, 내 근성까지 사나워진 느낌이 든다.

집으로 돌아오자마자 냉장고에서 물을 넣어둔 병을 꺼냈다. 입안을 헹군 다음 컵에 가득 따라서 단숨에 비웠다. 내 산에서 솟아 나오는 물이지만, 이렇게 맛있는 물은 어디에도 없다. 여기 호쿠세쓰(北摂)의 노세에서는 요즘 유행하는 말로 표현하자면 명수(名水)가 도처에서 아낌없이 솟구쳐 오른다. 냉장고에는 오늘 아침에 대충 넣어둔 멧돼지 고기 꾸러미가 있었다. 기분이 조금 풀렸다.

그러나 불쾌한 일은 끊이지 않는 법이다. 자동응답기에 녹음된 부재중 메시지에서 꺼끌꺼끌한 목소리가 튀어나왔다.

"해주었으면 하는 일이 있다. 전화 기다리겠다. 여기는 사카이의 효도구미다."

그리고 이어지는 전화번호. 모르는 목소리에다, 막무가내로 밀어붙이는 강인함이 느껴졌다. 거의 똑같은 어조로 녹음된 메시지가 세 차례 더 있었다. 세 번째 메시지는,

"급한 일이다. 보수는 후하게 주지."

라는 내용이었고, 어조가 조금 달랐다. 또 야쿠자와 얽히는 것인가. 나는 넌덜머리가 났다. 야쿠자와 땅 투기꾼과 건달만 내게 접근한다.

효도구미는 오사카의 조직폭력단 긴카쿠카이 계열의 조직으로, 타협 대신 폭력이나 무력을 통해 주장을 관철하기로 유명한 집단이다. 긴카쿠카이는 오사카의 기타신치와 미나미의 환락가, 여기에다 도비타와 이마자토신치까지 세력을 넓혔으며, 지금은 간사이 지역 굴지의 광역폭력단[68]이다. 어디서 주워들은 것인데, 내가 알고 있는 것만 해도 이 정도다.

나는 자동응답기에 녹음되어 있던 번호로 전화했다.

"여기는 류몬 사냥개……."

말도 채 끝나지 않았는데 "기다리고 있었다"라는 대답이 들리더니, 금세 다른 사람에게 전화기가 넘어갔다.

---

68) 둘 이상의 도도부현에 걸쳐 조직을 이끄는 폭력단.

"개를 찾아주었으면 한다."

상대는 단도직입적으로 용건을 꺼냈다.

"두 살짜리 퍼그인데……."

이번에는 내가 상대의 말을 잘랐다.

"미안한데, 그런 개는 취급하지 않소. 사냥개에 관한 일만 받거든."

"돈은 내겠다. 그쪽도 취미로 하는 건 아닐 텐데."

"애석하지만 소형견 일은 맡지 않습니다."

"여기 사냥동호회 회장 소개다. 사람은 괴팍하지만 솜씨는 좋다고 들었어. 그래서 부탁하는 거고. 돈은 두 배로 지불하겠다."

"안 되겠는데. 다른 데에 의뢰하는 게 좋겠소. 애완견 찾는 걸 전문으로 하는 곳도 여럿 있다고 알고 있소."

상대의 어조가 변했다.

"이봐, 뭐하자는 거야. 누굴 상대로 지껄이는지 알고 있나. 효도구미라 했을 텐데."

"똑똑히 들었소. 누가 됐든 할 수 없는 일은 하지 않지. 애완견은 취급하지 않소. 이만 실례."

나는 전화를 끊었다. 당장에라도 전화가 다시 걸려올 거라 생각했으나, 그것으로 끝이었다.

수화기를 들고 애비의 주인인 하마다에게 전화를 걸었다. 사격장에서 곤노와 있었던 일을 간추려 전달했다. 말이 통하는 상대가 아니며, 정면에서 밀어붙였다가는 개의 안전이 위험할 수 있다고 이야기했다. 그런 다음 모종의 계획을 들려주었다. 개를 무사히 되찾으려면 이 방법밖에 없다고, 그러려면 개의 주인인 당신의 협력이 필요하다고 전달했다.

하마다는 계획 현장에 직접 얽히기를 꺼렸다. 나는 다소 강하게 나갔다. 잘 들으세요, 곤노는 애비의 진짜 이름도, 주인도 모릅니다. 도둑질한 개의 인식표에 새겨진 등록번호만 가지고 관공서나 보건소에 가서 주인이 누군지 물어보는 사람도 없고요. 개를 되찾기만 하면, 곤노는 어찌할 방법이 없습니다. 당신에게 피해가 갈 상황은 벌어지지 않아요, 라며 설득했다.

5

돌아오는 일요일 오전 4시, 하마다와 야오 역 앞에서 합류했다. 자기 차를 주차장에 세워둔 하마다를 내 차에 태웠다. 하마다는 조를 보고는 순간적으로 움츠러들었다. 난폭한 사태로 이어질지도 모를 앞일을 걱정해서인지, 얼굴이 창백하다.

내가 일전에 곤노의 집을 감시했던 장소에서 우리는 기다렸다. 곤노는 사람을 몇 명 부리며 수도 공사를 도급하고 있어서 상당히 바쁜 것 같았다. 직접 현장에 나가 일하기도 하는 등 주 중에는 쉴 틈이 없었고 사냥하러 가는 건 일요일이나 공휴일뿐인 듯했다.

곤노는 혼자서 사냥을 하는 타입이며 그리 먼 곳으로 사냥하러 가지는 않으리라고 보았다. 그를 아는 사람들이 입을 모아 말하듯, 저 막돼먹고 난폭한 성격으로는 누구도 그와 함께 사냥하고 싶어 하지 않을 것이다.

사냥에는 언제나 위험이 도사리고 있다. 여러 사람이 함께 사냥할 경우 위험도가 더 높아진다. 그도 그럴 것이, 장전된 총을 가진 남자들이 손 내밀면 닿을 듯한 가까운 곳에서 함께 행동하는 게 사냥이다. 폭발이나 오발이 언제 일어날지 알 수 없다. 사냥을 안전하게 즐기려면 서로 신뢰할 수 있는 사람을 골라야만 한다.

6시가 지나자 곤노가 애비를 데리고 나왔다. 멀리 가는 사냥이라 하기에는 너무 늦다. 3주 만에 애견의 모습을 본 하마다가 깊게 탄식하는 소리를 흘렸다.

"저자가 곤노입니다."

새삼 말할 필요도 없었지만, 가르쳐주었다.

엔진 예열도 없이 곧바로 내달리는 곤노의 차와 충분히 거리를 두고 뒤를 밟았다. 일요일 아침이라 차도 적다. 동쪽으로 한 시간 정도 달린 후 논밭이 있는 구릉지가 눈앞에 나타나자 하마다가 주위를 둘러보며 말했다.

"이 부근은 좀 알아요. 꿩 사냥하러 자주 왔었습니다."

논밭이 드넓게 펼쳐졌고, 여기저기에 잡목으로 이루어진 숲과 수풀이 보였다. 멀지 않은 곳에 촌락이 있었다.

곤노는 산림 입구에 차를 세웠다. 나는 그대로 곤노의 차를 지나쳐 나무들 사이의 그늘에서 멈췄다. 더블 배럴 산탄총을 챙겨 차에서 내리는 곤노를 확인한 후 하마다에게 말했다.

"저는 여기서 내려 곤노를 뒤쫓겠습니다. 당신은 제 차를 운전해서 산 뒤쪽으로 돌아 대기하세요. 산림 출구는 어디쯤일지 짐작 가시겠지요?"

하마다는 침을 꿀꺽 삼키듯 끄덕였다.

이미 몇 번이나 일러주었던 진행상의 요점을, 또다시 반복했다.

"제가 신호를 보내면 애비의 이름을 부릅니다. 주인의 목소리를 듣고 개가 기억을 되찾을 수 있도록 큰 소리로 부르는 겁니다. 곤노가 듣는다 한들 그 개를 부르는 건지 아닌지 판단하지 못해요. 모든 게 다 끝나면 시동을 걸고 클랙슨을 세 번 울립니다. 아셨지요?"

나는 조를 차에 남겨둔 채 펌프 액션 산탄총을 들고 차에서 내렸다. 차 안에 있는 하마다를 향해 차창 너머로 힘주어 말했다.

"용기를 갖고, 해치우는 겁니다."

곤노가 사라진 숲의 입구를 향해 달렸다. 송곳을 넣어둔 수제 칼집을 주머니에서 꺼냈다. 곤노의 차 옆을 지나쳐 가면서 뒷바퀴의 타이어에 날카로운 송곳을 꽂았다. 망설임 없이 뒷바퀴 둘 다에 구멍을 뚫었다. 타이어가 한숨을 토하는 걸 들을 새도 없이 곤노를 쫓아갔다.

숲 속에 들어서며 총에 탄환을 장전했다. 12게이지 구경의 펌프 액션으로, 총열이 26인치로 짧다. 탄창에 두 발, 약실에 한 발을 장전했을 때 수풀 사이로 총성이 울렸다. 잇따르는 두 번째 총성……. 이런 지형에서라면 아마 자고새일 것이다. 곤노가 어느 방향에 있는지, 거리는 얼마나 떨어져 있는지 파악했다.

연사한 걸로 봐서는, 애비는 새 떼를 한꺼번에 날아오르게 했는지도 모른다. 자고새 무리는 꼬리에 꼬리를 물고 나타나서는 사방팔방으로 흩어져 날기 때문에, 초심자는 우왕좌왕하며 넋 놓고 보기만 하다가 총을 쏠 기회를 놓치고 만다. 곤노의 실력을 고려하면 두 마리를 목표로 두 발 연달아 쐈을 것이고, 다 맞혔으리라고는 생각할 수 없다. 두 번째 총성이 너무 빨랐다. 조준도 하지 않고 허둥지둥하며 쐈을 테니 아마 빗나갔을 것이다.

게다가 애비가 어떤 수준의 사냥개인지는 몰라도, 아직 새 주인과 연대감을 형성하지 못했을 게 분명하다. 개는 본능적으로 순위를 매기려는 습성이 아주 강하다. 무리 안에서 서로의 순위를 엄격하게 정한다. 지위는 강한 순서에 따라 결정된다.

개는 또한 주인의 가족 내 순위가 어떠한지 정확하게 감지하여 그에 맞추어 대응한다. 평소 먹이를 주거나 돌보아주는 가족 구성원보다도, 한 집안의 우두머리에게 고분고분히 따른다. 누가 가장 상위에 있는 인간인지, 빗맞히는 일 없이 간파한다.

그러나 지금의 애비는, 곤노를 주인이라 받아들이기를 아직 결정하지 못했을 수도 있다. 사냥개로서의 본능과 훈련에 힘입어 그저 혼자서 멋대로 사냥을 하고 있을 뿐, 주인과 하나가 된 사냥이라고는 여겨지지 않는다.

나무들 사이를 누비며 달리는 애비의 하얀 몸뚱이가 보였다. 나는 멈추어 서서 나무에 몸을 숨기고 주변을 훑어보았다. 애비를 쫓는 곤노가 보였다. 개와 사람 사이의 거리가 너무 벌어져 있었다. 곤노는 수풀의 나뭇가지를 몸으로 꺾으면서 거친 소리를 내며 움직였다.

나는 애비를 쫓았다. 남들보다 덩치는 크지만, 수풀 속에서 소리를 내지 않고 짐승처럼 움직이는 법은 터득하고 있었다. 애비와 곤노를 잇는 선에서 조금 벗어난, 그러면서 그 둘의 중간쯤 되는 위치를 유지하며 이동했다. 나무들 틈새가 밝아졌다. 머지않아 숲을 빠져나가게 된다.

이윽고 나무들 저편에 논밭이 얼핏 보였다. 나는 하늘을 향해 연달아 세 번 쏘았다. 개가 나타날 거라는 신호다. 곤노의 총은 두 개의 총열이 수직으로 붙어 있는 총이므로 세 번 연달아 총성이 울리면 내가 쏘았다는 뜻이 된다. 지금 이 순간, 하마다는 죽을힘을 다해 애비를 부르고 있을 것이다.

한쪽 무릎을 땅에 대고, 몸을 낮춰 기다렸다. 곤노가 달려와서 개나 하마다를 쫓는 상황이 벌어지면 막아야 한다. 말이야 이렇게 해도, 총을 든 흉포한 남자와 무슨 수로 맞설지, 딱히 묘안이 있는 건 아니었다. 낙엽이 머금은 물기가 바지를 통과해 무릎을 적셨다.

클랙슨이 세 번 울렸다. 나는 몸을 낮춘 채 달렸다. 뜨거운 산탄이 비처럼 퍼부어질지도 모른다는 공포로 등골이 서늘했다. 밭 너머의 도로에서 내 차가 배기가스를 내뿜고 있었다.

내 모습을 본 하마다가 운전석 문을 열어젖히고, 엉덩이로 움직이며 조수석으로 옮겨갔다. 나는 차에 올라타면서 애비와 조의 모습을 확인한 후 기어를 저단으로 넣고 출발했다.

제4장
사냥하기 좋은 날

1

노릇노릇하게 구운 토스트 두 장, 달걀 두 알로 만든 프라이, 포트
가득 담긴 뜨거운 홍차, 그레이프프루트 반쪽으로 차린 아침 식사를
깡그리 해치우고 나자 기분이 좋아졌다. 조는 아침부터 멧돼지 스테
이크에다 커다란 그릇에 육즙을 듬뿍 끼얹어 담아준 밥까지 먹고도
아직 만족하지 못한 모양이다.

며칠 전, 하마다는 내 손을 꽉 잡고 몇 번이나 고맙다는 인사를
한 뒤, 현금으로 보수를 지급해주었다. 오랜만에 현금 수입이 생겨
삶이 크게 윤택해진 느낌이 들었다.

배를 어루만지며 테라스로 나갔다. 테라스 바닥에는 낙엽이 여기
저기 흩어져 있었고, 윤기가 자르르 도는 도토리 열매가 한구석에
굴러다니고 있었다. 요즘 들어 더욱 깊어진 하늘은 맑게 개어 그야말
로 파랬고, 오늘 아침은 지구마저도 기분이 무척 좋아 보였다.

50cc 오프로드 바이크를 차고에서 끌어냈다. 7호 반짜리 탄환이
든 상자 세 박스를 캔버스백에 넣고 어깨에 걸쳤다. 양가죽으로 안쪽

을 덧댄 케이스에 펌프 액션 산탄총을 찔러 넣어 등에 메고, 바이크로 동쪽 산을 향해 달렸다. 조가 마지못해 쫓아왔다.

이 별것 없는 산림에도, 한 달 정도 전에는 단풍이 들어 나름대로 볼 만한 풍경이 펼쳐졌다. 옅은 안개 사이로 빨간색, 노란색, 황금색, 갈색으로 물든 아침은 보는 사람을 즐겁게 해주었다.

골짜기에 있는 헛간용 오두막에 바이크를 세웠다. 산속에 이런 오 두막을 몇 군데 지어두었다. 가지치기나 솎아베기를 할 때 쓰는 도구 와 함께 갈무리해둔 미국제 소형 피전 방출기를 밖으로 옮겼다. 습기 가 차지 않도록 캔에 넣어 밀봉한 클레이 피전을 50장 꺼냈다.

스파이크가 달린 튼튼한 받침대가 있는 클레이 트랩 기계를 암벽을 향해 설치했다. 클레이 피전을 방출기에 장착했다. 총에 7호 반 탄환 을 두 발 장전했다. 암벽을 마주 보고 서서, 방출기 발판을 밟았다. 하얀 피전이 바람을 가르며 날았다.

나는 총을 들고 피전의 궤적을 쫓아 총구를 겨눈 다음 방아쇠를 당겼다. 피전이 퍽 하고 부서지며 흩어졌다. 골짜기에는 총성이 퍼지 지 않고 소리가 고여 묵직하게 울린다. 결국 46장의 피전을 깼다. 첫 발에 명중시킨 게 80퍼센트였고, 나머지는 두 발째에 맞혔다.

자동총이나 더블 배럴과 달리 쏠 때마다 재장전이 필요한 펌프 액션 산탄총은 두 발째를 쏘기가 불리하다고 여겨지지만, 숙달되면 그런 차이는 사라진다. 나는 이 심플하면서도 고장 없는 이 총이 마음 에 들어 오랫동안 쓰고 있다.

오랜만에 하는 사격이었는데도 90퍼센트 넘게 명중시킨 까닭에, 기분이 한층 더 좋아진 채 돌아왔다. 나무들이 무리 지어 서 있는 언덕길을 지나자 집 앞에 까만 차가 서 있는 게 보였다. 모처럼 기분 좋은 날을, 시답잖은 손님 때문에 물거품으로 만들고 싶지 않았다.

까만 벤츠는 창문 유리까지 짙게 선팅 되어 있어서, 안에 사람이 있는지조차도 알 수 없었다. 등에 짊어진 총을 내려 케이스에서 뺀 다음 탄환이 남아 있지는 않은지 다시 한 번 점검했다. 달린 탓에 헉헉거리며 가쁜 숨을 내쉬는 조를 데리고, 집으로 들어갔다.

2

남자 두 명이 사무소로 통하는 복도 벽에 등을 붙이다시피 서 있었다. 영화를 보고 배운 건지, 판에 박은 듯한 보르살리노 모자를 눈이 가려질 정도로 깊숙이 눌러쓰고 초크스트라이프 양복을 입은 남자들이, 두 발을 살짝 벌리고서 팔을 축 늘어뜨린 채 서 있었다.

남자들의 눈은 내 손에 들린 산탄총과 날카로운 이빨 사이로 빨간 혀를 늘어뜨리고 있는 커다란 개를 쫓고 있었다. 무표정한 척하고는 있으나, 몸이 굳어져 있었다.

"누구시오, 당신들은."

나는 그 자리에 멈추어 서서, 남자들 중 딱 보기에도 한때 복서였을 것 같은 자를 내려다보며 말했다. 남자는 입을 다문 채 턱으로 사무소 쪽을 가리켰다.

"말을 할 줄 모르나 보군."

내뱉듯이 말한 다음 대답 따윈 기다리지 않고 사무소 문을 열었다.

가장 먼저 나를 맞이한 건 담배 냄새였다. 손님용 의자에 여자가 앉아 있었다. 남성 정장 같아 보이는 글렌체크 양복을 입은, 호리호리한 여자였다. 나를 올려다보며 말했다.

"기다리고 있었죠."

총이나 개에게는 눈길도 주지 않았다.

복도에 있던 남자 중 하나가 말없이 들어와서 벽에 붙어 섰다.

나는 총을 로커에 넣고, 책상 쪽 내 의자에 앉았다. 여자는 내 시선을 느끼고는, 다리를 높이 쳐들면서 꼬았다. 꽤나 볼만했다. 딱히 보여줄 것도 없는 나는, 떡갈나무 재질의 책상에 흙투성이 신발을 올리고 돌로미테 등산화의 비브람 러그 솔을 알현하게 해주었다.

"누구냐고 안 물어보시네?"

"짐작은 갑니다."

"맞아, 강아지 주인이지요."

"……."

"효도구미 이름 정도는 들어봤겠지요? 나는 그쪽 사람이야."

"그래서?"

"강아지는 개가 아니다, 야쿠자는 사람이 아니다. 그런 거?"

"그렇게 말한 적은 없는데."

"내가 키우는 퍼그 건으로 다시 한 번 묻겠는데, 50만 엔에 어때? 찾아주는 것만으로도 괜찮아요."

"거절하겠소. 그런 종류의 개는 취급하지 않습니다."

"취급할 수 없는 거로군."

"맞는 말이오. 고역이거든."

여자는 재떨이를 찾으려 책상을 둘러보았다. 그러나 나는 담배를 피우지 않는다. 그러므로 재떨이는 없다. 대신할 만한 것을 찾아주려고도 하지 않았다. 여자는 불붙은 담배를 하이힐 밑창에다 꾹 눌러 껐다. 핸드백을 열어 꽁초를 던져 넣은 다음 잘깍 소리를 내며 닫았다. 나는 아래를 향한 여자의 기다란 속눈썹에 매료되었다. 여자가 고개를 들어 나를 보았다.

"무뚝뚝한 게 모토인가 보네."

여자가 말했다.

"알았다고. 이제 더는 내 애완견을 찾아달라고 부탁하지 않겠어."

"약간의 조언은 가능하지."

"한번 들어볼까?"

"그 개는 등록을 마쳤소?"

"물론이지……. 혈통서도 있어요."

"인식표는 몸에 달아놓았고?"

"그게……, 몸집이 작은 개라서……."

"개를 찾으려고 할 때, 그게 없다는 게 가장 큰 난점으로 작용하지. 일단 해야 할 일들은 하셨고?"

"일단 해야 할 일들이라니?"

"도둑맞지 않았을 경우에만 해당되는 일이지만, 먼저 도시 안에 있는 임시 보호 시설이나 보건소 같은 곳을 뒤질 것. 인식표를 달고 있지 않으니, 등록번호만 가지고 찾아달라고는 할 수 없는 노릇이지. 주인이 직접 가서 임시 보호된 애완동물을 한 마리씩 확인한다……. 이 정도는 가장 먼저 하는 일인 바."

여자의 표정에 놀라움과 후회가 어렸다.

"몰랐어."

"선의를 지닌 인간이 거두었을 경우는, 방금 말한 종류와 같은 시설에 보내기도 하지. 그러나 시설의 수용 능력은 제한적이기 때문에 애완동물을 임시로 보호해둘 수 있는 기한이 정해져 있고. 기한을 넘긴 애완동물은 처분하지요."

"처분?"

"임시 보호된 개들 중 75퍼센트는 안락사 된다고 들었소. 새 주인을 맞이하는 케이스가 10퍼센트, 원래 주인이 찾아가는 케이스는 20퍼센트도 못 된다는군. 약물 투여를 받고 죽은 바로 그다음 날에 주인이 찾으러 왔다는 일도 드물지 않소. 고작 하루 차이였는데도."

여자는 충격을 받은 게 역력했다. 나는 벽 쪽에 못 박힌 듯 서 있는, 왁스 뮤지엄에서 훔쳐 온 듯한 닉 놀테[69] 밀랍인형을 보며 말했다.

"지금 당장에라도 사람을 시켜서 찾아보도록. 기술이 없어도 할 수 있는 일이잖소."

"알겠어요."

"애완동물의 임시 보호는, 각지의 자치 단체 관할이요. 시설 명칭도 규칙도 제각각이지. 요즘은 동물관리센터나 보호센터 같은 식의 수상쩍은 이름을 달고 있는 데도 많고."

"······."

"그리고 포스터나 전단을 만드는 방법도 있지. 개의 특징을 적고, 찾아준 사람이나 정보를 제공한 사람에게는 충분히 사례하겠다는 말도 덧붙일 것. 개가 사라진 장소를 중심으로 해서 벽 같은 데에 붙이거나 지나가는 사람들에게 나눠주는 거요."

"고마워요. 당장 그렇게 하지요."

---

69) 미국 영화배우. 〈48시간〉, 〈사랑과 추억〉, 〈로렌조 오일〉 등에 출연하였다.

나는 전화기를 여자 앞에 놓아주었다. 여자는 수화기를 들고는 내가 가르쳐준 수색 절차를 능란하게 전달했다. 조직에 있는 자들을 시켜 진행하게 한 것이리라. 요점만 딱딱 짚어내는 것을 보니, 머리가 좋다는 걸 알 수 있었다.

3

여자가 전화로 용건을 마치고 안심한 얼굴로 몸을 돌렸다. 핸드백에서 카멜 담배를 꺼내 불을 붙였다. 벽 쪽에 서 있는 밀랍인형을 돌아보며 "재떨이"라고 말했다. 남자는 주머니를 뒤지더니 납작한 캔을 끄집어내고는 캔 뚜껑을 여자 앞에 놓았다. 박하사탕이 든 캔이었다. 터프한 보디가드와 사탕이라……, 나는 웃고 말았다.

여자가 건조한 표정으로 말했다.

"실은, 할 이야기가 또 있어요."

"들어보도록 하지요."

"당신은 사냥개 전문이지만, 사냥개 말고 대형견 수색도 한다고 들었어요."

"가끔은 의뢰에 응하오."

"액수에 따라 결정한다는 뜻?"

"아니, 기분에 따라서."

여자는 혀라도 차고 싶다는 표정으로 고개를 저었다.

"진지하게 하는 이야기예요. 진지하게 들어주세요."

"나는 늘 진지합니다."

"우리……, 효도구미 말인데……. 우리가 언제나 신세를 지고 있는 회장님이 계세요. 집안 대대로 무역상을 하는 분이고, 손꼽을 정도의 자산가이지요. 아시야芦屋[70]에서 회장님 내외와 현재 사장인 둘째 아드님 가족이 함께 살고 있어요. 그런데 둘째 아드님 부부의 외동딸인 아가씨는 태어날 때부터 눈이 불편했어요. 어떤 집안에도 걱정거리는 있나 봐. 아가씨는 올해 열일곱 살이고, 하루 중 대부분을 맹도견과 함께 지냈지요. 아가씨에게 맹도견은 유일한 친구이자, 정신적 지주였거든."

여자는 쉬지도 않고 단숨에 말했다.

"그 개가 사라졌어요. 도둑맞은 거라고 봐요."

"……."

"아가씨……, 유코 아가씨는, 매주 토요일 오후에 개와 함께 시내에 나가서 플루트 교습소에 다녔었어요. 집이 부자니까 플루트가 됐든 피아노가 됐든 훌륭한 선생을 집으로 불러들여 개인 교습을 받는 건 일도 아닌데, 아가씨는 본인 의지로 편도 2킬로미터 정도 되는 길을 개와 함께 걸어서 교습소에 다녔지요."

모양이 잘 잡힌 눈썹을 찌푸리고서 진심을 다해 이야기하는 여자의 눈을 지긋이 바라보았다.

"유코 아가씨는 씩씩하고 야무진 사람이라, 맹도견과 함께하며 조금이라도 더 행동반경을 넓히려고 애쓰고 있었거든요."

기분 탓인지, 여자의 눈매가 젖어드는 것처럼 보였다.

---

70) 효고 현 남동부에 있는 시.

"집으로 돌아가는 길은 죄다 오르막길인지라, 아가씨는 플루트 교습소 앞에 있는 공중전화로 집에 전화 걸어서 대기 중인 차가 교습소 쪽으로 마중 나오도록 하곤 했어요."

나는 자리에서 일어나 사무소 구석에 있는 캐비닛에서 버번 병을 꺼냈다. 유리잔 두 개에 버번을 두 손가락 높이 정도로 따르고, 그중 하나를 여자 앞에 아무 말 없이 놓았다.

여자는 유리잔을 쥐고 단숨에 비웠다. 눈동자에 자그마한 불꽃이 일었다. 이런 식으로 상대가 갑자기 뚫어지라 바라보면 주춤하게 된다.

"포어 로제스?"

"맞소."

"산속의 필립 말로[71]네."

하얀 피부를 지닌 여자의 볼록하게 솟은 뺨이, 옅은 핑크빛으로 물들었다.

"그나저나 당신 이름, 그러니까 류몬 다음은 뭐죠?"

"다쿠."

"다쿠? '식탁(食卓)'할 때의 다쿠(卓)?"

"원탁(円卓)의 다쿠."

여자는 웃었다. 새하얀 치아를 드러낸 순간, 여자의 인상이 확 달라졌다. 그러나 다음 순간, 언제 그랬냐는 듯 원래의 딱딱한 표정으로 금세 돌아왔다.

"그럼 랜슬럿 경, 이야기를 계속하지요. 어디까지 했더라……. 아, 그렇지. 유코 아가씨는 맹도견을 언제 어느 때건 곁에서 떼어놓지

---

71) 하드보일드 추리작가 '레이먼드 챈들러'가 창조한 탐정.

않았고, 집에 전화를 걸 때도 늘 공중전화박스 안까지 데리고 들어갔어요. 이 공중전화는 전화카드로만 전화를 걸 수 있는 버튼식이에요. 왼손으로 수화기를 붙들고서 오른손으로 카드를 삽입하고 버튼을 누르는, 이 당연한 일이 맹인들에게는 상당히 어렵거든. 유코 아가씨는 그걸 연습을 통해 극복했고, 눈이 보이는 사람보다 더 빠른 속도로 잘해냈단 말이지요. 하지만 맹도견에 채운 하네스 손잡이는, 수화기를 드는 손의 위치까지는 닿지 않아. 그래서 아가씨는 목줄을 팔에 끼고 전화를 걸곤 했어요."

나는 여자가 들려주는 이야기에 빠져들었다. 지금까지는 전혀 알지 못했던, 사람과 개가 한데 어울려 살아가는 방식이었다.

"그런데 그날은 전화카드가, 언제나 넣어두던 주머니에 들어 있지 않았어요. 유코 아가씨는 카드를 찾으려고 다른 주머니들을 샅샅이 뒤졌고. 그러면서 목줄을 공중전화박스의 선반에 올려둔 거지요."

"그래서?"

나는 무심코 뒷이야기를 재촉했다.

"겨우 카드를 찾아서, 차를 불렀어요. 전화를 끊었을 때, 개는 사라졌고……."

여자는 턱을 들어 나를 쏘아보았다.

"그 맹도견을 찾아주었으면 해요."

짐승이 어떤 식으로 나올지 재는 사냥꾼의 눈이었다.

"해보도록 하지요."

내가 아닌 누군가가, 그렇게 대답했다. 여자의 표정이 누그러졌다.

"다행이다!"

"그러나 나는 맹도견에 대해서는 아무것도 모릅니다."

여자는 가볍게 끄덕이고, 그 점은 걱정하지 말라고 말했다.

"그 아가씨에 대해, 그 개에 대해, 그리고 개가 사라진 장소와 주변 환경 등을 먼저 알았으면 하는데."

"영상이 있어요. 유코 아가씨의 모친이 촬영한 홈 비디오가. 유키 씨, 그러니까 아가씨의 어머니가 딸의 일상을 곧잘 촬영하곤 했는데, 때마침 개가 사라진 날도 유코 아가씨를 따라다니며 아가씨의 모습을 찍고 있었거든요."

여자의 표정에 희미하게 미소가 어렸다.

"사실, 유키 씨와 나는 고베여학원 동기였어요. 그때부터 이미 소문난 미인이었지. 뭐라 표현하면 좋을까⋯⋯, 포근하고 부드러운 느낌의 미인이지요. 성격도 서글서글하고⋯⋯."

여자는 잠시, 회상에 잠긴 듯한 눈매였다.

"간사이 유수의 자산가 집안 둘째 도련님이 유키 씨를 보고 첫눈에 반했지요. 필름 수입 등으로 유명한 이치쿠라 집안이에요. 첫째 도련님은 사정이 있어서 스위스의 요양지에서 지내고 있었고, 이치쿠라 집안의 사업은 이 둘째 도련님이 이어받을 예정이었어요. 유키 씨는 고베여학원에 재학 중일 때 프러포즈를 받고 결혼한 거예요. 대학 진학을 포기하고 말이지요⋯⋯. 꽃다운 스무 살에 낳은 게 바로 유코 아가씨고."

나는 버번 병을 가지고 와서 여자의 유리잔에 따라주었다.

"효도구미는 나를 중간에 끼고서 이 유력자의 호의 어린 대우를 받았고, 여러모로 은혜를 입었지요. 그런 사정도 있고 해서, 효도구미는 내게 고개를 못 든다는 말씀."

"아까 말한 영상, 언제 볼 수 있나?"

"여기에 플레이어가 있다면 내일이라도 빌려올 수 있어요."

"있기는 한데, 작동할지 모르겠군."

"사용 안 해요?"

"비디오를 빌려다가 험프리 보가트의 〈소유와 무소유〉를 본 게 전부라서."

여자는 유리잔을 손에 들고 말했다.

"해리 모건[72]. 누구의 명령도 따르지 않는 남자. 오직 자기 자신의 윤리로만 움직이는 남자. 돈으로도 움직이지 않는 남자."

"나는 이게 직업이요. 돈은 받아."

"아무렴 어때, 요금으로 얼마 내면 되죠?"

"의뢰를 수락한 시점에서 10만 엔. 개를 찾아내면 별도로 10만 엔. 산 채로 데리고 돌아오면 추가로 30만 엔. 그리고 다른 지역으로 이동해야 할 경우 실비는 별도."

"얼마짜리 개인지 상관없이?"

"상관없이."

"혈통서 딸린 수백만 엔짜리 개와 잡종을 구별하지 않는다고?"

"개는 개일 뿐이지."

"흐음, 왠지 말이 안 되는 것 같지만……. 게다가 사람을 찾는 게 아니라 개, 그것도 사냥개만 찾는 사립탐정이라니, 여태껏 들어본 적도 없어요."

"나도 들어본 적이 없군."

여자는 핸드백에서 수표장을 꺼냈다.

"여기, 착수금 10만 엔."

---

72) 영화 〈소유와 무소유〉의 주인공 이름. 험프리 보가트가 연기함.

라고 말하면서, 만년필을 들었다. 남자가 쓸 법한 굵은 펜촉의 몽블랑이었다. 여자는 꼬았던 다리 위에 수표장을 펼쳐놓고 펜을 쓱 갈겼다. 만년필로 쓰는 여자도, 요즘은 드물다는 생각을 했다.

여자는 수표를 북 찢어 내 쪽으로 밀었다. 물 흐르는 듯한 필체로, 金桂花라 서명되어 있었다.

"긴 게이카. 예쁜 이름이군……. 김계화라 읽나?"

여자는 고개를 휙 들어 나를 보았다.

"깜짝이야. 한국어에 소양이 있나 보네."

"뭐, 조금……. 어머니가 한국인이셨지. 서른둘이라는 젊은 나이에 세상을 떠났지만."

여자는 자리에서 훌쩍 일어섰다. 생각했던 대로 키가 컸고, 등을 곧게 편 모습은 야쿠자 보스의 여자라기보다 수완가의 비서같이 보였다. 나를 똑바로 바라보며 말했다.

"내가 필요하거든 휘파람을 불어요."

〈소유와 무소유〉에서 로렌 바콜이 던진 대사[73]다.

"개가 나올 거야."

내가 중얼거리자 여자는 하얀 목을 젖히며 웃는다. 밀랍인형을 거느리고 나갔다. 10만 엔짜리 수표와 박하사탕 캔 뚜껑을 남긴 채 사라졌다.

---

73) 로렌 바콜이 극 중에서 이 말에 이어 "휘파람 불 줄 알죠, 스티브? 입술을 모으고 숨을 내쉬기만 하면 돼요"라고 한 말은 미국 영화사에 남는 명대사로 자리 잡았다. 2005년에 미국영화연구소(AFI)에서 선정한 영화 속 명대사 100선에 오르기도 했다.

제5장

바람이 불어가는 쪽

1

소녀와 개가, 잔디밭에서 이리저리 뒹굴며 장난치고 있었다.

열일곱이라 들었건만 이치쿠라 유코는 몸집이 작고 뺨도 볼록한 것이, 아직 어린아이 같은 아가씨였다. 아가씨라기보다는 역시 소녀라 하는 편이 어울린다. 빽빽하게 뒤덮인 까만 털에 고운 윤기가 흐르는 개는 래브라도 레트리버 암컷이었으며, 이름은 스와나라 했다.

이치쿠라 가의 넓은 정원에 가을 햇살이 눈부시게 내리쬐고 있었다. 울 소재 셔츠와 청바지 차림의 맨발인 소녀가 개 목을 끌어당기고, 넘어뜨리고, 끌어안고 여기저기 뒹굴며, 벌떡 일어났다가, 고무공을 쥐고 던졌다. 개는 춤추듯 달려가 커다란 입으로 공을 부드럽게 물고 와서는 유코의 손에 떨어뜨렸다.

소녀는 질리지도 않고 계속해서 공을 던졌다. 개도 또 그때마다 뛰어올라 내달리며 나무 그늘이나 화단에 떨어진 공을 찾아내 물고 왔다. 소녀는 개에게 짧게 호령하며, 활기차게 움직이고, 많이 웃었다. 시각 장애인이라고는 도저히 믿기지 않았다.

비디오 화면이 바뀌었다. 유코는 하네스를 채운 스와니와 함께 언덕길을 걷고 있었다. 아란(Aran) 패턴의 스웨터, 코듀로이 바지에다 스니커즈를 신고서, 왼손으로는 하네스 손잡이를 쥐고 오른손으로는 플루트 케이스를 들고 있었다.

크고 넓고 훌륭한 저택들을 둘러싼 벽을 따라 완만하고 기다란 내리막길이 나 있었다. 가족 수만큼 차가 있다고 들은 것치고는 차량 통행도 적어서, 맹도견과 사람이 걸어도 위험하다 느껴지지 않았다.

유코의 어머니, 유키가 촬영한 비디오 화면은 손 떨림도 없이 안정적으로 또렷하게 찍혀 있었다. 언덕길을 내려가는 유코와 스와니를 앞서거니 뒤서거니 하며 카메라에 담았다.

화면 배경이 시내로 바뀌었다. 길을 오가는 행인도 차도 부쩍 많아짐에 따라 문외한인 내게도 맹도견이 임무를 어떻게 수행하는지 뚜렷하게 보였다. 스와니는 아무렇지 않은 듯 움직이면서, 물 고인 웅덩이나 장애물을 피할 수 있도록 주인을 유도하고 있었다. 유코는 조금도 주저하지 않는 걸음걸이로 걸었다. 개를 철저하게 신뢰하고 있는 것이다.

신호가 있는 네거리를 건너는 장면이 나왔다. 차들이 끊임없이 지나가는 동안, 다른 보행자들과 보도에 나란히 서 있는 유코의 옆얼굴에 불안한 표정 같은 건 보이지 않았다. 신호가 바뀌자 스와니는 횡단보도를 건너기 시작했다.

묵묵히 제 할 일을 하는 맹도견을 웃는 얼굴로 지켜보는 사람은 있어도 기이하게 쳐다보는 사람은 없었다. 거리가 꽤 되는 길을 걸어온 유코와 스와니는 대로에 면한 악기점 2층에 있는 플루트 교습소로 들어갔다.

카메라는 차도 건너편의 반대쪽 보도에서 촬영하고 있었다. 유코와 스와니의 모습이 교습소로 향하는 계단을 올라 사라진 후, 카메라는 그대로 수평을 유지한 채 천천히 오른쪽으로 이동하며 악기점 옆으로 늘어선 가게들을 찍었다. 차도 가장자리에 정차된 차들에 가려져서 군데군데 보이지 않기는 해도 밝은 느낌의 가게들이 줄지어 있다는 것을 알 수 있었다.

꽃가게, 서점, 술집, 과일가게에다 세련된 느낌의 가게들이 화면에 속속 나타났다. 그 너머로 최근 생겼다는 대형 슈퍼마켓의 야외 광고판이 눈에 들어왔다. 슈퍼마켓에 물건을 반입하는 트럭이나 냉동차들이 전용 공간에 다 들어가지 못하고 차도에까지 줄지어 서서 순서를 기다리고 있는 것 같았다.

다음 화면에서는 유코와 스와니가 플루트 교습소 계단에서 내려오고 있었다. 같은 플루트 케이스를 부둥켜 든 친구들과 웃으며 인사를 나눈 유코는, 스와니와 함께 교습소 앞에 있는 공중전화박스 안에 들어갔다. 영상은 거기서 끊겼다.

몇 분 후에 도착할, 집에서 마중 나오는 차에 동승하기 위해 모친인 유키는 촬영을 중단한 뒤 조금 떨어진 곳에 있는 횡단보도를 건너고 있었던 것이다.

그리고 유코가 통화를 끝낸 다음, 유키가 공중전화박스에 도착했을 때, 스와니는 사라지고 없었다고 한다.

"일이 이렇게 된 거예요."

김계화가 말했다.

"으음."

나는 나지막이 신음했다. 하필이면 개가 사라진 날에 비디오를 촬영한 일이며, 촬영을 중단한 그 몇 분 사이에 사고가 일어나는 등의 우연에 아무 말도 할 수 없었다.

유키는 그전에도 딸과 맹도견의 행동을 몇 번인가 기록했었다고 한다. 꽃가게에 들어가 꽃을 사고, 찻집에서 잠시 시간을 보내는 장면 등을 찍었다고 했다.

시각 장애인과 맹도견에게는 후생성[厚生省]과 운수성[運輸省][74], 환경청[環境庁], 그리고 공공기관의 협력 덕분에 각종 편리와 특전이 약속되어 있다. 택시와 전차, 항공기를 이용할 수 있고, 상점과 백화점에 개를 데리고 들어갈 수도 있다. 음식점과 호텔도 후생성의 지시에 따라 맹도견의 출입을 거부할 수 없게 되어 있었다.

그러나 현실 차원에서는 그러한 방침들이 아직 완전히 정착되지 못한 채, 맹도견과 함께 들어가는 걸 거부당하여 곤란한 상황에 맞닥뜨리거나 불쾌한 경험을 하는 일도 있다고 한다.

김계화는 시각 장애인, 그중에서도 앞을 전혀 보지 못하는 사람이 맹도견을 들이기 위해 거쳐야 하는 일련의 과정을 이야기해 주었다.

---

74) 후생성과 운수성은 우리나라의 보건복지부와 국토교통부에 해당하는 기관.

시력을 완전히 상실한 사람이지만, 맹도견을 원하는 그 모두가 개를 데려올 수 있는 건 아니었다. 이유는 물론, 훈련된 개의 수가 적어서다.

맹도견을 육성하고 훈련하는 협회는 일본 내에 몇 군데 있으나, 전부 비영리 단체다. 재정적으로는 자치단체로부터 받는 위탁비와 기금에서 비롯된 수익금, 그리고 일반 기부금 등으로 운영되고 있다.

맹도견 희망자에게는 자립심과 체력 등의 자질이 요구되는데, 이를 위해 협회 시설에서 합숙하며 짧게는 4주간 훈련을 받는다. 맹도견을 다루는 법, 개와 함께 걷는 보행 기술, 사회 속에서 다른 사람들과 한데 섞여 살아가기 위한 매너 등을 익힌다. 그렇게 하여 맹도견을 양도받고 나면 협회에 15만 엔을 낸다.

한편 개를 번식시켜 사육하는 것도 자원봉사자의 몫이다. 뜻 있는 사람이 협회로부터 맹도견용 강아지를 맡아서 1년 동안 사육한다. 사료값을 비롯해 개를 키울 때 들어가는 비용은 모두 자기 부담이다. 때가 되어 협회에서 통지가 오면 그때까지 손수 돌보며 키운 개를 그 즉시 인도해야 한다.

또 개를 육성하고 훈련하는 지도원이 되려면 양성 기간 3년과 인턴 2년을 거쳐 심사를 밟아야만 자격을 얻게 된다. 그렇게 해서 함께 먹고 함께 자며 기른 개를, 어느 날 갑자기 시각 장애인에게 넘겨주는 것이다.

어느 면에서 본들, 개를 좋아한다는 이유만으로 감당할 수 있는 일은 아니다. 정신적인 충족감 말고는 아무것도 보상받지 못하는 직업이었다.

게다가 협회는 맹도견을 양도 가능한 시각 장애인의 연령을 열여덟 살 이상이라 정하고 있다. 개를 부리기에 필요한 지력과 체력을 고려하여 규정한 기준인 것 같다. 참고로 미국에서는 열여섯 살 이상이라고 한다.

올해로 열일곱 살인 유코가 어떻게 해서 협회로부터 개를 양도받을 수 있었을까? 라는 단순한 물음을, 나도 당연히 품었다. 유코가 같은 연령대의 건강한 사람보다 뛰어난 지력과 체력, 자립심을 갖춘 소녀라는 점도 한몫했겠지만, 뭐니 뭐니 해도 이치쿠라 가는 자산가이자 유력자다. 각종 단체나 시설에 내는 기부금은 그 액수를 헤아릴 수 없을 정도다. 맹도견협회도 이치쿠라 가의 은혜를 적잖게 받고 있었다. 유코는 특례라 인정되어 열여섯 살에 훈련을 받은 뒤 스와니를 데려왔다고 한다.

김계화는, 오늘은 호리호리한 몸매에 꼭 맞는 트위드 양복을 입었다. 유행하는 디자이너 브랜드에서 나온 기성품 따윈, 걸쳐본 적도 없는 여자라 여겨졌다. 뚜껑이 달린 작은 재떨이를 가지고 왔다. 무서운 얼굴을 한 보디가드들은 차에서 기다리고 있는 모양이다.

창문 유리에 노을 진 하늘이 비치고 있었다. 계화는 지참하고 온 호화로운 재떨이에 카멜 담배를 두 개비째 비벼 끄면서 말했다.

"버번을 마시기 좋은 시간이네."

나는 자리에서 일어나 캐비닛으로 가서 유리잔에 세 손가락 높이의 포어 로제스를 따르고, 다른 유리잔에는 산에서 나는 물을 부은 다음 함께 내주었다. 계화는 잔을 높이 들고 호박색 액체를 들여다보며 중얼거렸다.

"손가락 하나만큼 붙임성이 좋아졌네."

오늘은 술을 느긋하게 입안에 머금고 혀끝으로 굴리며 마셨다.

닉 놀테가 얼굴을 내밀고, 계화에게 "가실 시간입니다"고 알렸다.

"말을 할 줄 알잖아."

나는 툭 던졌다.

"지난번에 잊고 간 사탕 뚜껑, 챙겨 가지그래."

계화는 남은 버번을 비우고, 벌써 이슬이 맺힌 잔에 담긴 물을 한 모금 마셨다.

"맛있다!"

한마디 남기고는 훌쩍 일어났다.

"저 비디오테이프, 복사한 거지만 여기 두고 갈게요. 명탐정에게 도움이 된다면 좋을 텐데."

그렇게 말한 후 뒤도 돌아보지 않고 돌아갔다.

3

스와니가 사라진 후로 유코는 다른 사람이 되고 말았다고, 그날 김계화가 말했다. 유코뿐만 아니라 앞이 전혀 보이지 않는 사람이 일단 맹도견과 함께 살게 되면, 그 개는 한낱 애견이 아닌 친구이자 동반자이고, 자기 몸의 반쪽이며, 인생을 비추어주는 빛이 된다고 한다.

김계화는 실의에 푹 빠진 유코가 우울함에 젖어 바깥으로 나오려고도 하지 않는다는 이야기를 미리 깔아둔 다음, 비디오를 보여주었다.

계화의 이야기에 따르면, 맹도견협회로부터 개를 데려온 사람이 노쇠나 질병 등을 이유로 개를 먼저 떠나보낸 경우 두 마리째 분양에서 우선시되며, 짧은 시일 안에 다음 개를 받을 수 있다고 한다. 책임비라는 이름의, 처음에는 15만 엔이던 비용도 두 번째에는 9만 엔으로 줄어든다는 것 같다.

그러나 유코는 개를 새로 데려오는 걸 원하지 않는다고 계화는 말했다. 개가 죽었다면 포기할 수 있다, 하지만 영문도 모른 채 어느 날 갑자기 빼앗긴 보물을 단념할 수는 없는 노릇이리라. 유코에게는 오로지 스와니가 유일한 개였다고 계화는 말했다. 비디오를 보고 나니 나도 납득이 갔다.

맹도견에 대한 개념적 지식은 계화에게 얻었으나, 개를 내 눈으로 직접 보고 싶은 마음에 한때 경찰견을 다루었던 전(前) 마약수사관 지인에게 부탁해 여성 하나를 소개받았다. 맹도견 훈련사가 되기 위해 수습 중인 열아홉 살의 단기대학(短期大学)[75] 학생이라고 한다. 물론 자원봉사자다.

그 여학생은 효고 현의 고급 주택지인 고요엔에서 조금 더 산 쪽으로 올라간 곳에 있는, 넓은 정원이 딸린 커다란 집에 살고 있었다. 2층짜리 본채가, 그리고 본채 맞은편에 별채가 있었다. 붉은 지붕을 얹은 별채는, 크기는 작았지만 웨스트코스트 풍의 서양식 건물이었다.

---

75) 2년 또는 3년제 대학으로, 직업 및 실제 생활에 필요한 능력을 키우는 것을 주된 목표로 하는 일본의 교육기관이다.

쾌청한 바람이 불어오는 서늘한 아침이었다. 포플러나무에서 떨어진 잎들이 사각사각 소리를 내며 옆으로 나는 모습이, 마치 노란 나비 떼가 여행을 떠나는 것처럼 보였다.

오스가 준이라는 이름의 여학생은 밤색 머리를 하나로 모아 고무줄로 대충 묶은 모습이었다. 두꺼운 면 소재 셔츠에 윈드브레이커, 다 닳아 해진 청바지를 입은 다리는 길어 보였다. 마치 잘 자란 소년 같은 느낌이었다.

방금 세수하고 나온 듯한 화장기 없는 얼굴의 오스가 준이, 나를 보자마자 환하게 웃었다. 눈앞에 있는 이 숙녀의 모든 것이 한순간에 드러난 웃음처럼 환하게 느껴졌다.

그날은 일요일이었고, 준은 협회가 맡긴 개를 집에서 훈련하고 있었다고 말했다. 살아 움직이는 맹도견을 가까이에서 유심히 본 건 이번이 처음인 것 같다.

옅은 갈색과 흰색이 섞인 털로 뒤덮인 개는 유순하게 생긴 래브라도 레트리버였다. 훈련이 잘되어 있어서 깜짝 놀랄 만큼 얌전했다. 준과 내가 정원에 놓인 의자에 앉아 이야기하는 동안, 준의 발치에 엎드려 누워 느긋하게 쉬고 있었다.

나는 조를 차에 남겨두고 왔지만, 설령 서로 코끝을 맞대게 한다 하더라도 이 개는 소리 하나 내지 않을 것이다. 조도 마찬가지로 위급한 상황이 아니면 짖거나 다투지 않는 개였다.

사냥터에서 제 할 일을 하는 래브라도 레트리버를 본 적은 있다. 레트리버라는 이름이 붙은 데서 알 수 있듯 원래는 쏘아 떨어뜨린 사냥감이나 총을 맞고 달아나는 새를 쫓아가서 붙잡아 회수해오는[76]

---

76) 'retrieve'라는 단어에는 '되찾아오다' '회수하다' 등의 의미가 있다.

사냥개다. 커다란 입으로 새를 부드럽게 물고, 사냥감을 훼손하는 일 없이 주인에게 가져다준다.

빽빽하게 자란 털을 장점으로 활용해 가시나무 덤불을 빠져나가고, 습지를 질주하며, 살얼음이 깔린 못도 아무렇지 않게 훌쩍 뛰어넘는다. 용감하면서도 우아하고 아름다워 아무리 보아도 질리지 않는다. 사람이 하는 말을 잘 이해하고, 지극히 충실하다.

개는 키우는 사람의 목적에 맞추어 훈련받는 만큼 당연한 소리이겠지만, 본래 사냥개로서의 래브라도 레트리버와 맹도견으로서의 래브라도 레트리버는 너무나도 다르다.

맹도견과 함께 사는 사람의 미묘하고 사소한 부분까지도 샅샅이 파악하기 위해 온갖 잡다한 질문까지 퍼부어대는데도, 준은 귀에 부드럽게 감기는 간사이 사투리를 쓰며 대답해주었다. 맹도견과 지내며 얻는 기쁨이나 즐거움, 괴로움 같은 것을 이야기해 주었는데, 시각장애인에게 개를 인도할 때의 안타깝고 애달픈 심정은 이루 말할 수 없이 크고 깊다고 말했다.

하네스를 채우고 일단 타인에게 넘겨준 맹도견에게는, 그 개를 직접 키우며 훈련한 사람이라 하더라도 손을 대서는 안 된다고 했다. 그것은 주인이 누구인지 개가 헷갈려하기 때문이라고 한다. 한 번 더 안아보고 싶다는 충동을 억누른 채 떠나가는 것을 배웅할 때만큼 쓰라린 일도 없다고 중얼거렸다.

그때, 별관 쪽에서 누군가가 검은 개를 데리고 느릿느릿한 걸음으로 가까이 다가왔다. 흰색과 검은색이 배치된 버펄로 플레이드(Buffalo Plaid) 재킷에 면 소재의 통 넓은 작업용 바지를 입은, 어깨가 떡 벌어진 노인이었다. 흐트러진 밀짚 같은 머리카락으로 덮인 갈색 얼굴에는, 새겨놓은 듯한 깊은 주름이 패여 있었다. 개는 한눈에 나이 든 개라는 것을 알 수 있는 저먼 셰퍼드였다. 다리를 살짝 절고 있었다.

"할아버지, 좋은 아침이에요."

준이 웃으며 인사를 건넸다.

"잘 잤니, 준."

나는 일어서서 노인에게 인사했다.

"할아버지. 이분은 류몬 아저씨예요. 맹도견에 관한 일로 찾아오셨어요."

준이 바짝 다가선 셰퍼드의 목을 끌어안으며 나를 소개했다.

"류몬 다쿠라고 합니다. 처음 뵙겠습니다."

노인은 고개를 끄덕이고, 손을 내밀었다. 나는 습기라고는 없는, 버석버석하고 커다란 손과 악수했다. 노동자의 손이라고 생각했다.

노인은 개와 함께 자리를 떴다.

"할아버지는 개도 산책시킬 겸, 아침저녁으로 저렇게 걸어 다니세요. 비 오는 날도 방수 모자와 비옷만 걸치고서……. 다로도 비를 싫어하지 않아요. 아 참, 다로는 방금 저 셰퍼드 이름……."

나는 느낀 대로 말해보았다.

"버터 냄새가 난다고 해야 하나, 왠지 미국 사람 같은 분이신걸."

"할아버지는 캘리포니아에서 40년 넘게 사셨거든요."

"어쩐지……."

"제가 맹도견 훈련사가 되겠다고 생각하게 된 것도 할아버지한테 영향을 받아서일 거예요."

느긋한 걸음걸이로 별관 쪽을 향해 돌아가는 노인을 쭉 지켜보면서 준이 말했다.

"괜찮다면 할아버지가 어떤 분인지 조금 이야기해 줄 수 있을까?"

처음 만났는데도, 좀 더 알고 싶다고 여기게 만드는 이가 간혹가다 드물게 있는 법이다.

준은 보는 사람의 마음을 따뜻하게 해주는 웃음을 얼굴 가득 띠고서 할아버지에 관해 이야기하기 시작했다.

"할아버지는요, 제 대부(代父)이시기도 해요. 일본에서 6월에 태어난 저를, 6월(June)의 행복한 신부가 될 아이라고 하시면서 '준'이라는 이름으로 지으라고 하셨대요. 그때 할아버진 미국에 계셨고요."

준의 할아버지는 열일곱 살 때 미국으로 건너가 농장 노동자를 시작으로 당신의 인생을 개척해나갔다. 머지않아 영주권을 얻었고, 리처드라 개명했다. 몸이 가루가 되도록 쉬지 않고 일한 결과, 자기 농장을 갖기에 이르렀다. 리처드는 스무 살이 되던 해에 사진 한 장으로 맞선을 보고 평생의 반려자가 될 사람을 결정한 뒤, 일본에서 미국으로 불러들여 그 여성과 결혼했다. 이듬해에 큰아들을 보았다. 훗날 준의 아버지가 된 사람이다.

리처드는 가방끈은 짧았어도 사람을 보는 통찰력이 뛰어났고, 또 시대의 흐름과 경기(景氣)를 읽는 직감을 갖추고 있었다. 미국과 일본 사이에서 전쟁이 일어날 것을 예지한 리처드는, 아내와 아직 갓난아기였던 큰아들을 억지로 귀국시켰다. 혼자였던 덕분에 강제수용소에서의 굴욕과 굶주림과 고통을 감내할 수 있었다며 훗날 이야기했다고 한다.

리처드의 아내이자 준의 할머니는 아들이 일곱 살이 될 때까지 키운 다음, 언니 부부에게 아들을 맡기고 미국에 있는 남편 곁으로 갔다. 그리고 두 번 다시 일본으로 돌아오지 않았다.

그녀는 지금으로부터 10년 전, 어느 날 아침 느닷없이 덮쳐온 심장 발작으로 쓰러져 허망하게 세상을 떠났다. 리처드가 예순 살이던 해에 벌어진 일이었다. 규모는 작아도 농장주로서 사업을 견실히 꾸려가고 있었으며 입지전적인 성공을 거두었던 리처드는, 미국인을 포함해 그의 성실한 성품에 반하여 따르는 수많은 친구들에게 둘러싸여 있었다.

무엇 하나 부족한 것 없이 살고 있었으나, 어느 날 갑자기 모든 것을 정리하고 일본으로 돌아왔다. 그야말로 40년 만에 밟는 일본 땅이었다. 리처드는 토지를 사서 집을 짓고 큰아들 부부와 준을 그곳에 살게 한 다음 본인은 별채에 거주하는, 현재의 생활을 시작했다. 그 후 9년이라는 세월이 흘렀다.

장년기에는 사냥에도 열중했으며, 감각이 예민한 사냥꾼이었다. 그러나 쉰 살에 접어들며 사냥을 그만두었다. 대신 사냥개나 경찰견을 사육하는 즐거움에 눈을 떴다. 그러면서 맹도견 훈련지도원 자격을 취득했고, 자기 손으로 기른 개를 몇 마리나 세상 속으로 떠나보내곤 했다.

현재 리처드와 지내는 늙은 셰퍼드인 다로는 미국에 있는 협회에서 맹도견 훈련을 받았던 개다. 리처드는 일본으로 돌아올 때 기르던 개 전부를 정리했지만, 어떤 이유에서였는지 협회로부터 넘겨받은 이 다로만 데리고 왔다고 한다.

준은 할아버지인 리처드의 일상과 접하면서 할아버지가 들려주는 이야기에 귀를 기울이다가 자신도 훈련사를 하고 싶다고 생각하게 되었다고 한다.

"그랬었구나."

한숨과 더불어, 나는 슬쩍 말을 꺼냈다.

"리처드 씨와 친분을 쌓고 싶은데, 조만간 위스키라도 들고 찾아뵈어도 괜찮을까?"

"할아버지는 기뻐하실 거예요. 아저씨하고는 마음이 잘 맞을 것 같거든요."

"어째서 그렇게 생각하지?"

준은 키드득대며 웃었다.

"할아버지나 류몬 아저씨나 무뚝뚝하게 보여도, 마음 씀씀이가 좋은 다정한 사람이니까요."

"내가?"

"시치미 떼도 소용없어요. 무슨 말인지 아저씨도 알고 있을 테니까요……. 아 참, 그리고 술은 안 돼요. 할아버지에게 술 얘긴 꺼내지 마시고요."

제6장
씁쓸한 사냥

1

"탐정 씨, 잘 들어요. 린다가 돌아왔어. 그것도 무사히."

보기 드물게 들떠 있는 김계화의 목소리가 튀어나왔다. 린다는 계화의 애견 이름이겠다고 생각하면서, 나는 전화기에 녹음된 메시지를 듣고 있었다.

"어떤 남자가 동네 전봇대에 붙인 포스터를 보고는, 자기가 주운 개가 찾고 있는 개와 비슷한 것 같다며 연락을 해 온 거예요. 젊은 남자 목소리였지. 주저주저하면서 사례금에 관해 물어보더라고. 사례금 액수는, 일부러 포스터에 적지 않았지요. 비싼 개라는 걸 알면 딴 데 팔아버릴지도 모른다고 생각했거든."

계화는 계속해서 말했다.

"일단, 10만 엔이라 말해봤어. 액수를 듣고 조금 망설이는 것 같았지만, 개를 전해주는 대신 현금으로 줬으면 좋겠다고 하면서 만날 장소와 시간을 지정하더라고. 그래서 나 혼자 갔지. 벌벌 떨면서 나타난 상대를 보니까, 일도 안 하고 온종일 집구석에만 처박혀 뒹굴 거리기나 할 것 같은 애송이지 모야. 린다가 글쎄, 나를 보자마자 애송이 손에서 뛰쳐나와 점프하는 거예요. 허겁지겁 달려와서 나한테 달려드는데……."

계화는 말을 잇지 못했다. 자동응답기도, 아주 가끔은 좋은 이야기를 들려준다.

"탐정 씨, 당신 덕분이야. 고마워요. 일단 보고부터 하는 거야."

그러고는, 어색하게 덧붙였다.

"다음엔 내가 버번을 대접하지요."

나는 차게 해둔 버드와이저 병을 따서 유리잔에 따라 마셨다. 두 사람의 여자……, 스무 살 가까이 나이 차이가 나는 두 사람의 여자가, 내 머릿속을 들락날락했다. 개 도둑과 건달, 땅 투기꾼은 내게 어울리지만, 여자는 어떻게 대해야 할지 몰라 당황하게 된다. 나는 두 사람을 몰아낸 다음 머릿속에 있는 문을 탁 닫았다.

김계화가 두고 간 비디오테이프를 한 번 더 보았다. 이치쿠라 가의 저택 정원에서, 사람과 개가 글자 그대로 하나가 되어 뛰노는 전반 부분은 보고 있기가 괴로웠다. 테이프를 뒤로 감아 후반 부분만 계속 돌려보았다.

문득, 마음에 걸리는 게 있어서 비디오를 정지시켰다. 플루트 교습소 앞에 있는 공중전화박스에 바싹 붙은 상태로 정차 중이던 냉장 트럭이 신경 쓰였다. 커다란 상자처럼 생긴 차체 뒤쪽의 절반 정도가 전화박스와 함께 찍혀 있다.

차도를 사이에 두고 촬영한 영상은, 비스듬한 각도에서 트럭 뒤편을 찍고 있었던 까닭에 번호판이 좌우로 압축되어 있어 숫자를 판독하기 어려웠다.

예전에도 신세를 졌던 영상 프로덕션을 떠올렸다. 거기서 일하는 젊은 오퍼레이터가 비디오테이프의 프레임 하나를 확대하더니, 압축되고 일그러진 이미지를 좌우로 늘려 정상 비율에 가까운 상태로 별 힘도 들이지 않고 복원해준 적이 있다. 일단 냉장 트럭의 번호판을 알아내기 위해, 그때 그 프로덕션을 찾아가기로 했다.

도둑맞은 개를 찾으려고 할 경우 언제나 암중모색(暗中摸索)에서 출발한다. 사건을 해결할 수 있었던 케이스들을 보면, 우연에 기댄 주변 탐문이나 사소한 기억이 수색의 실마리로 작용했다. 나는 생각하기보다 몸을 움직이는 쪽이 특기인 쪽이다. 비디오테이프를 들고 일어섰다.

"어이, 출동이다."

자는 게 특기인 파트너에게 말을 건 다음 방을 나섰다.

산속에서 혼자 사는 데에 만족하고 있으나, 곤란한 점이 있다면 어디로 가려 하든 시간이 걸린다는 것이다. 제임스 본드처럼 등에 제트팩을 지고 하늘을 날아가는 내 모습을 상상했다. 그러면 그때 조는 어떻게 해야 할까. 밧줄로 매달아 공중에서 뛰어가게 할까⋯⋯. 나는 운전하면서 혼자 웃었다.

조수석에서 자고 있는 조를 생각했다. 눈도 뜨지 못하는 새끼일 때부터 이 녀석을 키웠고, 함께 먹고 함께 자는 생활을 한 지 거의 5년이 되어간다. 개의 나이에다 7을 곱하면 인간의 나이와 얼추 비슷하다고 하니, 이 녀석은 지금 인간의 서른다섯, 여섯쯤 되는 나이일까. 나와 비슷한 나이라 할 수 있겠다.

내 산림 속에서 처음 만났을 때, 녀석은 신발 상자 안에 담긴 채 버려져 있었다. 자그마한 종이상자에 빼곡히 들어찬 다섯 마리의 새끼 중에서 네 마리는 이미 죽어 있었다. 몇 시간만 더 늦었다면 녀석도 죽었을 것이다. 나는 녀석을 품 안에 넣고 몸을 따뜻하게 덥히면서 데리고 돌아왔다.

강한 생명력을 타고난 모양이었다. 녀석은 나날이 건강해졌고, 눈이 휘둥그레질 만큼 쑥쑥 성장했다. 태생도 내력도 알 수 없는 잡종이지만 이름 정도는 지어주자고 생각했다.

신발 상자 속에 있었으나 신발은 없었다. 딱히 그런 이유에서였던 건 아니지만, 맨발의 조(Shoeless Joe)가 떠올랐다. 두말할 나위도 없이, 지금은 전설이 된 시카고 화이트삭스의 명 외야수, '슈리스' 조 잭슨이다. 산에서 주운 개는 하얀 양말도 신고 있지 않았지만, 조라는 이름을 지어주었다.

하루가 다르게 늑대 같은 모습으로 커가는 조를 보고 있자니, 이럴 줄 알았으면 잭 런던처럼 화이트 팽(White Fang)[77]이라 지었어도 좋았겠다고 생각하기도 했으나, 이름이 그래서야 부르기가 힘들다. 개 이름은 강하고 짧게 부를 때와 먼 곳에서 불러들일 때 둘 다 고려하여 지어야 한다.

내 덕분에 살아난 이 개가, 내 목숨을 살려준 적도 있다. 뭐, 어찌 됐든 나와 조는 더할 나위 없이 어울리는 한 쌍이라 생각한다.

두 시간 후, 나는 사진 한 장을 손에 들고 있었다. 영상 프로덕션의 오퍼레이터가 숫자를 양옆으로 늘려준 번호판 사진이다.

차 안에서 김계화에게 전화를 걸었다. 몇 명의 남자 조직원들을 거쳐 연결된 계화에게 말했다.

---

77) '하얀 엄니'라는 뜻으로, 잭 런던의 작품명이다. 작품에 등장하는 화이트 팽은 개와 늑대의 피가 섞인(정확하게는 개와 늑대의 혼혈인 어미와 늑대인 아비 사이에서 태어난) 존재다.

"스와니의 냄새가 남아 있는 걸 얻었으면 하는데. 내 개에게 기억하게 할 참이요."

"오케이, 유키 씨에게 받아 올게요. 금방 갖다 줄 수 있어……. 뭔가 알아낸 거예요?"

"아니, 아직. 움직여볼 만한 단서를 발견했을 뿐."

"무슨 뜻이죠?"

"아직 말할 단계는 아니라서."

나는 전화를 끊었다.

2

무턱대고 던진 그물에, 무언가가 걸려들었다. 게다가 **빨랐다**.

나는 스와니가 사라진 차도를 사이에 두고 공중전화박스의 맞은편 길가에 차를 세워 감시하고 있었다. 비디오에 찍혀 있었던 냉장 트럭이, 또 거기에 나타나리라는 보장은 아무것도 없었다. 장소가 장소인 만큼 저 앞의 대형 슈퍼마켓에 드나드는 차일지도 모른다고 생각했을 뿐이다.

카비네(cabinet)판[78] 사이즈 정도로 확대한 사진 속의, 고베88 번호판을 단 냉장 트럭이 나타난 건 잠복을 시작한 바로 그다음 날 오후였다. 트럭 차체에는 이렇다 할 문구도 마크도 붙어 있지 않았다. 이런

---

78) 필름 및 인화지의 크기를 가리키는 것으로, 일본에서는 120*165밀리미터 규격이다.

종류의 차는 속도위반, 화물 중량 위반 같은 건 밥 먹듯이 할 것이고, 또 그렇게 해야 돈을 벌 수 있다. 그렇다고 한다면, 차체는 별다른 특징 없이 눈에 띄지 않아야 좋은 것이므로, 개인이 소유한 차라 짐작했다. 본인 차량으로 운송을 도급하는 방식으로 밥벌이하고 있는 것이리라 생각했다.

그 냉장 트럭은 차량들의 행렬 속에 있었다. 슈퍼에 신선 식품이나 상품을 납품 또는 반출하는 차들이 한데 모여서는 각자 들어갈 순서를 기다리며 이렇게 차도 가장자리에 줄지어 서 있었던 것이다. 제복이 어울리지 않는 초로의 경비원이 헬멧을 쓰고 빨간 불이 들어오는 경광봉을 휘두르며 교통정리를 하느라 분주했다.

나는 운전석에서 몸을 낮추고 냉장 트럭을 주시했다. 트럭 운전석에 앉아 있는 남자는 마흔 안팎에다 다부진 체격의 소유자 같았다. 조금씩 전진하는 트럭에 맞춰, 백미러의 각도를 조정하며 계속 눈으로 좇았다.

스와니를 훔친 자는 이런 식으로 움직였던 게 아닐까, 하는 생각이 들었다. 유코와 스와니를, 백미러라는 포충망으로 포획했으리라고 말이다.

개가 홀연히 사라졌다는 건, 개를 차에 실었을 가능성이 크다는 뜻이다. 맹도견은 그렇게 다루어도 소리 하나 내지 않았을 것이고 저항하지도 않았을 것이다.

냉장 트럭이 멀어지자, 백미러로는 보이지 않게 되었다. 나는 차를 끌고 유턴이 가능한 곳까지 간 다음, 반대편 차도로 갈아타고 주행했다. 냉장 트럭을 앞질러 슈퍼마켓 내의 일반 고객용 주차장에 진입했다. 슈퍼마켓 건물과 주차장 사이에 업무 차량 전용 출입구가 있다는 것을 눈으로 확인했다.

나는 차에서 내려 업무 차량들이 사용하는 넓은 통로와 창고에 뒷문이 따로 있지는 않음을 체크했다. 슈퍼마켓에 들어가 DPE[79] 코너에서 12장을 찍을 수 있는 35밀리미터 필름을 다섯 통 산 다음 영수증을 받아 챙겼다. 쟁여둔 것도 있고 해서 지금 필름이 꼭 필요하지는 않았지만, 주차장을 이용하려면 슈퍼에서 물건을 샀다는 것을 증명해야 해서다. 나는 차 안에서 냉장 차량 출입을 감시했다.

문제의 냉장 트럭이 오더니, 전용 출입구로 들어갔다. 차량 번호를 알고 있다면 차주가 누구인지 알아낼 수 있는 곳에 부탁할 수도 있으나, 당연히 빚을 만드는 셈이 된다. 하지만 이번에는 해당 차량을 파악하고 있기에, 차를 쫓아가는 편이 더 쉽고 빠른 길이라고 보았다. 겨울의 짧은 해가 지려 하고 있었다.

3, 40분 정도 기다리자 냉장 트럭이 나왔다. 이미 라이트를 켜고 있었다. 트럭은 도로를 가로질러 서쪽 방향을 향해 달리기 시작했다. 나는 너무 떨어지지도, 그렇다고 너무 가깝지도 않은 거리를 유지하며 쫓아갔다.

아직 일이 다 끝나지 않았는지, 어디까지 갈 예정인지 알 턱이 없다. 남은 일이 있다면 밤낮을 가리지 않고 달릴 것이다. 나는 마음을 단단히 먹었다. 트럭에 따라붙어 힘닿는 데까지 쫓을 요량이었다.

트럭은 아시야의 슈퍼마켓에서 출발해 JR과 한신덴테쓰 선로를 따라 뻗어 있는 국도 2호선을 타고, 혼잡해지기 시작한 차들 속에 섞여 서쪽으로 움직였다. 모토마치를 지난 지 얼마 되지 않은 지점에

---

79) 'Development · Printing · Enlargement'의 줄임말로, 현상, 인화, 확대를 주로 하는 점포를 뜻한다.

서 우회전하여 북쪽으로 더 가다가, 금세 또 좌회전했다. 날은 이미 저물어 있었다.

갑자기 어두워진 좁은 도로를, 트럭은 속도를 낮추어 천천히 주행했다. 오래된 목조 주택, 싸구려 재료로 대충 지은 아파트 같은 콘크리트 건물이 새 건물과 한데 섞여 마치 콩나물시루같이 조성된 구역이었다. 전쟁이 끝나자마자 세워진 조잡한 집들과 그 후 조각조각 쪼개어 팔린 땅뙈기에다 제각각으로 올린 현대적 건물이 혼재된, 어수선한 동네였다.

한가하고 조용하다기보다는, 각자 저마다의 고치 안에 틀어박혀 고립되고 단절된 채 쥐 죽은 듯 고요하게 살고 있다는 느낌을 주는 쓸쓸한 지역이었다. 이런 데에 이런 구역이 있었다는 게 의외였다. 방금 막 산노미야, 모토마치 같은 번화한 동네를 지나온 만큼, 그 차이가 더욱 크게 느껴졌다.

트럭은 펜스로 주위를 둘렀을 뿐인 주차장 한구석에 주차했다. 이미 양옆의 차들이 저마다 안쪽으로 붙여 주차해놓은 까닭에 좁아진 공간을, 후진 한 번으로 차체를 밀어 넣었다. 트럭을 모는 남자의 차를 다루는 실력이 어느 정도인지 가늠할 수 있었다. 나는 라이트를 끄고 차가 보이지 않도록 주변에 세운 다음 남자를 지켜보았다.

땅딸막한 체형에 키 작은 남자가 트럭에서 내렸다. 슈퍼에서 뭘 좀 샀는지, 손에 비닐봉지를 늘어뜨리고 있다. 노지를 지나 4층짜리 철근 콘크리트 건물로 걸어갔다. 오래된 공영주택 아니면 사원 기숙사 같았고, 사물이 잘 분간되지 않는 어두운 밤에 보기에도 초라한 건물이었다.

나는 조를 차에 남겨두고 내려 남자의 뒤를 밟았다. 남자는 묵직한 피로를 등에 짊어진 듯 터벅터벅 걸어 건물 계단 중 하나로 들어섰다. 1층 왼쪽에 있는 집의 철문을 열고 집 안으로 들어갔다. 나는 용무가 있는 듯 계단을 올라가면서 남자가 사라진 집 문패와 호수를 훔쳐보았다. 3층의 층계참에서 턴하여 차로 돌아갔다.

조에게 "네 차례다"라고 말한 다음 차 바깥으로 꺼냈다. 뒷좌석에 개켜놓은 스와니의 담요 냄새를 한 번 더 맡게 했다. 조는 주변 냄새를 맡다가, 금세 걷기 시작하더니 어디 헤매는 일 없이 남자의 집 앞에 이르렀다. 문 아래에 난 틈새의 냄새를 맡고는 나를 올려다보았다. 나는 말없이 조의 목을 툭툭 치고 차로 되돌아왔다.

차 안에서 김계화에게 전화를 걸었다.

"류몬이요. 스와니가 있을 거라 짐작되는 곳을 알아냈소."

트럭을 모는 남자가 사는 곳과 집 호수, 문패에 적힌 이름을 일러주었다. 냉장 트럭의 번호도 전했다.

"개는 일단 틀림없이 그 집에 있어요. 나는 이제부터 남자를 만날 겁니다. 상대가 어떤 사람인지는 모르지만, 조사하고 있을 여유가 없어요. 지금부터 한 시간이 지나도 내게 연락이 오지 않으면 부하들을 시켜 덮치게 하시오. 무슨 말인지 알겠죠? 한 시간 동안 대기하고 기다릴 것. 그전까지는 나서면 안 됩니다."

"알았어요. 눈치 빠른 애들을 두엇 데리고, 내가 현장으로 갈게요. 조심해요, 탐정 씨."

계화는 본인 차량의 전화번호를 메모하라며 알려줬다. 이럴 때의 계화는 군말 없이 빠릿빠릿하게 움직여서 믿음직스럽다.

3

볼펜으로 종이에 써 붙여 문패를 대신한 이름표에는 가와타니 군조라 적혀 있었다. 나는 손등으로 문을 가볍게 두드렸다. 잠깐 기다렸다가, 이번에는 조금 강하게 두드리며 "가와타니 씨" 하고 불렀다.

조금 전까지 담소를 나눈 흔적이 남은 얼굴로 남자가 문을 열었다. 트럭을 몰던 남자였다. 내 얼굴을 올려다보고, 조를 내려다보더니, 얼굴에 띠웠던 웃음이 딱딱하게 굳어졌다. 나는 말했다.

"류몬이라는 사람입니다. 개를 찾는 일을 하고 있습니다."

얼어붙은 남자의 얼굴에, 대못이 박혔다. 무수한 균열이 생겨 쩍쩍 갈라지는 것 같았다. 남자는 잠자코 끄덕이고는 슬리퍼 대용인 듯한 조리를 신고 바깥으로 나오려고 했다. 나는 손짓으로 남자를 막았다.

"먼저, 개가 있는지 보고 싶소만."

"개는 여기 있습니다."

그렇게 말한 남자는 안쪽에 있는 방에 시선을 던졌다.

"도망치지 않아요. 숨지도 않을 거고요. 딸아이가 들으면 안 되니 그럽니다."

안쪽에서 라디오 소리와 사람의 목소리가 들렸다.

"여기서 합시다. 큰 소리 낼 일은 없을 거요."

나는 말했다. 남자는 살짝 한숨을 쉬더니,

"그러시면, 잠깐 올라오세요."

라며 나를 집 안으로 안내했다.

나는 조를 현관 바닥에 남겨두고, 신발을 벗고 집 안으로 들어갔다. 다이닝 키친으로 보이는 작은 거실에 물건들이 어지럽게 널려 있었다. 방 두 개짜리 아파트라 짐작했다.

남자는 의자 위에 있던 것들을 치우며 내가 앉을 데를 마련했다. 옆에 있는 방과 경계를 이루는 미닫이문을 조금 열고 말했다.

"하나야, 손님 오셨으니까 스시 먼저 먹고 있어."

"네에" 하고 대답하는, 어린 여자아이의 다정한 목소리가 났다.

"죄송합니다. 잠깐 기다려주시겠어요?"

남자는 그렇게 말하면서, 뜨거운 김이 오르는 주전자로 물을 부어 인스턴트 미소시루를 만들고는 옆방으로 가져갔다. 미닫이문을 열었다 닫는 순간, 아주 잠깐이었지만 빨간 스웨터를 입은 소녀와 검은 개의 모습이 보였다.

남자는 "기다리셨지요"라고 말하면서 내 앞에 앉았다.

"딸아이한테는, 아는 사람이 준 개라고 했거든요."

혼잣말을 하듯 말했다.

"당신이 가와타니 군조 씨?"

"예, 저 맞습니다."

"따님과 둘이서 사시고?"

"예, 아내는 2년 전에 죽었거든요."

옆방에서 나는 소리를 듣자니, 그의 딸이 개에게 말을 붙이고 있는 모양이었다.

가와타니는 머리가 벗겨지기 시작했고 40대 중반 정도의 남자였다. 한창 일할 시기다. 언뜻 보기에는 거칠고 투박하지만, 사람 됨됨이가 좋아 보이는 얼굴이, 잔뜩 긴장해 있었다.

"실례지만 따님은 눈이?"

"무슨 전생의 업보인 건지, 태어날 때부터……."

"그래서 맹도견을?"

"예……. 나쁜 짓이란 건 충분히 알고 있었지만요."

"따님은 몇 살이오?"

"올해 열여섯입니다."

나는 맹도견협회에 대해 아는지 물었다. 물론 알고 있으며, 맹도견을 얻고 싶다고 신청도 했지만, 열여덟 살 이상이어야 한다는 이유로 거절당했다고 가와타니는 대답했다. 아내가 죽고 나서는, 앞을 조금도 보지 못하는 딸을 집에 혼자 남겨두고서 일하러 나가는 날들의 연속이었다고 말했다.

3년 정도 전에 돈을 빌려 냉장 트럭을 샀다. 운송업 자격도 땄다. 운송회사 직원으로 일했을 때 생긴 단골들이 회사를 그만둔 후로도 변치 않고 거래해준 덕분에, 일거리가 없어 어려움을 겪은 적은 없다고 한다. 요령 피우지 않고 성실하게 일하고 있고, 신용도 받고 있다고 이야기했다. 나는 그 말을 믿었다.

다만 걱정인 건, 혼자서 집에 틀어박혀 있기만 하는 딸이었다. 딸은 시각 장애인들이 쓰는 하얀 지팡이를 짚고 보행하는 게 서툴러, 바깥에 나가려고 하지 않는다고 가와타니는 말했다.

훔친 개와 유코 아가씨는 그 슈퍼마켓 근처에서 이따금씩 눈에 띄었다고 했다. 맹도견과 함께라면, 저렇듯 생기 넘치는 모습으로 걸을 수 있는 건가 싶어서 넋을 잃고 바라보았다고 했다. 딸에게도 저런 개를 안겨줄 수만 있다면……, 하는 생각이 들기 시작하자, 그만 걷잡을 수 없이 탐을 내게 되었다고 가와타니는 털어놓았다.

"그래서 따님은 기뻐하고 있습니까?"

"얼굴 생김새가 달라질 만큼 밝아졌어요. 저런 식으로, 한시도 떨어지지 않고 개와 놉니다."

"허나 바깥에 나갈 수는 없을 터."

"맞아요. 맹도견 다루는 법도 모르는데, 열여섯 살이라 배우지도 못하고."

"맹도견은 애완견과 다릅니다. 계속 이렇게 두는 건 개한테도 못할 짓이지요."

"잘 알고 있습니다."

"개는 살만 찌게 될 뿐, 일찍 쇠약해질 것이고 병에도 걸릴 거요. 게다가, 무엇보다도 개를 도둑맞은 아가씨 쪽은 그날 이후로 기력을 죄 잃고는 우울함에 빠져 도통 벗어나지 못하고 있습니다. 오로지 저 개가, 그 아가씨의 전부였으니까."

가와타니는 피부가 두꺼운 얼굴을 일그러뜨리고, "아아……"라고 들리는 것 같기도 한 신음을 흘렸다.

"따님 일은 안됐지만, 개는 데리고 가겠습니다. 개 주인에게 당신 사정을 이야기해서, 훔친 일로 추궁당하는 일은 없도록 부탁해보지요."

쭉 째진 가와타니의 가느다란 눈에 눈물이 그렁그렁하게 맺혔다.

"도둑질을 했으니 그 정도로 끝날 거라고는 생각되지 않지만, 제가 유치장에 들어가면, 하나는……."

"하나 양은 개를 뭐라 부르지요?"

"이유는 모르나, 메리, 메리하고 부르더군요……. 제멋대로 이름을 붙였습니다."

"내가 보건소 아니면 그 비슷한 데서 나온 사람이라고 하세요. 메리가 광견병 주사를 맞지 않았기 때문에, 주사 맞히려고 데려간다는 식으로 말하는 겁니다."

가와타니는 크게 고개를 끄덕이면서 고개를 숙였다.

"내게 생각이 있소. 일이 잘 풀린다면 하나에게 맹도견 다루는 방법을 가르쳐줄 수 있을지도 모릅니다."

"정말입니까? 그, 그럴 수만 있다면……. 하지만 훈련을 받았다고 한들, 협회는 저희에게 개를 주지 않을 텐데요."

"그건 다른 문제고. 자, 그럼 개를 데려가도록 하지요."

가와타니는 하나에게 잘 타이르겠다고 말한 다음, 옆방으로 들어갔다. 나는 신발을 신고 기다렸다. 얼마 지나지 않아, 몸을 굽히고 스와니의 목을 끌어안은 소녀가 가와타니에게 등 떠밀려 나왔다. 가와타니는 한쪽 손에 하네스를 들고 있었다.

통통하게 살이 찐 소녀였다. 스와니 또한 운동 부족으로 배가 처져 있었다. 나는 현관에 버티고 서서 말했다.

"안녕, 하나야. 메리를 잠깐 맡을게."

소녀는 깜짝 놀라 내게 얼굴을 돌렸다.

"싫어. 메리 데려가지 못하게 해줘, 아빠."

가와타니가 "죄송합니다. 알아듣질 못하네요"라고 하며 스와니를 딸의 손에서 떼어내 내 쪽으로 밀어냈다. 좁은 현관 바닥에서 개 두 마리가 코끝을 마주하게 되었다.

"스와니, 컴(come)!"

나는 준에게 배운 맹도견 용어를 사용했다. 스와니는 자신 없는 눈초리로 나를 올려다보았다. 급변하는 상황에 일일이 대응하지 못한 채 혼란스러운 상태에서 누구를 믿어야 좋을지 판단하기 어려워하고 있었다.

딸을 끌어당겨 꼭 안은 가와타니가 내게 하네스를 들이밀었다. 나는 소녀를 보았다. 소녀의 눈에서 한 줄기 눈물이 흘러, 윤기가 흐르는 뺨을 타고 떨어졌다.

바깥에는 섣달임을 알리는 바람이 불고 있었다. 개 두 마리를 거느리고 나선 내게 자동차의 헤드라이트 불빛이 쏟아졌다. 차에서 김계화와 남자 세 명이 내려 내 쪽으로 왔다. 나는 스와니와 하네스를 계화에게 넘겼다.

"가와타니라는 남자는 상관하지 말고 그냥 내버려두었으면 합니다. 이치쿠라 가의 사람들에게도 개를 훔친 차의 이름은 모른다고 해줬으면 하고요. 내 부탁입니다."

"알겠어요. 아무튼, 고마워요. 한시라도 빨리 스와니를 데려다줘야겠어요. 자세한 이야기는 나중에 들으러 갈게요."

나는 조와 함께 차에 올라탄 후 말했다.

"스와니는 재훈련을 시켜야 다시 부릴 수 있을 겁니다. 그러나 그전에, 푹 쉬게 해줄 필요가 있겠더군요."

"당신도, 미스터 말로."

제7장
눈 속의 사냥꾼

1

호쿠세쓰의 산에 올겨울 들어 처음으로 눈이 흩날린 날, 나는 고요
엔에 있는 오스가 가를 방문했다. 작은 서양식 별관의 거실에서 리처
드와 만났다. 장작이건 지저깨비건 가리지 않고 다 태워버리는 난로
가 기세 좋게 불과 열기를 발산했고, 다로도 조도 바닥에 엎드려 누워
서는 쭉 뻗은 앞발 사이에 고개를 얹고 졸고 있었다.

두 잔째 커피를 마시면서, 묵묵히 내 이야기를 듣고 있던 리처드가
말했다.

"오케이, 해보지."

"정말이십니까! 고맙습니다."

나는 진심으로 감사의 뜻을 전했다.

나는 스와니 실종사건의 경위와 개를 훔친 가와타니의 사정을 이야
기했다. 리처드에게 상담한 내용인즉슨, 리처드와 다로가 하나에게
보행 훈련을 시켜줄 수 있을지, 맹도견과 지내는 방법을 가르쳐줄
수 있겠는지 부탁하고자 한 것이었다.

리처드도 다로도 나이가 들었다. 현역에서 물러난 지 오래되었다. 체력적으로도 부담되는 일이다. 느닷없이 들이대는 내 엉뚱한 부탁을 수락할 만한 메리트 같은 건 아무것도 없다. 거절당해도 당연한 일이라고, 각오하고 있었다. 리처드는 그것을 아무렇지도 않다는 듯 흔쾌히 수락한 것이었다.

여기를 처음 찾아왔던 날, 준이 나더러 할아버지와 마음이 잘 맞을 것 같다고 한 적이 있었다. 이번이 세 번째 만남이건만 리처드가 십년지기인 양 느껴지는 게 너무 자연스러웠다. 마찬가지로 리처드가 이런 나를 마음에 들어 한 것도 신기한 일이었다.

"4주 동안 개와 함께 생활하면서 훈련을 받게 될 거요. 그 아이를 맡도록 하지. 이리로 데려오게나."

"그 아이에게는 더할 나위 없는 4주가 될 겁니다. 오늘 밤 아이 아버지에게 전화하겠습니다……. 하지만 리처드 씨, 당신 몸에 상당한 무리가 가게 될 텐데요."

"어차피 돌보는 건 준이 할 테지. 준은 자원봉사를 하기 위해 태어난 듯한 아이일세."

"준은 굉장한 사람입니다. 주변 사람 모두를 행복하게 해주는 미덕을 타고난 여성이지요."

"이보게, 다쿠. 고베에 있다는 그 아이 말인데, 이름이 뭐라 했지?"

"하나입니다. 가와타니 하나."

"다로와 하나라. 좋은 조합[80]이군."

나는 리처드가 만들어준 샌드위치를 맛있게 먹었다. 건포도가 들어간 검고 딱딱한 빵에, 말린 오리고기와 치즈를 넣어 만든 샌드위치

---

80) '다로'와 '하나' 둘 다 정감 어린 느낌을 주는 흔한 이름이다.

였다. 뜨거운 홍차와 마시기 좋게 차가운 자두 주스. 이렇게나 맛있는 점심을 먹은 건 오랜만이었다. 조는 내가 먹는 것과 같은 것을 걸신들린 듯 게걸스럽게 먹어치워, 평소 얼마나 형편없는 식사를 해왔는지를 폭로했다.

예전부터 미심쩍게 여겼던 일에 관해 물어보았다.

"리처드 씨. 왜 이런 것을 묻느냐고 하실 수도 있겠습니다만, 귀국하시면서 데려오실 개로 어째서 다로를 선택하신 겁니까?"

"이 녀석이 부적응자였기 때문이요."

"교통사고를 당한 다음부터 차를 무서워하게 되었다는 이야기는 들었습니다."

"낙오자들끼리 살아보기로 한 거지."

"당신이 낙오자라고요?"

"그래, 나는 한때 알코올중독자였소……. 40년 동안 부부로 함께 살았던 아내를 먼저 떠나보낸 후, 나는 별안간 깊은 구덩이 아래로 떨어지고 말았지. 구덩이 밑바닥에 있으면서 모든 게 덧없다는 생각이 들기 시작했고."

리처드는 활활 타오르는 난로의 불을 바라보며 이야기했다.

"한심한 이야기지만, 술에 빠졌지……. 그런 생활에서 어떻게든 벗어나고 싶어서, 이제 두 번 다시 발 디딜 일은 없으리라 여겼던 일본으로 돌아온 거요."

준이 '할아버지에게 술 이야기는 하지 마세요'라고 했던 건, 이런 사정이 있어서였다.

"루저 노인과 루저 맹도견이, 상부상조하며 지내온 셈이지."

리처드가 나를 보았다. 파란만장한 삶을 헤쳐 온 사람에게, 이제는

거친 파도도 바람도 잦아들어 잔잔한 바다와 같은 평온함이 깃들어
있었다.

"루저라니, 전혀 그렇게 보이지 않습니다."

"극복했으니까. 나도, 다로도."

2

스와니 실종사건은 의외로 간단하게 풀렸다. 도둑맞은 개를 무사
히 회수한 케이스 치고는 고생을 적게 했다. 해결하면서 얻는 만족감
도 없었다. 도둑맞은 개를 찾아낸 다음 회수하는 당연한 일을 한 건데
도, 마음이 개운하지 않았다. 오히려 왠지 좋지 않은 일, 해서는 안
될 무도한 짓을 한 것 같은 자책감이 들었다.

앞을 보지 못하는 눈으로 눈물을 흘리는 소녀의 얼굴이, 가슴에
쓰리도록 사무쳤다. 그러나 지금 하나는 리처드와 다로에게 이끌려
걸음마를 떼듯 맹도견과 보행하는 기술을 기초부터 차근차근 배우고
있을 터였다.

준에게 들은 바로는, 리처드는 하나를 훈련시키는 일을 하면서 젊
음을 조금 되찾은 것 같다고 한다. 한창때 실력은 여전히 녹슬지 않았
으며, 보고 있기만 해도 배울 게 많다고 했다. 다로 또한 쇠약해진
체력을 있는 힘껏 쥐어짜내서 예전 수준의 기량을 발휘하고 있다는
것 같다.

리처드와 다로가 지닌 기술은 본고장에서 익힌 것이리라. 애당초 맹도견에 관한 일본의 모든 시스템은 미국에서 배워 온 것이다.

한편 이치쿠라 가는 계절을 역행하여 따뜻한 봄 햇살이 소생하기라도 한 듯 가족 모두가 밝음을 되찾았다고, 김계화가 소식을 전했다. 스와니가 돌아온 날부터 2주 정도 지나자, 유코는 다시 개를 데리고서 플루트 교습소에 다니기 시작했다고 한다. 게다가 이제는 마중 나오라고 차를 부르는 일 없이, 집으로 돌아가는 언덕길도 제 발로 걸어 올라가려 한다고 했다. 유코의 굳고 야무진 마음씨에는 나도 깜짝 놀랐다.

스와니를 되찾은 다음 날, 계화는 미국산 버번위스키인 와일드 터키(Wild Turkey) 8년산 두 병과 사례금 잔금을 현금으로 가지고 왔다. 그것과는 별도로, 상당히 두툼한 돈뭉치를 "이치쿠라 씨가 전하는 감사의 표시예요"라며 내밀었다. 나는 받지 않았다.

"나는 나 스스로 요금을 매겨 일을 하는 사람입니다. 정해진 일을 하고, 정해진 돈을 받는 프로예요. 보너스는 필요 없습니다."

라고 거절했다.

"월급쟁이가 아니라는 거군요. 이상한 억지를 부린다니까."

계화는 그렇게 말하며 돈뭉치를 가방 안에 던졌다.

"하지만 이 돈은 이치쿠라 가에서는 용도 불명인 돈으로 처리할 텐데. 오갈 데 없는 돈이 될 거예요."

"그러면 맹도견협회에 기부해줘요."

계화는 사견 해결 경위를 듣고 싶어서 눈을 반짝였으나, 나는 "기업 비밀입니다"라고만 대답했다. 자랑할 만큼 대단한 추리를 한 것도 아니었고, 모험도 없었을 따름이다.

"갈수록 불가사의하단 말이지. 내 취향이야."

계화가, 갑자기 내 눈을 똑바로 바라보았다. 아랫배에 불끈 힘이 들어갔다.

크리스마스를 열흘 정도 앞둔 어느 추운 날, 불행이 덮쳤다. 노쇠한 셰퍼드인 다로가 죽었다는 소식을 준이 알려주었다. 천수를 다했다는 듯 평온히 잠든 채 죽었다고 한다.

나는 고요엔으로 내달렸다. 내가 부탁한 일 때문에 늙은 개의 수명이 줄어든 것만 같았다. 준의 집에 도착했을 때 이미 다로는 리처드가 사는 별관 정원에 묻혔고, 하나는 가와타니 씨가 데리고 돌아간 후였다.

하나는 열과 성을 다해 보행 기술을 익혔고, 4주에도 못 미치는 짧은 기간에 거의 다 습득한 것 같았다. 식어가는 다로에게 매달려 울었다고 한다. 어리고 애처롭기만 한 소녀이건만, 운명치고는 너무 가혹하지 않느냐고, 나는 신을 향해 욕을 퍼부었다.

가와타니는 아이 엄마가 죽고 나서 하나가 이토록 활기차게 하루하루를 보낸 적이 없었다며, 얼굴을 잔뜩 일그러뜨린 채 울다 웃다 하다가 고개를 숙이고 또 숙이면서 하나를 데리고 돌아갔다고 한다.

준은 눈물이 말라붙어 퉁퉁 부은 눈으로 웃어 보이고는, 이제 휴가가 끝났거든요, 라고 말한 후 교토에 있는 협회로 돌아갔다.

리처드는, 다로는 맹도견으로서 죽은 거라고, 더 바랄 게 없었을 거라고 말했다.

"다쿠, 자네라면 잘 알고 있을 테지만 개의 일생은 인간보다도 훨씬 짧지. 계를 계속 기른다는 건, 개의 얼마간의 삶과 죽음을 지켜보고, 또 배웅하는 일과 같아."

"예."

"사람은, 개가 지닌 생명이 발하는 눈부신 광채와 피하기 어려운 종언을, 자기 인생 깊숙이 갈무리하면서 살아가야 하지."

"예. 저도 그렇게 생각합니다."

나무마다 잎들이 죄다 떨어졌다. 눈을 예고하는 듯한 하늘에, 오리 두 마리가 목을 길게 빼고 날아갔다.

"다쿠, 맥주 한잔 할까."

리처드가 불쑥 말했다.

"예? 드셔도 괜찮으십니까?"

"큰일 하나를 마쳤잖나."

우리 둘은 난롯가에서 영국산 스타우트를 맥주잔에 따라 한 잔씩 마셨다. 리처드를 염려하는 내 표정을 읽은 그가 말했다.

"극복했다고 했을 텐데. 마셔야 할 때 마시고, 나 자신과 약속한 양 이상으로는 마시지 않는 것. 그게 불가능하다면 알코올의존증을 이겨냈다고는 할 수 없지. 술을 외면하며 사는 건 자신이 없기 때문인 거야."

"아하, 그런 거군요."

진한 흑맥주에 익숙하지 않아서인지, 나는 살짝 취하기 시작했다. 리처드는 내가 취했다는 걸 꿰뚫어보았다.

"다쿠, 술에서 충분히 깬 다음 운전해야 하네."

이 노인에게는 "예"라는 대답밖에 할 수 없었다.

3

눈 내리는 크리스마스이브였다. 고베의 거리는 예전에 보았던 미국 영화의 한 장면처럼 아름다웠다. 몇 백 개는 될 법한 전구로 휘황찬란하게 장식되어 있는 거대한 트리, 크리스마스 세일로 북적이는 밝은 상점가, 크리스마스 캐럴의 달콤한 멜로디, 그리고 화룡점정처럼 내리는 눈⋯⋯.

어두운 밤과 눈이 도시의 더러움을 가려주고 있었다. 시내 중심가는 차량들로 정체되어 있었고, 교통 통제가 이루어지고 있는 곳도 있었다. 나는 겨우 찾아낸 모토마치의 어느 주차장에 차를 세우고, 검은 개 두 마리와 함께 내렸다. 한 마리는 조이고, 다른 하나는 미국에서 온 맹도견이다.

나는 새 하네스가 들어 있는 상자를 안고서 목줄을 달지 않은 개 두 마리를 거느리고 걸었다. 맹도견은 보행 훈련을 갓 마친 한 살 반짜리 래브라도 레트리버다. 살구처럼 동그랗고 다정한 눈을 지닌, 군살 없이 탄탄한 체형의 까맣고 어린 개다.

나는 미국에서 맹도견을 데려올 수 있게 해달라고 리처드에게 간곡히 부탁했다. 리처드는 대형견 수십 마리를 사육하며 개의 번식과 훈련을 직업으로 삼고 있는 친구에게 사정을 이야기한 뒤 한 마리를 양도받았다. 물론 돈은 지불했다. 스와니 사건으로 얻은 수입 전부를 쏟아부었어도 턱없이 모자랐다.

나는 고베의 대표적 번화가 중 하나인 토어로드의 어느 환한 꽃가게 앞에서 걸음을 멈추었다. 무슨 바람이 불었는지, 꽃을 샀다. 보랏빛을 띤 난초 한 종류와 안개꽃을 섞어 꽃다발로 만들어달라고 했다. "선물하실 거죠?"라고 말하면서 은색 리본으로 꽃다발을 꾸며주던 여자 점원이, 가게 입구에 서 있는 두 마리의 개를 보더니 환호성을 질렀다.

"우와, 멋지다! 새까맣네요. 두 마리 다 손님 개예요?"

"아뇨. 제가 좋다면서 따라오는 떠돌이 개입니다."

"거짓말도 잘하셔라."

나는 문득 떠오른 게 있어 말했다.

"아가씨, 저기 저 착해 보이는 얼굴을 한 개의 목에, 그 리본을 묶어줄 수 있을까요?"

그럼요, 얼마든지요……. 하지만 늑대처럼 생긴 요쪽 개도 꾸며줘야죠, 라고 말하며 점원은 무서워하는 기색도 없이 조의 목에 리본을 두르고 나비 모양으로 묶었다. 제발 하지 말라며 절규하는 조의 목소리가 들리는 듯했다.

"메리 크리스마스"라 말하는 점원의 목소리를 뒤로하고, 다시 눈 내리는 거리로 나섰다. 개 두 마리를 좌우로 거느리고서 하네스가 든 상자와 꽃다발을 든 채 눈 속을 걸어갔다. 꽃다발과 리본이 어울리지 않는 건 누구도 아닌 바로 나였다.

상점가에서 흘러나오던, 볼륨을 키운 〈화이트 크리스마스〉가 점점 멀어지더니, 들리지 않게 되었다. 어딘가에 있을 교회에서 울리는 종소리가 들렸다.

얼마 지나지 않아 더는 아무 소리도 들리지 않았고, 나는 집들이 늘어서 있는 어두컴컴한 동네에 들어섰다. 보드라운 개의 발바닥은 아무 소리도 내지 않았고, 내 비브람 러그 솔 신발 바닥이 뽀드득거리며 눈을 다지는 소리만 들릴 뿐이었다. 검은 코트 차림의 내 어깨 위에도, 검은 개의 몸 위에도 눈이 쌓였다.

사람 그림자 하나 얼씬하지 않는 어두운 길을 걸으며, 나는 소리 내어 혼잣말을 해보았다. 이제 곧 전하게 될 말을 틀리지 않도록 몇 번이고 연습했다.

"하나야. 얘가 메리란다. 세인트 메리라고 해. 오늘 밤부터 하나의 가족이 될 거야. 잘 보살펴줄 거지?"

■ 후기

  이 책은 재작년(1991년) 5월, 야마모토 슈고로 상을 받은 후에
쓴 글들을 모은 작품집이다.
  '남자의 선물'을 공통된 주제로 삼았다.
  긍지 높은 남자가 마련한, 수줍음 가득한 유형무형의 선물――
이라는 테마로, 앞으로도 쓰고자 한다.

                                    1993년 6월, 이나미 이쓰라

1

어떤 예술 작품이든 그 탄생이 극적이지 않을 리 없지만, 〈세인트 메리의 리본〉(1993년)과 〈사냥개 탐정〉(1994년)은 더욱 특별한 데가 있다. 작가 이나미 이쓰라의 삶 때문이다. 그는 5년의 작가 생활 동안 7권의 소설과 2권의 수필을 남겼을 뿐이지만, 하드보일드와 어른의 동화가 함께하는 독특한 작풍으로 오랫동안 사랑받았다. 국내에 처음으로 소개되는 작가이기에, 작가나 작품을 이해하기 위한 몇 가지 정보를 소개할까 한다.

이나미 이쓰라는 1968년 후타바샤의 문예지를 통해서 등단했다. 이후 CF나 기록 영화 등의 프로듀서로 일하며 글쓰기와 거리를 두었지만, 1989년 〈더블오 벅〉을 통해 작가로서 본격적인 활동을 시작한다. 갑작스러워 보이는 결심은 다름 아닌 암 때문이었다. 1985년 이나미 이쓰라는 간암 수술을 받은 후에 더는 전이를 막기 어렵다는 것을 알게 됐다. 〈더블오 벅〉을 발표할 즈음에는 남은 수명이 반년 정도라는 진단까지 받는다. 그의 소설은 스스로 살아있음을 증명하기 위해 쓰인 것들이다. 야마모토 슈고로상 수상작인 〈덕 콜〉(1991년)

과 〈세인트 메리의 리본〉은 삶과 죽음의 경계에서 쓰였고, 〈사냥개 탐정〉은 작가의 사망 이후 단편을 모아 발표됐다.

〈세인트 메리의 리본〉를 맺으며 이나미 이쓰라는 다음 같은 짧막한 글을 남겼다.

"이 책은 재작년(1991년) 5월, 야마모토 슈고로 상을 받은 후에 쓴 것들을 모은 작품집이다. '남자의 선물'을 공통된 주제로 삼았다. 긍지 높은 남자가 마련한, 수줍음 가득한 유형무형의 선물——이라는 테마로, 앞으로도 쓰고자 한다."

각 단편에는 긍지 높은 남자들이 등장한다. 그들은 각자의 여인을 잃은 채 야생에서 교감하고('모닥불'), 현실과 환상을 넘나드는 동화와 같은 체험을 한다('하나미가와의 요새'). 현란한 공중전을 펼친 B-17 폭격기를 장엄하게 불시착시키고('보리밭 미션'), 일생일대의 승부를 벌이기도 한다('종착역'). 그리고 마침내 산속의 필립 말로로 그 모습을 드러낸다('세인트 메리의 리본').

작가가 말하는 '남자의 선물'이란 등장인물이 보여주는 위엄이기도, 다정함이기도 하지만, 죽음을 앞두고 글을 통해 삶과 마주한 작가의 수줍음 가득한 선물이기도 하다. 화이트 크리스마스로 마무리되는 '세인트 메리의 리본'을 읽으면 그 의미는 더욱 분명해진다. 〈세인트 메리의 리본〉은 이나미 이쓰라가 독자에게 보내는 '유형'의 선물이다.

2

이나미 이쓰라는 원래 총과 사냥에 관심이 많았다. 전작의 내용도 그러하지만 제목만 봐도 그의 관심사는 자연스레 두드러진다. '더블 오 벅'은 산탄의 한 종류이고 '덕 콜'은 오리 소리가 나는 오리 사냥용 피리이다. 〈덕 콜〉의 후기에 작가는 이런 글도 남겼다.

"야생동물을 아끼는 마음, 총과 무기에 대한 집착, 야생의 자연에 대한 동경을 담아, 나는 앞으로도 사냥 이야기를 쓰고자 한다. '사냥 소설'이라 호명하는 장르가 있는지는 알 수 없으나, 하드보일드의 엄격함과 감상(感傷)이 저변에 깔린 투쟁 이야기를 쓸 것이다."

'세인트 메리의 리본'은 단편집의 백미이다. 매력적인 캐릭터와 외형은 고스란히 유작 〈사냥개 탐정〉으로 이어진다. 사라진 사냥개를 전문으로 찾아주는 '사냥개 탐정'이 폭력단 보스의 여자가 의뢰한 맹도견을 찾아 나선다. 그의 곁에는 항상 애견 조가 함께하고, 둘은 곧 눈먼 소녀와 마주한다.

사냥개 탐정 류몬 다쿠는 야생과 자연, 총과 무기, 레이먼드 챈들러와 딕 프랜시스를 사랑한 작가가 떠올릴 만한 최고의 캐릭터이다. 이나미 이쓰라는 그리 많지 않은 시리즈를 통해 류몬 다쿠의 세세한 부분까지 조형했는데, 주된 특징은 이렇다.

조부에게 물려받은 널찍한 산림 속에 통나무집을 짓고 사는 류몬 다쿠는 실종된 사냥개를 찾는 일을 전문으로 하는 탐정이다. 아버지의 존재는 알 수 없고, 어머니는 한국인으로 몇 년 전에 세상을 떠났다. 삼십 대 중반, 180센티미터의 늠름한 체격에 강인한 체력과 듬직한 배포, 뛰어난 엽총 실력을 지녔다. 맥주는 버드와이저, 애용하는 총은 미국제 펌프식 액션 산탄총, 자동차는 오래된 체로키를 몬다. 사건 수수료는 최초 10만 엔, 개를 찾으면 10만 엔이 더 붙고, 산 채로 데려오면 30만 엔을 더 받는다. 물론 실비는 별도이다. 높은 긍지와 투철한 직업의식을 지닌 탐정으로, 강자에게는 강하며 약자에게는 다정하다. 여성들이 당연한 듯 그를 좋아하긴 하지만, 탐정은 언제나 금욕적이다. 그의 파트너는 산림 속에 버려진 강아지 조. 아이누견의 피가 섞인 용맹한 개로 새 사냥에는 별 관심이 없지만, 멧돼지와 악인에게는 두려움 없이 맞선다. 주인과 마찬가지로 버드와이저를 좋아한다.

3

체격이 약간 작고, 수임료가 더 비싸고, 입담은 많이 달리긴 하지만 류몬 다쿠는 하라 료의 사와자키처럼 필립 말로의 데칼코마니이다. 그 역시 터프하지 않으면 살아남을 수 없고, 다정하지 않으면 살 가치가 없는 하드보일드의 세계에 머무른다. '세인트 메리의 리본'에서 류몬 다쿠는 팜 파탈이라 할 수 있는 김계화와 이런 대화를 나눈다.

"산속의 필립 말로네."

하얀 피부를 지닌 여자의 볼록하게 솟은 뺨이, 옅은 핑크빛으로 물들었다.

"그나저나 당신 이름, 그러니까 류몬 다음은 뭐죠?"

"다쿠."

"다쿠? '식탁(食卓)'할 때의 다쿠?"

"원탁(円卓)의 다쿠."

김계화는 그 말을 바로 이렇게 받는다. "그럼 랜슬럿 경, 이야기를 계속하지요." 비열한 거리를 걷는 현대의 기사인 필립 말로처럼 류몬 다쿠 또한 기사임을 스스로 인정한 셈이다. 단지 야생의 자연이라는 공간만 다를 뿐, 탐정이 무언가를 찾아 나서는 구조라는 점에서 '세인트 메리의 리본'은 근사한 하드보일드로 정의된다.

작품을 읽다 보면 류몬 다쿠의 모습이 무척 궁금해진다. 다니구치 지로 역시 같은 생각을 했는지, 〈사냥개 탐정〉이라는 제목으로 두 권의 만화를 그렸다. 무슨 우연인지 모르겠지만 비슷한 시기에 애니북스에서 출간됐으니, 소설과 함께 읽으면 좋을 듯하다.

2015년 9월, 윤영천
(howmystery.com 운영자)

얼마 전 다니구치 지로가 만화화한 '세인트 메리의 리본'이 국내에
번역 출간되기는 했지만, 아직 이나미 이쓰라의 소설 자체가 정식으
로 나온 적은 없다. 그러므로 〈세인트 메리의 리본〉을 이야기하기
전에, 먼저 작가에 대해 조금 구체적으로 소개해보고자 한다.

이나미 이쓰라는 1931년에 일본 오사카에서 태어났다. 기록영화
프로듀서로 일하면서 작가로도 데뷔했으나(1968년) 본업 쪽이 너무
바빴기 때문에 작가 생활을 병행하지는 못했다. 그러나 1985년, 간암
에 걸린 것을 계기로 집필 활동에 전념하게 된다. 4년 뒤 〈더블오
벅〉(1989)을, 그리고 다시 2년 뒤 〈덕 콜〉(1991)을 출간했으며 〈덕 콜〉
로 제4회 야마모토 슈고로상과 제10회 일본모험소설협회대상 최우
수단편상을 거머쥔다. 그러고는 다시 2년 뒤 〈세인트 메리의 리
본〉(1993)을 출간했고 또다시 일본모험소설협회대상 최우수단편상을
수상했다.

이 모든 집필 활동은 투병 생활을 이어가는 가운데 이루어진 것이
었다. 심지어 그는 첫 번째 장편소설인 〈더블오 벅〉을 냈을 때 의사로
부터 남은 수명이 반년일 것이라는 시한부 선고를 받기도 했다. 입원
과 퇴원만 십수 번을 되풀이했고, 병이 깊어짐에 따라 자리에 누운

채 만년필 대신 연필로 소설을 써내려갔다. 그리고 1994년, 향년 63세로 끝내 세상을 떠났다.

죽음이 점차 선명해지는 와중에, 대체 무엇이 그로 하여금 계속해서 소설을 쓰도록 추동한 것인가. 문학평론가인 나와타 가즈오는 이나미 이쓰라를 가리켜 "어떻게 살 것인가보다도 어떻게 죽을 것인가에 천착"했다고 평한 바 있는데, 삶과 죽음이 혼재되어 있는 일상 속에서 '이나미 이쓰라'라는 한 인간이 이 세상에 살다 갔다는 데 대한 의미를 획득하려는 투쟁의 산물이 곧 그의 소설들일 것이다. '어떻게 죽을 것인가'와 '어떻게 살 것인가'를 얼마 남지 않은 삶 안에서 동일한 것으로 승화시켰다고도 할 수 있겠다.

이러한 이나미 이쓰라의 일관된 작품 세계(물론 초기작에서는 다소 허무주의적인 지점도 존재한다)를 가리켜 '이나미 이쓰라 월드'라 할 수 있다면, '이나미 이쓰라 월드'를 구축하는 요소로는 삶/죽음에 대한 그의 태도와 더불어 몇 가지를 더 꼽을 수 있다. 총기류를 비롯한 밀리터리에 대한 애정, 하드보일드, 어른을 위한 환상동화 등이 그러한 요소들로, 특히 전자는 이나미 이쓰라의 취미였던 사냥에서 기인한다. 이 책의 표제작인 '세인트 메리의 리본'에서는 실종된 사냥개 찾아주기를 전문으로 하는 기이한 탐정 '류몬 다쿠'가 이야기를 이끌어가는데, 유고작이 된 〈사냥개 탐정〉에서는 아예 류몬 다쿠를 중심으로 연작 단편이 꾸려지기까지 한다. 또한 하드보일드는 그의 소설을 관통하는 핵심이자 '이나미 이쓰라 월드'의 주춧돌이다. 실제로 이나미 이쓰라는 레이먼드 챈들러의 열렬한 팬이었으며, 험프리 보가트도 무척 좋아하여 트렌치코트를 여러 벌 갖추고 즐겨 입었다고 한다. 그가 가장 아꼈다고 여겨지는 캐릭터인 류몬 다쿠는 그야말로 '산속의 필립 말로'가 아니겠는가.

이나미 이쓰라가 야마모토 슈고로상을 받을 때, 심사위원 중 하나였던 이노우에 히사시는 이나미 이쓰라에 대해 "소년의 마음을 지닌 작가"라 표현하기도 했다. 그의 수상 소감이 '이나미 이쓰라 월드' 그리고 〈세인트 메리의 리본〉을 이해하는 데 도움이 될 것 같아 일부를 여기에 옮겨본다.

야마모토 슈고로는 레이먼드 챈들러와 더불어 가장 좋아하는 작가 중 한 사람입니다. 그 이름을 딴 문학상을 받는 영예에, 가슴이 고동칩니다. (……) 저 역시 하드보일드를 기조로 하여 야성으로 가득한 사냥 소설이라 할 수 있을 글을 쓰고자 합니다.
또한 한편으로, 로알드 달이나 폴 갈리코가 쓴 청소년소설같이 어른이 두근대며 읽을 수 있는 꿈과 모험이 존재하는 판타지를 쓰고 싶습니다. (……)

그리고 무엇보다도 '이나미 이쓰라 월드'에서 절대 빠뜨릴 수 없는 요소는 바로 '남자'일 것이다. 더욱 정확하게 표현해보자면, '남자가 어떻게 살아가는가'가 아닌가 한다. 〈세인트 메리의 리본〉도 실로 그러한데, 작가가 '후기'에서 밝혔듯 이 책은 "긍지 높은 남자가 보내는, 유무형의 선물"을 테마로 한다. 〈세인트 메리의 리본〉에 실린 다섯 단편은 각기 다른 터전에서 저마다의 방식으로 살아온 다섯 남자가 날것 그대로의 진심을 담아 마련하는 어떤 선물을 그린다. 그리고 그 선물은 그들이 살아온, 나아가 앞으로도 그렇게 살아가고

자 할 삶의 규범과 직결되어 있다. 다시 말하면 '선물'이라는 형태로 구현된 다섯 남자의 삶인 것이다. 자기 자신만의 삶의 가치와 규범을 우직하게 관철하려 하는 그들의 모습을 옮기며 때로는 두근거렸고, 또 때로는 코끝이 아리기도 했다. 다섯 단편을 번역하는 내내, 다섯 가지 선물이 과연 무엇일지 궁금해하는 마음으로 조심스레 선물 포장을 뜯어보는 그런 기분이었다.

마지막으로, 역자 개인의 심상에 지나지 않지만 나는 한국 또한 '이나미 이쓰라 월드'의 한 요소라 꼽고 싶다. 모든 작품에서 드러나는 것은 아니나 〈세인트 메리의 리본〉에서는 '하나미가와의 요새' 그리고 '세인트 메리의 리본'에 한국과 관계있는 인물이 각각 나온다. 특히 '세인트 메리의 리본'에서 류몬 다쿠는 "어머니가 한국인이셨다"고 이야기하며, 〈사냥개 탐정〉에서도 계속해서 존재감을 드러내는 중요한 조연 '김계화'가 처음으로 등장한다. 이나미 이쓰라와 한국 사이에 무엇이 놓여 있는지 정확하게 언급한 글은 아직 보지 못했지만, 번역을 하며 단순한 호의 이상의 끈끈한 그 무엇이 존재할지도 모른다는 생각이 들었다. 감히 짐작해보건대, 그가 아직 살아 있었다면 그의 작품들이 한국에 번역 출간된다는 사실에 대해 무척이나 기뻐했으리라.

2015년 가을
신정원

세인트 메리의 리본

1판 1쇄 발행 2015년 9월 21일

지은이 이나미 이쓰라
옮긴이 신정원

발행인 박광운
편집인 박재은
기획 윤영천

발행처 도서출판 손안의책
출판등록 2002년 10월 7일 (제25100-2011-000040호)
주소 서울 강북구 도봉로 101길 33-11, 303호 (수유동, 현대쉐르빌)
전화 02-325-2375 팩스 02-6499-2375
카페 http://cafe.naver.com/bookinhand
이메일 bookinhand@hanmail.net

ISBN 979-11-86572-02-3 03830

* 이 도서의 국립중앙도서관 출판예정도서목록(CIP)은 서지정보유통지원시스템 홈페이지
(http://seoji.nl.go.kr)와 국가자료공동목록시스템(http://www.nl.go.kr/kolisnet)에서 이용하실 수
있습니다.(CIP제어번호: CIP2015023244)